巧讀

水滸傳

(明)施耐庵◆原著　高欣◆改寫

余秋雨 推薦

經典著作優秀改寫，全白話無障礙讀本，

內含精美手繪插圖，人物、典故、成語、知識點隨文注釋，

是一本適合青少年閱讀的國學入門書。

我们也许逃不过这样的荒诞：阅读极其泛滥又极其荒凉，文化极其壅塞又极其贫乏。

这里倒有一条安静的自救小路：趁年轻，放松心情读一点经过选择的经典。

余秋雨

目錄

經典

梅子涵

成年人文化多，知道得多，上下五千年，心裡著急，恨不得把一切有價值的書都搬來給小小的孩子看。

成年人關懷多，責任多，總想著未來幾千年的事，恨不得小小的孩子們都能閱讀著幾千年的經典，讓未來因為他們的經典記憶風平浪靜、盛世不斷，給人類一個經久的大指望。

我們要說，這簡直是一個經典的好心腸、好意願，唯有稱頌。

可是一部《資治通鑑》，如何能讓青少年閱讀？即使是《紅樓夢》，那裡面也是有多少敘述和細節，是不能讓孩子有興致的，孩子總是孩子，他們不能深，只能淺，恰是他們的可愛；他們不能沉湎厚度，而只可薄薄地一口氣讀完，也恰是他們蹦蹦跳跳的生命的優點，絕不是缺點！

這樣，那好心腸、好意願便又生出了好靈感、好方式，把很長的故事變短，很繁複的敘述變簡單，很滔滔的教誨變乾脆，很不明白的哲學變明白，於是一本很厚很重的書就變薄變輕了。是的，它們已經不是原來的那一本那一部，不是原來的偉岸和高大，但是它們讓孩子們靠近了，捧得起來了，沒讀幾句已經願意讀完了。於是，一種原本是成年後正襟危坐讀的書，還在小時候沒有學會把玩耍的手洗得乾乾淨淨的時候，已經讀將起來，知道了大概，知道了有這樣的經典和高山，留在他們的記憶裡當個「存目」，等他們長大了以後再去正襟危坐地讀，探到深度，走到高度，弄出一個變本加厲的新亮度來，當成教授和專家。而如果，長大了，實在忙得不可開交，養家糊口，建設世界，沒有機會和情境再閱讀，那麼那小時候的閱讀和記憶也已經為他的生命塗過了顏色，再簡單的經典味道總還是經典的味道，你說，一個人在童年時讀過經典改寫本，還會是一種羞恥嗎？還會沒有經典的痕跡留給了一生嗎？

所以經典縮寫本改寫本的誕生，的確也是一個經典。

它也許不是在中國發明，但是中國人也想到這樣做，是對一种經典做法的經典繼承。經典著作的優秀改寫，在世界文化先進、關懷兒童閱讀的國家，是一個不停止的現代做法，是一個很成熟的出版方式，今天的世界說起這件事，已經絕不只是舉英國蘭姆姐弟的莎士比亞戲劇的例子了，而是非常多，極為豐盛。

所以，我們也可以很信任地讓我們的孩子們來欣賞中國的這一套「新經典」，給他們一個簡易走近經典的機會；而出版者，也不要一勞永逸，可以邊出版邊修訂，等到第五版第十版時簡直沒有缺點，於是這個品種和你的出版，也成長得沒有缺點。那時，這一切也就真的經典了。連同我在前面寫下的這些叫做「序言」的文字。

為孩子做事，為人生做事，是應該經典的。

導讀

元朝末年，朝政腐敗，民不聊生。

浙江錢塘知縣施耐庵（一二九六－一三七一年）替窮人申冤，遭朝廷訓斥，於是辭官回鄉。至正十三年（一三五三年），鹽民張士誠率眾起義，他敬重施耐庵的才華，再三邀請施耐庵當他的謀士。施耐庵抱著建設美好家園的願望欣然前往，為張士誠獻上了許多攻城奪地的計策。張士誠居功自傲，親小人，遠忠臣，獨斷專行。施耐庵幾次諫勸，張士誠都不予採納。施耐庵又氣又惱，離開了張士誠，靠教書為生。

在教書之餘，施耐庵與學生羅貫中一起研究《三國》《三遂平妖傳》的創作，搜集、整理北宋末年以宋江為首的一百零八人在水泊梁山起義的故事，並打算以此為題材寫一部《江湖豪客傳》。至正二十七年（一三六七年），朱元璋滅掉張士誠，到處搜捕張士誠的舊部。施耐庵為了避難，隱居田園，專心創作《江湖豪客傳》。

《江湖豪客傳》寫成之後，由羅貫中加以潤色和編排。施耐庵對書中的情節很滿意，只是覺得書名欠佳。羅貫中建議把書名改為《水滸傳》。施耐庵一聽，高興地說：「好！這個書名太好了！」「水滸」即水邊的意思，有「在野」的含義。於是，施耐庵將《江湖豪客傳》正式改名為《水滸傳》。

《水滸傳》是中國最早用白話文寫成的章回小說，講述了一個官逼民反的故事：不學無術的無賴高俅因為球踢得好，被皇帝封為高官，他倚仗權勢壓榨和迫害民眾，激起了民眾的反抗。《水滸傳》最為精彩之處在於對人物的塑造。全書重點描寫了一百零八位梁山好漢，雖然側重不同，但每個人物都有血有肉，脾氣性情各不相同，連大評論家金聖歎都讚美道：「《水滸傳》真是一百零八人，一百零八樣。」在情節的編排上，《水滸傳》也十分曲折動人，尖銳激烈的矛盾衝突，通過一個個場面展開，用一個個細節描寫，一步步地推向高潮，讓人讀來心潮起伏，大呼過癮。

《水滸傳》版本眾多，流傳極廣，膾炙人口，對東亞各國的敘事文學都產生了極其深遠的影響。時至今日，由《水滸傳》改編的影視劇仍舊不斷在螢幕上演出，且每次都能受到極大的關注。《水滸傳》原著篇幅過長，後半部分略顯冗長。本次新版的白話版《水滸傳》選取並改寫原著最精彩、最好看的內容，希望讀者們能夠通過輕鬆的閱讀，一起領略這部傳世名著的不朽魅力。

楔子　洪太尉誤放妖魔

唐朝末年，天下大亂，群雄紛紛自立為王，開始了五代十國時代。經過五十多年的戰亂，殿前都點檢❶出身的趙匡胤（ㄧㄣˋ）統一了天下，定國號為大宋。一〇二二年，宋朝第四任皇帝趙禎即位，史稱宋仁宗（一〇二二—一〇六三年在位）。據說，宋仁宗是天上的赤腳大仙轉世，他在任期間，注意任用賢臣，使宋朝出現了五穀豐登、夜不閉戶的繁榮景象。沒想到樂極生悲，嘉祐三年（一〇五八年）春，天下瘟疫橫行，百姓死傷無數。全國各州各府的告急文書像雪片一樣飛到了龍案上。

三月三日五更時分，仁宗坐鎮紫宸殿，受文武百官朝拜。殿頭官喊道：「有事出班早奏，無事捲簾退朝。」話音剛落，宰相趙哲和參政文彥（ㄧㄢˋ）博上奏：「如今瘟疫盛行，民不聊生，希望陛下能夠減免賦稅，以救萬民於水火。」仁宗聽了，立刻命令翰林院草擬詔書：「赦免罪犯，減免賦稅，舉行法事祛除災禍。」可是，瘟疫不僅沒有被祛除，反而更加嚴重。仁宗聽說此事之後，深感不安，再次召集百官商量對策。

參知政事范仲淹上奏說：「臣以為要想祛除此次瘟疫，必須立刻宣張天師入宮，讓他設壇祈福。」仁宗聽了，急忙命令太尉❷洪信前往江西信州龍虎山，請天師張真人星夜趕來祛除瘟疫。

洪信不敢遲延，領了聖旨就直奔龍虎山，幾天之後到了信州。信州官員全都出來迎接洪信，並派人向龍虎山上清宮通報消息。第二天，洪太尉在眾官員的護送下來到龍虎山。道士們恭恭敬敬地把洪太尉迎進三清殿，將詔書供奉在大殿中央。

洪太尉問監宮真人：「天師現在在哪兒？」

真人回答：「天師生性清高，喜歡修身養性，不喜歡交際，所以住在山頂。」

太尉說：「如今有詔書在此，何不請他下山聽宣？」

真人回答：「天師雖然住在山頂，可是喜歡遊歷，蹤跡不定，無法請他下山。」

太尉焦急地說：「如今瘟疫氾濫成災，百姓死傷無數，找不到天師可如何是好！」

真人回答：「如果是這樣，太尉可以齋戒沐浴，然後背著詔書走上山頂，誠心叩請天

---

❶【殿前都點檢】都城禁衛軍的最高指揮官。

❷【太尉】軍事方面的最高級官員，正二品。

師。」

第二天五更時分，洪信沐浴更衣，帶著聖旨和銀爐出發了。

監宮真人帶領眾道士送洪太尉來到後山，對他說：「太尉如果要拯救萬民，就一定不要輕易放棄。」

山路很崎嶇，要抓住葛藤或岩角才能行走。洪信大約走了兩三里路，就累得氣喘吁吁、腳酸腿軟。他心想：「我是朝廷命官，一向錦衣玉食，如今卻為了尋找天師遭這份罪。」

勉強又走了三五十步，一陣怪風吹來，隨後跳出一隻吊睛白額虎。洪信驚叫一聲：「啊！」然後一頭栽倒在地。那隻虎圍著洪信轉了幾圈，咆哮著跳下山去了。洪信嚇得渾身發抖，連聲叫苦，大約過了一盞茶時間才平靜下來，心想一定要見到天師，於是帶上銀爐繼續前進。

大約又走了三五十步，洪信不禁又埋怨起來：「皇上命我來這裡，著實害苦我了。」話還沒說完，旁邊的竹林裡忽然颳起一陣旋風，從草叢裡衝出一條吊桶粗的毒蛇。洪信見了，不由得扔掉銀爐，驚叫：「這回我死定了！」隨後跌倒在地，瞇眼偷看那條毒蛇。毒蛇慢慢地爬到洪信面前，盤成一團，兩眼閃著金光，口吐長舌，對著洪信噴毒氣，把洪信嚇得半死。過了一會兒，那條毒蛇一溜煙不見了。過了很長時間，洪信才從地上爬起來，說：「嚇死我了，真是慚愧！這個臭道士，竟然如此戲弄本官。等我找到天師之後，一定找他算帳。」說完就提起銀爐，準備繼續前進。

就在這時，松林裡隱隱傳來一陣悅耳的笛聲。洪信循聲望去，看見一個道童。這個道童倒騎一頭老黃牛，吹著鐵笛慢悠悠地轉出山坳（ㄠˋ）。

洪信見那個道童明眸（ㄇㄡˊ）皓齒、超凡脫俗，走上前問：「你從哪兒來？認識我嗎？」道童沒有理睬洪信。洪信一連叫了好幾聲，道童才「呵呵」笑了起來，用鐵笛指著洪信說：「你是不是要找天師？」洪信驚訝地回答：「你怎麼知道？」道童笑著說：「天師今早說過：『皇帝將會派洪太尉來山上，讓我去京城祛除瘟疫。我現在就駕雲而去。』天師這時可能已經到京城了，所以你就不必上山了。再說了，山上有很多毒蟲猛獸，萬一傷了你，可如何是好。」洪信說：「此話當真？」道童笑而不答，吹著鐵笛離開了。洪信心想：「這道童居然知道我此行的目的，想必他說的沒錯，不如就此下山，免得白白丟了性命。」於是提著銀爐原路返回。

洪信回到山下，監宮真人問他：「見到天師了嗎？」

洪信回答：「我可是朝廷命官，根本走不了山路，路上又遇到了猛虎和毒蛇，如果不是我福大命大，恐怕命都沒了。你們這些道士真膽大，竟敢戲弄本官。」

真人回答：「太尉言重了，我們並非有意戲弄朝廷命官，此乃天師在試探太尉的誠心呢。山上雖然有猛虎和毒蛇，但它們並不傷人。」

洪太尉又說：「我還見到一個道童，他倒騎在牛背上，吹著一支鐵笛。他居然認識我，還說天師早上已經駕鶴飛到東京❸去了，我這才下了山。」

真人說：「唉呀，這個道童正是天師。他雖然年紀很小，卻有很深的道行，善於袪除瘟疫，世人都叫他『道通祖師』。」

洪太尉聽了大吃一驚：「我真是無知啊，竟然與天師錯過了。」

真人安慰他說：「太尉不必擔心。既然天師已經說過要去京城，那麼等太尉還朝時，說不定天師已經袪除瘟疫了。」洪太尉這才放心地點了點頭。

第二天吃過早飯，真人帶領眾道士陪太尉遊覽龍虎山。太尉遊覽了山前山後的景致，發現三清殿真是富貴不可盡言。三清殿右廊後有一座廟宇，四面牆和兩扇大門都塗有紅漆，門被一把胳膊粗的鐵鎖鎖著，門上交叉著貼了好幾道蓋有朱印的封條，簷前的匾額上寫著四個金字：「伏魔之殿」。

太尉指著這座廟宇的門問：「這是什麼地方？」

真人回答：「這是歷代祖師鎮鎖妖魔的地方。每傳一代就添一道封條，以免後代妄自打開。如今已經歷經了八九代，所以上面才有許多封條。據說，如果讓妖魔逃脫，後果會很嚴重。」

洪太尉聽了十分好奇，對真人說：「你把門打開，我看看妖魔長什麼樣兒。」

真人回答：「這可使不得！祖師爺曾經告誡我們，無論如何都不得擅開此門。」

洪太尉笑著說：「胡說！這世上哪有什麼妖魔，分明是你們為了炫耀法術故意安排的。快點兒把門打開。」

真人再三解釋說：「真的使不得，萬一讓妖魔逃走了，可能會天下大亂的。」

太尉怒氣沖沖地說：「你們要是再囉嗦，我就上報朝廷，說你們妖言惑眾，讓你們都去充軍。」

真人畏懼強權，命人揭了封條、打開大鎖。

眾人推開門，只見裡面黑得伸手不見五指。太尉命人點起火把，只見大殿中央矗立著一座高約五尺的石碑。石碑正面寫著許多字，可是大家都不認識；背面只寫了四個大字：「遇洪而開」。

洪太尉高興地對真人說：「我的姓幾百年前就已經在這裡了，這分明是讓我來掘開它，你們卻非要阻攔我。快，多叫幾個人過來，幫我把石碑放倒。」

真人再三說明不可以掘動石碑，否則會出大事，可洪太尉哪裡肯聽。大約掘了三四尺深

---

❸【東京】又叫汴（ㄅㄧㄢˋ）京、大梁、汴梁，是今河南開封的舊稱，有「十朝古都」之稱。

時，露出一塊青石板，洪太尉命令眾人把青石板也掘開。真人苦苦勸諫說：「千萬不能掘啊！」可是依然無濟於事。

眾人掘開青石板，只見下面是一個深約萬丈的地穴，隨後只聽一聲巨響，一道黑氣從地穴中飛滾而出，沖倒半個殿角，在空中化作一百零八道金光飛向四面八方。眾人嚇得大驚失色，扔下鋤頭或鐵鍬（ㄑㄧㄠ），爭先恐後地逃走了。洪太尉也嚇得目瞪口呆，面如死灰地問真人：「飛走的是什麼妖魔？」

真人叫苦連天，回答：「它們是三十六天罡（ㄍㄤ）星、七十二地煞（ㄕㄚˋ）星，如今被你放走，將來肯定會禍害人間的！」

洪太尉自知有錯，不敢多問，帶著手下星夜趕回京城，叮囑眾人千萬不要洩露此事。洪太尉回到京城時，天師已經作法祛除瘟疫並離開了。仁宗不知道洪太尉誤放妖魔，重賞了他。

此後的幾十年，天下都很太平。

第一回　高俅發跡

宋哲宗趙煦（一〇八五—一一〇〇年在位）時期，京城有個無賴名叫高二，他整天不務正業，只會吹拉彈唱、舞刀弄槍，尤其擅長踢球，所以大家都叫他高球，他給自己改名為「高俅（ㄑㄧˊㄡ）」。

由於沒有真本事，所以高俅只能靠幫閒❶為生。他人品很差，經常被人掃地出門。有一次，高俅慫恿王員外的兒子去喝花酒，被王員外告上了官府。官府打了高俅二十棍，把他趕出了京城。高俅只好來到淮州，聽說開賭坊的柳世權喜歡招納三教九流，就投奔了柳世權。

三年之後，哲宗大赦天下，高俅被柳世權引薦給了在京城開生藥鋪的董將仕。董將仕心

❶【幫閒】專門陪貴族、富豪等人玩樂的人。

想高俅並非善類，怕他帶壞自己的孩子，決定打發他走，可又礙於柳世權的面子，只好先收留了他。大約過了半個月，董將仕以怕耽誤高俅的前程為由，把高俅轉薦給了小蘇學士。小蘇學士得知高俅是不務正業之人，也不願意收留他，把他轉薦給了哲宗皇帝的妹夫都太尉王晉卿。

王晉卿恰好喜歡高俅這樣的人，所以高俅到了都太尉府之後，備受重視。沒過多久，王晉卿過生日，專門宴請了自己的小舅子端王。端王是神宗皇帝的第十一個兒子，雖然沒有濟世之才，卻精通琴棋書畫，喜歡踢球打彈，字也寫得很好。酒過三巡，端王去上廁所，路過書房時看到一對獅子形的白玉鎮紙，非常喜歡。第二天，王晉卿就把這個鎮紙和一個白玉筆架裝在一起，吩咐高俅送給端王。

高俅來到端王府時，端王正在跟幾個小太監踢球。碰巧有個小太監把球踢到了高俅腳下，高俅就使出「鴛鴦拐」這個花哨的腳法，把球踢給了端王。端王收下玉器，叫高俅陪他踢球。高俅不敢，再三推辭，最終不得不上場，並把平生的本事都使了出來，只希望能討端王歡心。端王見高俅球技高超，便收高俅為貼身隨從。兩個月後，哲宗皇帝駕崩，端王（趙佶）繼位，史稱徽宗（一一〇〇—一一二六年在位）。之後不到半年，高俅就被提拔為殿帥府太尉。

高俅挑了一個好日子走馬上任。殿帥府裡的官吏大多都來祝賀，只有八十萬禁軍教頭王進沒到。高俅問：「王進為何不來見我？」有人回答：「王教頭半個月之前就生了病，正在家裡休養。」高俅根本不信，只當王進看不起他，於是派人召來王進。

王進無奈，跟著士兵來到殿帥府，叩拜高太尉。高俅問：「你就是禁軍教頭王進？」王進回答：「正是小人。」高俅呵斥王進：「你既然生病了，怎麼還能來？分明是看不起本官。」王進回答：「小人不敢，確實是有病在身。如今太尉叫我，我怎敢不來？」高俅大怒，命令手下：「給我狠狠地打！」眾將大多和王進交情不錯，紛紛為王進求情：「太尉，今天是您上任的大好日子，您就網開一面吧。」高俅說：「好，看在眾將的面子上，我暫且饒了你，日後再跟你算帳。」王進謝過高俅，抬頭一看，不禁大吃一驚，心想：「原來是他！看來我的小命不保了。」原來，高俅以前在街上欺負人時，曾經被王進打成重傷，在家休養了四個月才痊癒，如今他成了王進的上司，自然不會放過報仇的機會。

王進回到家之後，跟母親商量了一番，決定逃往延安府，投奔父親的世交——延安府老种經略相公，於是趕緊收拾行李，當夜就匆匆上路了。母子二人曉行夜宿，走了一個多月。這一天，天色已晚，母子二人借宿在一座莊院裡。王母因為勞累，犯了心痛病。莊主聽說此事以後，留他們母子住下，用偏方治好了王母的心痛病，王進自然非常感激莊主。

這一天，王進看見一個大約十八九歲的小伙子在練武。那小伙子光著上身，身上紋著幾條青龍。王進看了一會兒，脫口說：「這棒使得馬馬虎虎。」小伙子聽了大怒：「你說我不

端王見高俅球技高超，便收高俅為貼身隨從。

行，那你敢跟我比試比試嗎？」莊主趕來喝止了他，得知王進會使槍弄棒，就叫他拜王進為師。小伙子不肯拜：「爹，你不要聽這傢伙胡說！如果他能打贏我，我就拜他為師。」王進笑著對莊主說：「我怕誤傷了令郎。」莊主回答：「不要緊，就算打斷了手腳，也是他自作自受。」

王進聽了，從槍架上拿了一根哨棒，走到空地上擺開陣勢。小伙子舉起哨棒奔向王進。誰知王進卻拖起哨棒，轉身走了。小伙子掄棒趕上，王進一轉身，舉棒向小伙子劈來。小伙子見了，急忙舉起哨棒招架。王進卻收了手，轉而直刺小伙子的前胸。小伙子沒有防備，被刺倒在地。王進連忙扔下哨棒，上前扶他。小伙子輸得心服口服，當下就跪在地上要拜王進為師。

王進為了報答莊主的恩情，答應了小伙子的請求，並說出了自己的遭遇。莊主回答：「老漢世代居住在這華陰縣界，前面就是少華山。這個村子名叫史家村，村裡三四百戶人家都姓史。老漢的兒子名叫史進，他從小就不務正業，只喜歡使槍弄棒，身上紋有九條龍，所以大家都叫他九紋龍。如果教頭能好好教他，老漢必有重謝。」

王進盡心教導史進，只用了半年就把自己的本事都傳給了他。王進擔心高俅早晚會找來，到時連累史進一家不說，自己也難以逃脫，所以決定離開史家村。史進父子苦苦相留也無濟於事，只好設宴為王進母子餞行。

第二回　史進無家可歸

王進離開之後，史進每天都忙著練武。半年之後，史太公染病去世。

轉眼又過了三四個月。六月中旬的一天，史進在柳樹下乘涼，發現本村的獵戶李吉正探頭探腦地望著他。史進問：「你往日裡經常來我莊上賣野味，我也沒有虧待過你，如今你怎麼不來了？是不是怕我沒錢？」李吉回答：「小人怎敢，只是近來沒有野味了。」史進說：「胡說！少華山這麼大，難道連獐子、野兔都沒有嗎？」李吉回答：「大郎有所不知，最近少華山上來了一夥強人，老大是『神機軍師』朱武，老二是『跳澗虎』陳達，老三是『白花蛇』楊春，另外還有六七百個小嘍囉[1]、百十來匹好馬。他們佔山為王，不許我們到山上打獵。」

史進尋思了一陣，叫莊客[2]擺下酒宴，宴請村民，並對村民說：「聽說少華山上有一夥強人，我猜測他們早晚會騷擾我們，所以把大家請來商量對策。我建議，大家一有情況就打起梆子，通知其他人前來救援。」村民們知道史進武藝高強，都願意聽他指揮。史進整頓兵

馬，以防禦山賊。

與此同時，少華山上的三個頭領也在商議生存大計。老大朱武以雙刀為武器，精通陣法，很有智慧，他說：「聽說華陰縣要出三千賞錢捉拿我們，恐怕廝殺是在所難免了，我們應該提早囤積一些糧草，以備不時之需。」陳達建議去華陰縣裡借糧。楊春說，如果要打華陰縣，必須經過史家村，而史家村的九紋龍史進並不好惹，不會放他們過去。朱武也這麼認為，可陳達堅決不聽，帶了一百多個小嘍囉就向史家村進發了。

史進一得到消息就敲起梆子，隨後帶領村民直奔村口，擋住了陳達的去路。陳達向史進行了行禮。史進大聲說：「你們這幫歹徒，竟敢在太歲頭上動土！」陳達回答：「俺們山寨缺少糧食，打算經由此地去華陰縣借糧，還請各位放行。等我們回來了，一定好好答謝各位。」史進回答：「胡說！俺正要捉拿你們這夥山賊，怎會放你們過去？除非你贏了我手裡這把刀。」說完就揮刀來戰陳達。陳達挺槍來迎史進。鬥了一會兒，史進賣了一個破綻，誘

---

❶【嘍囉】舊稱盜匪部下。

❷【莊客】對舊時田莊中的佃農和雇農的通稱，他們不僅要耕作土地，還要服其他勞役，並負有保衛田莊的責任。

史進整頓兵馬，以防禦山賊。

使陳達去刺他心窩，他卻把腰一閃，陳達連人帶槍都撞進他懷裡。史進把陳達從馬鞍上提起來，丟到地上。眾人上前綁了陳達，趕走了小嘍囉。

史進把陳達綁在莊院裡，準備捉了另外兩個賊首再向官府請賞。

楊春得報，建議出動全部人馬去跟史進拼命。朱武卻認為這麼做不妥，他想出了一條苦肉計。楊春聽了朱武的計策，非常贊同，隨後和朱武一起下山去見史進。

史進正愁怎麼抓住另外兩個賊首，聽莊客報告說他們一起來訪，高興地說：「這兩個傢伙真是自尋死路。」說完就打起梆子，然後騎馬向莊外走去。

朱、楊二人走到莊門口，哭著跪在地上。史進立刻下馬，問：「你們這是做什麼？」朱武回答：「小人等三人因為吃了官司才被迫落草為寇，當初發誓要死在一起，如今小弟陳達不聽勸告，誤犯了英雄虎威，我們不求英雄原諒，只求英雄能讓我們兄弟一起死。即便英雄把我們交給官府，我們也不會皺一下眉頭。」

史進見他們兄弟三人如此講義氣，心想如果拿他們請賞，只怕會讓人恥笑，就放了陳達，並勸慰他們三人不要向無辜百姓動手。

朱武兄弟三人回去之後，非常感激史進，就準備了三十兩黃金，派小嘍囉連夜給史進送去。史進推辭不過，只好接受了，還打賞了小嘍囉。過了半個多月，朱武兄弟三人又派小嘍囉連夜下山，給史進送了一些大珍珠。史進覺得自己應該回敬，就命莊客送了一些布料和肥羊上山。

時光飛逝，中秋節即將來臨。史進派莊客王四上山，請朱武兄弟三人於中秋節那天來莊上賞月。三人答應了，並設宴招待王四，還賞了王四五兩銀子。王四喝得醉醺醺地下了山，走不到十里路就暈倒在地，不省人事。

獵戶李吉碰巧經過，他認識王四，就過來扶王四，不小心看到王四褡褳裡的銀子，頓時起了貪心，想偷偷地拿走一些，於是解開褡褳往地上抖了抖，把銀子和信都抖了出來。李吉拆開書信，得知史進和少華山的三個賊首有來往，就拿走了信，準備交給官府請賞。

王四睡到二更天才醒來，發現銀子和信都不見了，擔心史進怪罪，便對史進謊稱沒有回信，史進信以為真。

中秋之夜，史進與朱武兄弟三人一起在莊院裡飲酒賞月，正在興頭上時，只聽牆外一陣大喊，一眼看去，院外火把通明。原來是華陰縣縣尉❸帶兵包圍了莊院。史進得知實情，一刀殺了王四，叫莊客收拾一些行李，和眾人一起殺了出去。官兵哪裡是他們的對手，連縣尉都嚇得策馬而逃。

史進無家可歸，就上了少華山。朱武兄弟三人勸他留下來做寨主，他怎麼也不肯落草為寇，堅持要去投奔師父王進，希望可以討得一官半職。朱武兄弟三人留不住他，只好送他下山。

❸【縣尉】官名，官位在知縣或縣長之下，主管治安。

第三回　魯提轄拳打鎮關西

半個多月之後，史進來到渭州，在一間茶坊裡坐了下來，問茶房❶：「請問經略府在哪兒？」茶房回答：「前面就是。」史進又問：「經略府裡有沒有一個叫王進的教頭？」茶房回答：「經略府裡有很多教頭，光是姓王的教頭就有三四個，不知道有沒有你說的那個。」

史進還要再問，只見一個軍官模樣的大漢邁著大步走了進來。茶房見了那位大漢，對史進說：「客官只要問問這位提轄，就可以知道經略府有沒有你要找的王教頭了。」史進連忙起身向那位大漢施禮。那個大漢見史進身材魁梧，像個漢子，還了禮。

史進說：「小人斗膽，請問官人高姓大名？」

那個大漢回答：「洒家❷是經略府的提轄❸，姓魯名達，敢問小哥是誰？」

❶【茶房】在茶館裡跑堂的夥計。

史進說：「小人是華陰縣人，姓史名進，是來找我師父的。我師父姓王名進，原本是東京八十萬禁軍教頭。請問官人，這個經略府裡有沒有叫王進的教頭？」

魯提轄問：「小哥，你是不是史家村的九紋龍史大郎？」

史進回答：「正是在下。」

魯提轄聽了，連忙還禮，說：「真是聞名不如見面！你要找的王教頭，是不是在東京得罪了高太尉的王進？」

史進回答：「正是。」

魯提轄說：「俺也聽說過他，只可惜他不在渭州這個小种經略相公府，而在延安府的老种經略相公府。今日你我二人幸會，不如跟我上街喝杯酒。」說完就拉著史進出了茶坊，對茶房說茶錢以後再付。茶房滿口答應。

二人走了三五十步，只見許多人正在圍觀一個耍棒賣藥的人。那個人是史進的第一個槍棒師傅，人稱「打虎將」李忠。

史進走上前和他打招呼。魯達見他們認識，就叫李忠一塊兒去。李忠想等賣了膏藥再去，魯達不肯等他，並對著圍觀者大罵：「你們都給我走開，不然別怪我不客氣！」眾人見了魯提轄，都走開了。李忠見魯達如此凶猛，只好跟著走了。

三人來到潘家酒樓，在樓上挑了一個整潔的房間坐下。魯達吩咐店小二上了一桌子好酒好菜。三個人喝了幾杯酒之後，開始熱烈地討論起槍法來。

就在這時，隔壁房間傳來一陣啼哭聲。魯達聽了十分焦躁，把碗碟都丟到了地板上。店小二聽了，急忙過來問魯達需要什麼。

魯達說：「洒家要什麼？你知道洒家是誰，洒家也沒少給你酒錢，可你卻膽敢讓人在隔壁啼哭，掃了我們喝酒的興致！」

店小二連忙賠罪說：「官人息怒！小人怎敢打擾官人雅興？哭的人是在酒樓裡賣唱的一對父女，他們不知道官人在這裡喝酒。」

魯達聽了，讓店小二叫來了那對父女。那個姑娘長得也算動人，正在擦眼淚。魯達問他們父女：「你們是哪裡人？為什麼啼哭？」

那個姑娘說，他們父女是東京人，流落到了渭州，這裡的「鎮關西」鄭大官人看上了她，許諾給她三千貫錢，娶她當了小妾。誰知還不到三個月，鎮關西的大老婆就把她趕出家門，並要她償還三千貫錢。他們父女當初根本就沒拿到三千貫錢，也沒錢，只好到酒樓賣

---

❷【洒家】宋元時關西一帶人自稱爲「洒家」，意思是「咱」。

❸【提轄】是《水滸傳》中所出現的宋朝官名。

唱，慢慢償還這筆錢。這幾天，由於酒客不多，賺的錢也少了，沒能及時還錢，怕鎮關西來羞辱他們，所以她才不由得哭了起來。

魯達繼續追問，得知他們父女姓金，那個姑娘小名翠蓮，鄭大官人就是在狀元橋下賣肉的鄭屠戶。魯達得知「鎮關西」就是鄭屠戶，非常生氣，對李忠和史進二人說：「你們在這裡等一會兒，我去打死那傢伙。」李忠和史進二人連忙勸阻，好說歹說才勸住了魯達。

魯達掏出五兩銀子，又跟史進和李忠借錢。史進拿出十兩銀子，李忠只拿出二兩銀子。魯達嫌少，把那二兩銀子還給了李忠，把十五兩銀子給了金氏父女，讓他們第二天一早就回東京去。

三個人又喝了一些酒才下樓，魯達說明天再送酒錢過來。店主連忙說好。魯達回到住處之後，晚飯也沒吃就氣呼呼地睡了。

金氏父女把一切都收拾好了，只等第二天天亮。

第二天天剛亮，魯達就來到了金氏父女的住處，要送他們出門，被店小二攔住。店小二受鄭大官人囑託，要看管金氏父女，直到他們還完三千貫錢為止，如今錢還沒還完，自然不會放他們走。

魯達聽了店小二的解釋，頓時火冒三丈，一巴掌打得店小二口吐鮮血，又一拳打掉了店小二的兩顆門牙。店小二爬起來，一溜煙躲進了店裡。

「你只不過是個賣肉的，居然也敢叫『鎮關西』。」

店主見狀也害怕了，只好任由金氏父女離開了。

魯達擔心店小二會跑出去攔截金氏父女，就拿了一條凳子在酒店裡坐了下來。大約兩個時辰之後，魯達心想金氏父女應該已經走遠了，這才離開酒店，逕直向狀元橋鄭屠戶的肉鋪走去。

鄭屠戶見了魯達，慌忙向他行禮，並叫夥計拿了一條凳子給他。

魯達坐下來說：「奉經略相公之命，買十斤純瘦肉，把它們都切成丁。」

鄭屠戶聽了，連忙叫夥計去切肉。

魯達說：「不讓他們動手，你親自切。」

鄭屠戶聽了，只好照做。

不一會兒，店小二用手帕包著頭趕了過來，準備向鄭屠戶報告金氏父女之事，見魯達也在，連忙遠遠地躲了起來。

鄭屠戶切了整整半個時辰才把肉切完，用荷葉包好，殷勤地問：「小人叫夥計送到府上？」

魯達說：「不忙，再切十斤肥肉，一點兒瘦的都不要。」

鄭屠戶不解地問：「瘦肉可以做餡，肥肉能做什麼？」

魯達回答：「這是俺家相公的意思，誰敢問他。」

鄭屠戶只好照做，大約又切了半個時辰，同樣用荷葉包好。

魯達又吩咐他：「再要十斤軟骨，也要切成丁，上面不能有一點兒肉。」

鄭屠戶心裡頓時生出一股怒火，可嘴裡依然賠笑說：「你這分明是在捉弄我。」

魯達聽完，立刻跳了起來，怒視著鄭屠戶說：「洒家就是來捉弄你的！」說完就抓起兩包肉丁，打在鄭屠戶臉上。鄭屠戶大怒，一隻手從肉案上抓起一把剔骨尖刀，另一隻手揪住魯達。魯達順勢按住鄭屠戶，一腳踢在他的肚子上，把他踢倒在地，然後揪住他的胸口，照著鼻子就打，說：「你只不過是個賣肉的，居然也敢叫『鎮關西』，還敢強騙金翠蓮。」

鄭屠戶鼻子都被打歪了，嘴裡五味雜陳，想起來卻怎麼也起不來，只好丟了尖刀，說：「打得好！」

魯達大罵：「不知廉恥的狗賊，還敢回嘴！」說完，照著鄭屠戶的眼眶打了一拳。圍觀的人都害怕魯提轄，沒人敢過來勸阻他。鄭屠戶禁不住打，只好求饒。

魯達喝道：「呸！你這無賴，如果你硬撐到底，洒家也許會饒了你。現在你卻求饒，洒家偏偏不饒你。」說完，又照著鄭屠戶的太陽穴打了一拳，打得鄭屠戶一動不動。魯達見狀，故意說：「你這傢伙，還敢裝死！洒家再打！」隨後又想：「俺只想教訓他一下，沒想到三拳就打死了他。如果真是這樣，洒家就得吃官司，到時連個送飯的人都沒有，還是趕緊逃吧。」想到這裡，魯達拔腿就跑，並回頭指著鄭屠戶說：「你裝死！洒家以後再找你算帳！」

圍觀的人都很害怕，沒有一個敢攔他。

魯達回到住處，收拾了衣服和銀兩，提起一根齊眉短棒，逃向南門。

鄭屠戶被活活打死，他的家人把魯達告上了官府。官府向各地下了通緝文書，出賞銀一千貫捉拿魯達。

魯達東逃西奔，半個多月之後，來到代州雁門縣，看見一群人圍在十字街口看榜，也鑽進去湊熱鬧，可惜他不識字，只聽眾人讀著：「……捉拿打死鄭屠戶的犯人魯達……」就在這時，背後有一個人大喊：「張大哥，原來你在這兒呀！」說完就扯著魯達離開了十字街口。

魯達回頭一看，認出那個人是金老漢。

金老漢說：「恩人，你可真夠膽大的，還敢去看捉拿你的文書。」魯達把他打死鄭屠戶的事告訴了金老漢，並問金老漢為何沒有回東京。金老漢既感動又愧疚，說：「我擔心鎮關西會去東京找我們麻煩，就一路向北走。路上碰巧遇到了一位老鄰居，他在這裡做買賣，我們父女就跟著他來到了這裡。那位老鄰居還為翠蓮做媒，讓她當了這裡的大財主趙員外的小妾。如今，我們父女也算是安頓下來了。」

趙員外知道魯達到了這裡，他感激魯達對金翠蓮父女的照顧，自己又愛好耍槍弄棒，於是把魯達留在了家裡。

第四回　大鬧五台山

魯達在趙員外家住了六七天之後，金老漢突然急匆匆地跑來，說他昨天見到幾個官差在向人打聽什麼消息，他怕他們是來抓捕魯達的，所以急忙趕來報信。

魯達決定離開，趙員外也不敢多留，就對他說：「如果提轄願意，我倒可以為提轄找一個避難之地。距離這裡三十多里地有一座五台山，山上的文殊院長老智真是我的兄弟，提轄要是願意，可以去那裡落髮為僧。」魯達沒有更好的去處，只好答應了。

趙員外準備了兩頂轎子，親自送魯達上山。

寺裡的都寺❶、監寺❷得到消息，都出來迎接他們二人。

趙員外奉上禮物，對智真長老說：「趙某有個表弟姓魯，他因為不堪忍受俗世的艱辛，

❶【都寺】寺院中總管全部事務的執事僧人。

自願出家，希望長老看在趙某的薄面上收下他。」

智真長老見魯達一副凶神惡煞的樣子，不想答應，可是礙於趙員外的面子，只好選了一個黃道吉日為魯達剃度，賜他法號為「智深」，還念了佛門戒律要他謹記。

趙員外見一切都安排妥當就下山了，臨走時他一再叮囑智深不要惹是生非，還對智真長老說智深生性魯莽，請長老多多擔待。

趙員外走後，智深回到禪房就睡。他旁邊的兩個和尚見他不坐禪，要向智真長老稟告，卻被智真長老的首座弟子制止了：「長老說我等日後都比不上他，你們就不要跟他一般見識了。」

智深見沒人管他，更加放肆了，連大小便都在佛殿後面解決，弄得佛殿後面污穢不堪。不知不覺間，四五個月就過去了，冬天來臨。智深久靜思動，這一天他見天氣晴朗就走出文殊院，來到半山腰的一座亭子裡，坐下來尋思：「俺以前經常喝酒吃肉，如今做了和尚，餓得都快乾癟（ㄅㄧˇㄝ）了，得弄點兒酒肉來解解饞才是。」

不一會兒，一個挑酒的漢子也來亭子裡歇腳。智深問他酒怎麼賣。那漢子說，他賣酒給和尚會受到寺裡責罰，然後挑起擔子就走。

智深哪裡肯放他走，把他踢倒在地，喝了整整一桶酒，然後說：「明天到寺裡來拿酒錢。」那漢子不敢讓寺裡長老知道這件事，只得忍氣吞聲。

沒過一會兒，智深酒勁兒上來了，就把上衣捆在腰間，光著膀子，東倒西歪地上了山。

兩個守門的和尚見了，呵斥他說：「你身為佛家弟子，竟然喝得爛醉如泥。你也看見了寺裡的告示，應該知道犯了酒戒會挨四十竹篦（ㄅㄧˋ），被逐出寺外。如果我們讓你進寺，我們也會挨十竹篦，我看你還是趕緊下山吧。」

智深一聽，睜著雙眼大罵：「狗賊，你們要打洒家，洒家就和你們廝打！」

兩個和尚見勢頭不妙，一個趕緊去報告監寺，一個拿起竹篦攔截智深。智深一個巴掌把攔他的和尚打倒在地，又一拳打得那和尚倒在山門下，然後踉踉蹌蹌地闖進寺裡。

監寺聽了守門和尚的稟報，帶著二三十個和尚來攔截智深。智深見狀，大吼一聲，嚇得眾人都躲進殿裡。智深跳上臺階，一頓拳腳就把他們都趕到了殿外。

監寺見形勢不妙，趕緊向長老彙報。長老趕來喝止了智深：「智深！不得無禮！」智深見了長老，立刻扔了哨棒，說：「洒家只不過喝了兩碗酒，並沒有惹他們，他們卻來打洒家。」長老說：「你看在我的面子上，先去睡一會兒，其他事等明天再說。」智深回答：「要不是看長老

❷【監寺】寺院裡的高級管理人員，其職責是總管寺院庶務，被稱爲「住持右臂」，雖然名義上只是庫房負責人，總管糧食、物品、法器、香燭等供僧眾生活和做佛事的必需品，可實際職權又超出庫房之外，還管理山林、田莊以及房屋修繕等。

的面子，洒家一定打死你們這些禿驢。」侍者把智深扶進禪房，智深倒在床上就睡著了。

眾和尚都向長老告狀，並建議長老趕走智深。長老回答：「智深將來會修成正果，更何況他又是趙員外推薦來的，你們就饒過他吧，明天我自然會找他理論。」

智深一聽，睜著雙眼大罵：「狗賊，你們要打洒家，洒家就和你們廝打！」

第二天吃過早飯，長老讓侍者去叫智深。侍者來時，智深正往外走，侍者追了上去，只見他正在佛殿後面拉屎。侍者強忍住笑，等智深洗了手，把智深帶到了長老面前。長老耐心地訓誡了智深一番，智深自知有錯，只好合掌認錯。從那以後，智深一連三四個月都沒有出過寺門。

轉眼間春天又至，智深心裡又癢癢了，於是信步來到山下的一個集市上，讓鐵匠打一口戒刀和一根重六十二斤的禪杖，然後直奔酒館。

酒家見智深是個和尚，都不敢賣酒給他。智深尋思了一番，想出了一條好計策。他走到集市盡頭的一家酒館裡，說：「主人家，雲遊僧人過來買一碗酒喝。」店主聽說他不是五台山上的和尚，照他的吩咐上了十來碗酒、半隻狗肉。智深付了酒錢，一邊吃肉一邊喝酒，喝光了十來碗酒，可是還不盡興，又叫了一桶酒。智深喝光了那桶酒，把剩下的一根狗腿揣在懷裡，起身對店主說：「酒家有很多銀子，明天還來。」說完就向五台山方向走去，把店主嚇得目瞪口呆。

智深走到半山腰，在亭子裡坐了一會兒，這時酒勁兒上來了，他覺得自己已經很久沒有活動筋骨了，就揮動拳腳打倒了亭子。守門的和尚聽到半山腰的響聲，又遠遠地看見智深跌跌撞撞地往山上走，連忙關了山門。

智深見山門關了，拼命地敲門，可是守門的和尚就是不開門。智深轉身看了看大門兩邊的金剛，呵斥它們說：「你們這些鳥人，不但不替俺開門，反而舉起拳頭嚇唬俺，張開大嘴嘲笑俺，俺才不怕你們呢！」說完就跳上臺階狠狠地打金剛，把它們都打壞了。

和尚們依然沒有開門。智深見山門久久不開，就在外面大喊：「禿驢們，快放洒家進去，不然的話，洒家一把火燒了這鳥寺！」山門依然沒開，智深用力撞開了山門，然後直奔禪房。眾和尚見他進來，都嚇得不敢抬頭。

智深走到禪床旁邊，酒湧到喉嚨裡，對著地面就吐。眾和尚聞到臭味，都捂住鼻子。智深吐完之後，爬到禪床上，掏出狗腿又大吃起來。眾和尚見了，都用袖子捂住臉，遠遠地躲開了。智深扯下一塊狗肉，硬往他旁邊的和尚嘴裡塞。對床的和尚見了，急忙過來勸阻。智深扔了狗肉，照著他們的光頭就打，把眾和尚全都嚇跑了。

智真長老見智深如此胡鬧，就讓他去找東京大相國寺的住持智清禪師，並送了他四句偈語❸：「遇林而起，遇山而富，遇水而興，遇江而止。」❹

第二天，智深酒醒，拜了長老九拜，收拾好行裝，到山下鐵匠鋪裡取了戒刀和禪杖，然後邁開步子向東京去了。

---

❸【偈（ㄐㄧˋ）語】又稱偈頌，是佛經中的唱誦詞，通常以四句為一偈，每句有三至七字不等，主要用來闡發佛理。

❹【「遇林而起」等四句偈語】遇林而起：遇到與「林」字有關的人、事、物，就會有爭鬥。遇山而富：遇到山就會有財富。遇水而興：遇到水就能興旺。遇江而止：遇到江就會完結。這四句偈語其實就是魯達一生的判詞。

第五回　小霸王逼婚

智深走了半個多月，專挑客店安身，真不愧是花和尚。一天，天色將晚，智深投宿在桃花村的劉太公家。

劉太公好酒好肉招待了智深之後，叮囑智深：「師父今夜就在外面耳房❶裡歇息，如果聽到外面有什麼動靜，千萬不要出來。」

智深一問，才知道附近山上的強盜看中了劉太公的女兒，今晚就會強行入贅（ㄓㄨㄟˋ），劉太公不願意，可又不敢得罪他，所以十分苦惱。

智深聽了，說他可以假扮劉小姐，勸那個山賊回心轉意。劉太公十分贊同。智深吃了一隻熟鵝，喝了二三十碗酒，之後來到劉小姐房裡，把戒刀放在床頭，禪杖靠在床邊，脫光衣

❶【耳房】正房或廂房兩側的房間，比正房小，就像掛在正房兩側的兩隻耳朵，故稱耳房。

劉太公聽了，嚇得連忙拿起燭臺，和小嘍囉們一齊衝了進來。

服坐在床上，放下銷金帳，只等那個山賊到來。

大約初更❷時分，劉太公遠遠地看見四五十枝火把，不禁捏了一把汗。不一會兒，一位頭領帶領一群頭插野花、手拿武器的小嘍囉來到劉太公莊上。

劉太公親自倒了一杯酒，跪在地上，眾莊客也跟著跪了下來。那位頭領扶起劉太公，說：「你是我的岳父，怎能對我下跪呢？」劉太公回答：「老漢只是歸大王管理的平民百姓而已。」

那位頭領已經喝得七八分醉了，如今聽了這話，大笑著說：「我當你的女婿，你也不吃虧。」

說完就喝了劉太公奉上的酒。經過打麥場時，又喝了三杯酒，吩咐小嘍囉把馬拴在楊樹上，走進大廳，問：「岳父，我夫人在哪兒？」劉太公回答：「她怕羞，不敢出來，老漢可以帶大王去見她。」說完就拿了燭臺，把那位頭領帶到新房跟前，然後又拿著燭臺離開了。

那位頭領推門進去，發現屋裡黑乎乎的，說：「我岳父也真會過日子，連燈都捨不得點，讓我夫人坐在黑屋子裡。明天我叫小嘍囉扛一桶好油下來。」

智深聽了直想笑，可是拼命忍住了。

那位頭領摸索著走進房間，大叫：「娘子，你怎麼不來接我？」說著，撩起帳子在床上摸來摸去，摸到了智深的肚皮。

智深揪住那位頭領的頭髮，把他按在床下，照著他的脖子打了一拳，罵一聲：「狗賊！」

那位頭領大叫：「你怎麼打老公？」

智深呵斥他說：「讓你見識一下你老婆的厲害。」說完，又是一頓拳打腳踢，打得他大聲呼救。

---

❷【初更】舊時夜間分爲五個更次，初更又稱一更、黃昏、日暮，指戌時，也就是夜間七～九點。

劉太公聽了，嚇得連忙拿起燭臺，和小嘍囉們一齊衝了進來，只見光著身子的智深正騎在那個頭領身上敲鼓似地打個不停。

小嘍囉們見形勢不妙，全都舉槍棒去打智深。智深放開那位頭領，拿起床邊的禪杖，把小嘍囉們打得落荒而逃。

劉太公見狀，嘴裡一個勁兒地叫苦。

那位頭領嚇壞了，連轠繩都沒解就跳上馬背，後來發現馬不走，才扯斷轠繩，一邊逃命一邊大罵：「老東西，除非你會飛，不然我一定回來找你算帳！」

劉太公抓住智深說：「師父！你可害慘我們了。」

智深穿上衣服，說自己是因為打死人才當和尚的，根本不怕他們這夥山賊，以安慰劉太公。劉太公相信了，又怕山賊來復仇，拼命挽留智深。智深說：「俺死也不走！你只管給俺酒喝，俺喝了酒就有力氣。」劉太公自然是好酒好菜招待他。

那位頭領是桃花山上的二頭目，他把事情的經過告訴了大頭目。大頭目聽了大怒，帶著許多小嘍囉來到劉太公家門口，拿著長槍大喊：「賊禿驢，快出來跟我一比高低！」

智深正在喝酒，聽到大頭目的喊聲，跑出來大罵：「你這無賴，俺讓你認得俺是誰！」說完，掄起禪杖就去打大頭目。

大頭目忽然收了槍，大叫：「和尚先不要動手，你的聲音好熟悉，你叫什麼名字？」

智深回答：「洒家以前是老种經略相公帳前的提轄，姓魯名達，如今法號智深。」大頭目聽了，大笑著下了馬，對著智深就拜：「原來是魯大哥，怪不得呢！」

智深借著火光一看，認出對方竟然是走江湖賣膏藥的李忠，連忙把他請到屋裡。劉太公見狀，心裡直叫苦：「沒想到這和尚跟他們是一夥的。」

智深說了自己的經歷，並問李忠怎麼會在桃花山。李忠回答：「小弟聽說你打死了鄭屠戶，又聽說官府在找史進盤問你的下落，就去找史進商量對策，沒有找到，擔心自己也被盤問，就離開了渭州。經過這裡時被打劫，贏了寨主小霸王周通，也就是剛才挨哥哥打的那個漢子，被他留在山上，成了大頭目。」智深聽了，替劉太公求情，李忠答應了。劉太公非常高興，安排酒菜款待了智深、李忠和小嘍囉們。

李忠邀請智深到山寨裡作客，智深答應了。周通聽說智深就是三拳打死鎮關西的魯達，叫了一聲：「啊！」然後拜倒在地。智深為了確保周通不反悔，讓他發誓不再找劉太公麻煩，周通折箭為誓。

智深在山寨裡住了一些日子，覺得李忠和周通肚量太小，就離開了桃花山。

第六回　火燒瓦罐寺

智深離開桃花山之後，邁開步子走了五六十里路，覺得肚子餓，突然聽見遠處有鈴聲，就直奔鈴聲而去，一路到了瓦罐寺。

到了寺前，智深大叫：「過往僧人來化一份齋飯。」可是叫了半天都沒人答應。智深提著禪杖走到廚房後面的一間小屋裡，看見地上坐著幾個面黃肌瘦的老和尚。智深呵斥他們說：「洒家叫了那麼久也沒人答應，你們這些和尚可真不通人情。」一個老和尚回答：「我們都三天沒吃飯了，哪裡有齋飯給你吃？」智深一問之下，才知道瓦罐寺被一個和尚和一個道士霸佔了。那和尚姓崔，法號道成，外號生鐵佛；道士叫邱小乙，外號飛天夜叉。他們兩個殺人放火、無所不為，連官府都怕他們。

就在這時，智深忽然聞到一陣香氣，原來老和尚們煮了一鍋粟米粥，卻不給他吃。老和尚們見智深也想吃粥，急忙搶走了盛飯的器具。智深很餓，也顧不上那麼多，擦乾灶臺，把粥都倒在灶臺上。幾個老和尚見了，都過來搶粥吃。智深抬手一推，把他們全都推倒在地，

吃了起來。一個老和尚說：「我們已經三天沒吃東西了，好不容易找到一些粟米煮粥，又被你吃了。」智深聽完，沒有再吃。

就在這時，屋外傳來一陣歌聲，唱歌的人正是道士邱小乙。智深見他挑著一個裝有酒肉的擔子，提著禪杖跟了上去。道士沒發覺有人跟著，逕直走向寺院正屋，來到一棵槐樹下。槐樹下放著一張桌子，桌子上擺了三副碗筷和幾盤菜，桌子邊坐著一個膚色黝黑、滿身橫肉的和尚，還有一個年輕的婦女。

那和尚見了智深，驚訝地跳了起來，說：「請師兄坐下來一起吃。」

智深責問他們為什麼霸佔瓦罐寺。他們說，老和尚們犯了色戒又趕走長老，因此他們才廢了瓦罐寺。智深又問那婦女是誰，他們說是來借米的。智深信以為真，去找老和尚算帳。老和尚們異口同聲地說：「師兄不要被他騙了。他剛才沒有武器，所以才那麼說，你要是不相信我們，可以再去走一趟，看他怎麼對你。」

智深再去時，正屋的門已經關了。智深大怒，一腳踹開門，只見崔道成正拿著一把朴刀要砍他。智深大吼一聲，掄起禪杖就跟崔道成打鬥，崔道成漸漸處於劣勢。邱小乙見狀，拿了朴刀就朝智深後背砍去。智深聽見背後有腳步聲，大叫一聲躲開了。又鬥了十多個回合，智深有些體力不支，收起禪杖離開了。崔道成和邱小乙追了出來，跟智深又鬥了幾個回合才作罷。智深走出好遠，才想起自己把包裹落在寺裡了，想回去取，又怕打不過崔道成和邱小乙，只好繼續向前走。

大約走了幾里路，智深來到一片長滿赤松的樹林裡，抬頭向四周看了看，只見一個人從樹影裡探出頭來。那人見了智深，吐了一口唾沫，躲了起來。智深心想：「這傢伙一定是想攔路搶劫，見洒家是個和尚，覺得不吉利，就吐了一口唾沫驅散晦氣。洒家正好一肚子氣沒處發，乾脆剝了他的衣服拿去換酒。」

想到這裡，智深舉起禪杖大喊：「林子裡的鳥人，快出來！」

那個人大笑著說：「禿驢，你自己要找死，就別怪我手下無情。」

智深說：「俺叫你認得俺是誰！」說完，掄起禪杖去打那人。

那個人正要上前迎戰，突然停手了，問：「喂，和尚，你的聲音很熟悉，你叫什麼名字？」

智深回答：「俺先跟你鬥上三百回合再說。」

那個人聽了，不禁有些生氣，就和智深打了起來，越打越覺得智深的聲音很熟悉，就停下來說：「你認識史進嗎？」

智深認出史進，大笑自己眼花。兩個人坐在林子裡，各自說了自己的經歷。史進聽說官府在找他，就逃離渭州，去延安府找師父王進。沒有找到，回京城住了一陣子，如今身上的銀子都花完了，這才來到這裡。

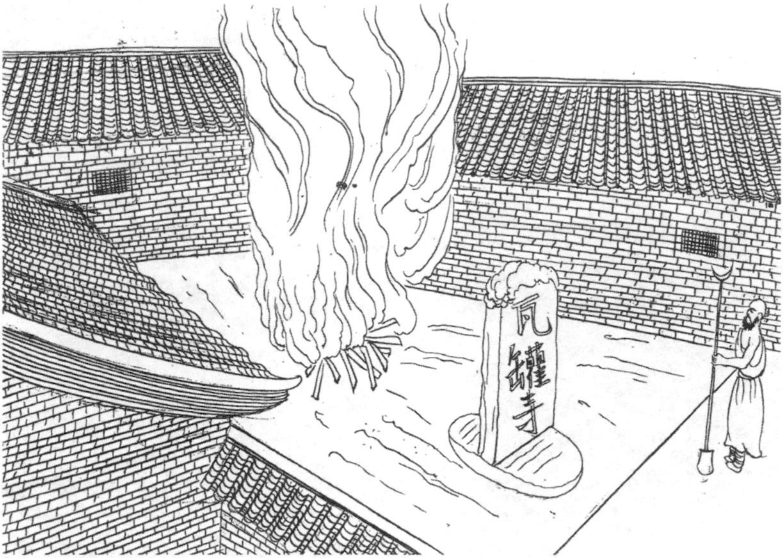

史進挑了幾件好衣服和一些金銀，用一個包袱包了，和智深飽餐了一頓，放火燒了瓦罐寺。

史進得知智深還餓著肚子，拿出自己帶的乾肉燒餅給智深吃，然後和智深一起向瓦罐寺走去，想取回智深的包裹。

到了瓦罐寺，正好遇上崔道成和邱小乙。智深有了史進做幫手，又吃了點兒東西，也不怕了，八九個回合就打得崔道成面露膽怯之色。邱小乙見崔和尚快要輸了，拿著朴刀來助陣。史進跳出來擋住了邱小乙的去路。又打了幾個回合，崔道成和邱小乙雙雙敗下陣來，被智深和史進綁著扔進了河裡。

智深和史進走進寺裡，發現幾個老和尚已經上吊自殺了。二人又來到正屋，發現那個婦女已經投井，裡面的幾間小屋裡都沒有人，只有三四包衣服和一些金銀。史進挑了幾件好衣服和一些金銀，用一個包袱包了，和智深飽餐了一頓，放火燒了瓦罐寺。碰巧風很大，不一會兒，瓦罐寺各處就全都燒了起來。

智深和史進離開瓦罐寺，一同走了一段路之後相互道別。史進回少華山投奔朱武，智深繼續趕往東京。

第七回　魯智深倒拔垂楊柳

智深和史進告別之後，又走了八九天，來到東京大相國寺。

智清禪師見了智真長老的書信，原本不想收留智深，可又不好拒絕師兄，就和職事僧❶商量了一番，決定派智深去看管軍營後面的那片菜園。智深不願意去，說：「俺師父智真長老是讓俺來做都寺或監寺的，你們卻讓俺去看管菜園，俺偏不去。」知客❷跟他解釋說，寺院是根據個人表現來決定其職位的，僧人不可能想做什麼就做什麼，又說看管菜園者也是大職事人員，智深這才作罷。

那片菜園只有一個老和尚在看管，附近的士兵和二三十個無賴經常過來偷菜，老和尚也

❶【職事僧】寺院中專門管理某項事務的僧人。

❷【知客】寺院裡專門負責迎送和接待賓客的僧人。

不敢管。智深來看管菜園的消息一傳開，那二三十個無賴就聚在一起商量了一番，決定給智深一個下馬威。

第二天，智深帶著包裹來到那片菜園，只見二三十個無賴正捧著果盒酒肉站在糞池旁邊，笑嘻嘻地歡迎他。其中一個無賴說：「聽說師父是新來的管事，我們街坊鄰居都過來歡迎您。」

智深見他們都站在糞池邊不動，不禁有些疑惑，又看見為首的兩個人都跪在地上等他來扶，就確定他們心裡有鬼，於是將計就計，邁開步子走到糞池旁邊。

為首的人是「過街老鼠」張三和「青草蛇」李四，他們見智深中計，立刻撲了過來，想把智深掀翻在地。智深不等他們上前，抬起右腳把李四踢進糞池，又抬起左腳，把張三也踢了下去。

其餘的無賴見了，都嚇得目瞪口呆，正準備逃跑，被智深叫住：「誰敢逃走，俺就把誰踢進糞池。」無賴們聽了，都嚇得一動也不敢動。

糞池很深，張三和李四苦不堪言，只得向智深求饒：「師父，饒了我們吧！」

智深對岸上的無賴說：「你們快去把那兩個鳥人扶上來。」眾無賴不敢不聽，立刻把張三和李四撈了上來。

智深聞到他們身上的臭氣，忍不住大笑著說：「你們這兩個蠢貨，趕緊去菜園裡洗個澡，等會兒我再跟你們算帳。」

等張三和李四收拾乾淨了，智深讓眾無賴都圍著他坐在地上，問：「你們這些鳥人，到底是幹什麼的？為什麼要捉弄洒家？」眾無賴聽了，都跪了下來。張三說：「小人祖居在此，靠賭博和討債為生，還經常來這裡偷菜賣錢，連大相國寺都拿我們沒有辦法，如今師父來了，我們甘願聽您差遣。」

智深說：「洒家原本是關西延安府老种經略相公帳下的提轄，因為打死人才當了和尚，不要說你們這二三十人，就是千軍萬馬俺也不怕。」

眾無賴聽了，都只顧點頭，然後拜謝而去。第二天，眾無賴湊錢宴請智深。智深說：「沒道理讓大夥破費。」眾無賴都說：「能認識師父是我們的福氣，以後就有人給我們作主了。」

大家越吃越高興，或說或唱，還有拍手歡笑的。這時，門外柳樹上有一隻烏鴉哇哇地叫了起來。眾無賴聽了，都說烏鴉叫不吉利，決定爬梯子去把烏鴉巢給拆了。智深觀察了一陣，走到柳樹跟前，脫下上衣，雙手抱住樹身，使出渾身力氣往上拔，居然連根拔起了那棵柳樹。

眾無賴見了，全都拜倒在地，大叫：「師父力大如羅漢，真不一般！」

智深回答：「這算什麼，我的武藝更加了得。」

從此以後，眾無賴每天都拿著酒肉來看智深練拳耍棒。

智深覺得自己不能老吃白食，就叫人買了一些果子和酒肉，回請眾無賴。當時的天氣很熱，智深把果子和酒肉都擺到了槐樹下。大家圍坐在一起，大碗喝酒，大口吃肉，好不高興。

這時，眾無賴說：「師父，這幾天我們只見你練拳，卻沒見你使武器，要不你耍一耍，讓我們也開開眼。」

智深聽了，從屋裡取出了那根重六十二斤的禪杖。眾無賴見了，驚訝地說：「這根禪杖這麼重，拿起來都費勁兒，如何耍得了？」智深拿著它耍了幾下，臉不紅心不跳。眾無賴齊聲喝采。

智深正耍得起勁兒，牆外傳來喝采聲：「耍得好！」智深循著聲音望去，只見牆外站著一位軍官。這位軍官大約三十四五歲，豹頭環眼，身長八尺，十分威武。

眾無賴說：「這位武師說好，那就肯定不假。」

智深問眾無賴：「那位軍官是誰？」

眾無賴回答：「他是八十萬禁軍槍棒教頭林武師，名叫林沖。」

智深請林沖進來說話。林沖跳牆進來，和智深一起坐在地上。智深問林沖為何到此地，林沖回答：「我跟夫人一起來附近的廟裡還願，經過這裡時看你棒耍得好，一時入迷了，就讓夫人和侍女錦兒去了廟裡，我在這裡等她們回來。」智深簡單地說了自己的經歷，並說自己年幼時曾經見過林沖的父親。林沖聽了非常高興，當下就跟智深結為兄弟。

智深有了眾無賴作伴，又跟林沖結為兄弟，非常高興，就叫人添了酒菜招待林沖，二人稱兄道弟，好不快活。

第八回　林沖遭暗算

林沖剛喝了兩杯酒，侍女錦兒慌張地跑了過來，對他說：「官人！不好了！娘子在五岳樓下被一個無賴攔住了。」林沖聽了，急忙拜別智深，跟著錦兒走了。

五岳樓前，一個年輕後生帶著幾個打手，攔住了林沖的妻子，對她說：「你到樓上去，我有話跟你說。」林沖的妻子紅著臉說：「光天化日，你們竟敢如此無禮！」

林沖飛奔到那後生身後，一把扳過他的肩膀，提起拳頭要打，卻認出他是高太尉的乾兒子高衙內❶，立刻住了手。

高衙內本名高檻（ㄎㄢˇ），原是高俅的跟班，後來高俅發了跡，高檻自願給高俅當乾兒

❶【衙內】唐代稱擔任警衛的官員，到了五代和宋初，擔任這種職務的大多是大臣的子孫，後來就泛指官僚子弟。

子，經常仗著高俅的權勢欺男霸女，人稱「花花太歲」，他不認得林沖的妻子，因此才說：「林沖，你為什麼要多管閒事？」

眾打手見狀，連忙過來勸解：「教頭，衙內不認識你家娘子，多有得罪，還請教頭不要見怪。」

林沖礙於高俅的面子，只好作罷。

智深趕了過來，得知實情之後，要去揍高衙內一頓，被林沖勸住。

高衙內回家之後，一心想著林沖的妻子，可又得不到，整天悶悶不樂的。打手富安明白高衙內的心思，悄悄地對高衙內說：「衙內不必害怕林沖，畢竟他在太尉手下當差，不敢輕易得罪太尉，不然的話，輕則讓他充軍，重則取了他的小命。小人有一計，可以解衙內相思之苦。」

高衙內一聽，立刻來了興致：「快快講來，我一定重重賞你。」

富安說：「太尉府有個虞候❷叫陸謙，他是太尉的心腹，也是林沖的好朋友。衙內可以讓他請林沖到樊（ㄈㄢ）樓喝酒，我則把林娘子騙到陸謙家裡，然後衙內以甜言蜜語哄她開心。女人大多水性楊花，看見衙內如此風流倜儻又討人歡心，自然會順從的。衙內，你覺得如何？」高衙內聽了直叫好，當晚就叫來了陸虞候。

陸虞候為了討高衙內歡心，也顧不上朋友交情了，第二天就來到林沖家，以散心為由，把林沖請進了樊樓，兩個人一邊喝酒一邊聊天。

林沖喝了八九杯酒，出去小解，回來時正好遇到侍女錦兒，得知妻子被騙，狂奔到陸謙家，只見房門關著，裡面傳來他妻子的聲音：「清平世界，你竟敢強行關押良家婦女！」接著傳來高衙內的聲音：「娘子，你就可憐可憐俺吧！俺如此待你，就算你是鐵石心腸，也應該感動了。」林沖大怒，衝上樓梯大叫：「開門！」高衙內聽了，大吃一驚，跳窗而逃。

林沖砸了陸謙家，把妻子和錦兒送回家，拿了一把解腕尖刀❸，到樊樓找陸謙算帳，沒有找到，又去陸謙家門口等了一晚上，也沒有結果，只好回家了。

陸謙嚇得躲進了太尉府，林沖一連等了他三天都沒有等到。第四天中午，智深來拜訪林沖，林沖請智深去街上喝酒。從此以後，林沖經常跟智深出去喝酒，慢慢地也就把這件事兒給放下了。

高衙內受了驚嚇，又不敢對太尉說出實情，竟然生病了。高俅得知內情之後，心疼乾兒子，

---

❷【虞候（ㄩˊㄏㄡˋ）】春秋時期為掌管山澤的職官。西魏和隋朝以後用作軍官稱號。職責包括警備巡查或內部監察等。宋代軍事編制單位設置「都」一級，設將虞候一職，地位較低。

❸【解腕尖刀】古代一種較普遍的刀具，一般尖長、背厚、刃薄、柄短，類似匕首，但只有一面有刃，主要功能是割、刺和肢解而非劈砍。它小巧方便，容易攜帶且不易被發現。

就和陸謙、富安二人商量了一條除掉林沖的毒計。

這一天，林沖和智深一起出去喝酒，經過一個巷口時，看見一個漢子拿著一把刀在叫賣：「這樣一把好刀，竟然沒有人識貨。」林沖沒有理會，一邊向前走一邊和智深說話。那漢子又說：「偌大一個東京，竟然沒有一個人認得兵器。」林沖一聽，不禁回頭看了看，只見那把刀明晃晃的，一看就是一把好刀，非常喜歡，以一千貫買下了它。

林沖買了刀之後，翻來覆去地看，一邊看一邊叫好：「真是一把好刀！高太尉有一把寶刀，我幾次想看，太尉都不肯。我這把寶刀只怕比高太尉那把還好。」

高太尉說：「林沖，你沒有得到本官的召喚，竟然帶刀闖入白虎節堂，難道想刺殺本官？」

第二天巳時❹，有兩個差役來到林沖家，他們自稱是太尉府新來的差役，對林沖說：「太尉聽說你買了一把寶刀，想拿他的寶刀跟你的比比看，請你現在就去太尉府。」

林沖聽了，說：「肯定是哪個人嘴快，讓太尉得到了消息。」於是穿好衣服，拿起寶刀，跟著差役出了門。

到了太尉府，兩個差役把林沖帶到一個四周全都是綠欄杆的屋子裡，對林沖說：「教頭，請稍等，我們這就去請太尉。」

林沖站在屋子裡等了一會兒，不禁抬頭看了看，只見屋頂處掛著一塊匾，匾上寫著「白虎節堂」四個大字，林沖突然想到：「這節堂是太尉商議軍機大事的地方，不經召喚是不能隨便進來的。」於是急忙轉身，還沒有離開，只見高太尉走了進來，只好拿著刀向高太尉聲喏❺。

高太尉說：「林沖，你沒有得到本官的召喚，竟然帶刀闖入白虎節堂，難道想刺殺本官？」

---

❹【巳時】相當於現在的上午九到十一點。

❺【聲喏（ㄖㄜˇ）】又稱「唱喏」，是古代下屬參拜上級的一種禮節。行禮時，下屬一邊拱手作揖，一邊出聲致敬。

林沖躬身回答：「恩相，剛才有兩個差役叫林沖拿刀過來，說太尉想看看我的寶刀。」

太尉呵斥他說：「胡說，我根本沒派什麼差役！來人，給我拿下林沖！」話音剛落，旁邊的耳房裡就衝出三十多個人來，把林沖摁倒在地，然後押著林沖到了開封府。

林沖見了開封府滕（ㄊㄥˊ）府尹❻，把事情的經過說了一遍。滕府尹害怕高太尉，把林沖關進了大牢。

林沖的家人知道之後，一邊給林沖送飯，一邊花錢打通關節。經過一番周旋，林沖雖然保住了一條命，但是挨了二十脊杖❼，臉上刺字❽，由董超、薛霸兩名差役押往滄州大牢。

高太尉本想除掉林沖，可是自知理虧，又礙於滕府尹的情面，只好另做打算。

---

❻【府尹】北宋時在京城開封設置的文職，專管京城的治安和政務，相當於現在的北京市市長。

❼【脊杖】古代一種施於背部的杖刑，打的時候一般會打出血，所以很容易把人打殘廢。相比之下，臀杖只打人的臀部，一般不會將人打到重傷，可見脊杖要比臀杖重得多。

❽【刺字】又叫墨刑、黥（ㄑㄧㄥˊ）刑，在罪犯面部、頸部、臂部或身上刺字，用以標明犯罪事由及刺配地點、防止罪犯逃跑，並塗上顏色使字跡明顯。

第九回　智深救林沖

林沖被押出開封府時，他的岳父張教頭已經在外面等著了。張教頭請兩位差役喝了酒，又給了他們一些銀子，請他們好好對待林沖。

林沖十分感激張教頭，擔心自己不能活著回來，就休了妻子，以便她將來改嫁。休書剛寫好，林娘子就哭著跑了過來，錦兒抱著一個包袱跟在後面。林沖見了妻子，當面請妻子改嫁。林娘子哭著說：「官人，我並沒有做對不起你的事，你為什麼要休了我？」林沖回答：「娘子，我這一去，不知還能不能回來，我不想誤了你。」林娘子聽了，又哭了起來。張教頭見狀，對林沖說：「女婿，你一定要回來，我明天就去把女兒接回自家去，等你回來了，你們再團聚。如果方便，一定要寫信回來！」林沖聽了，對岳父千恩萬謝。

董超和薛霸先把林沖收監，然後回家收拾行李。他們回到家時，有人登門請他們喝酒。喝了幾杯酒之後，那個人從袖子裡取出十兩金子給他們，說：「我是高太尉的心腹陸虞候，有事請二位幫忙。」

董、薛二人聽了，連忙恭敬地說：「大人有何吩咐？」

陸謙說：「二位也知道，林沖是太尉的死對頭，如今太尉派我送十兩金子給二位，希望二位找個僻靜的地方除掉林沖，再去滄州討一個回書就可以了。如果出了什麼事，都由太尉頂著。」

董超聽了，有些不情願。薛霸不願意得罪高太尉，又見有金子可拿，滿口答應了。三個人又喝了一些酒，然後才散去。

董、薛二人把金子送回家，取了行李和水火棍❶，押著林沖上路了。

當時正是六月，天氣酷熱。走了三四天，林沖棒瘡發作，走得特別慢。薛霸見了，一直埋怨林沖害他們受苦。晚上休息時，林沖買了一些酒菜，請董、薛二人吃喝。

董、薛二人添了一些酒，灌醉了林沖。薛霸燒了一鍋開水，倒進腳盆，叫醒林沖：「林教頭，你洗洗腳再睡。」林沖戴著枷鎖，沒法彎腰，薛霸假裝要幫他洗。林沖連忙說：「使不得。」薛霸回答：「出門在外，何必計較那麼多。」林沖不知是計，就伸出腳。薛霸立刻把林沖的腳放進腳盆裡，把林沖的腳燙得又紅又腫。林沖明知薛霸是故意的，也沒說什麼。

第二天四更時，薛霸起來做飯，和董超一起吃了。五更時，三個人一起上路了。林沖沒有吃早飯，腳上又全是燎泡，走不到二三里路就走不動了。

薛霸不顧林沖滿腳都是鮮血，大罵林沖故意拖延時間。林沖連忙解釋：「小人哪敢拖延，實在是腳疼得走不了。」董超聽了，扶著林沖，林沖勉強繼續往前走。又走了四五里路，來到野豬林。野豬林四處煙霧瀰漫，是東京去往滄州的第一個險峻之地。宋朝時，許多跟人有仇的囚犯都在這裡被殺。董、薛二人解下行李，對林沖說：「俺們走累了，想睡一會兒，可又怕你逃走，所以想把你綁起來，否則，俺們根本睡不安穩。」林沖沒想逃走，就答應了。

董、薛二人把林沖聯手帶腳地綁在樹上，拿起水火棍，對林沖說：「不是俺們要殺你，而是陸虞候讓俺們這麼做的，他說這是高太尉的意思。反正你早晚都得死，還不如今天就讓俺們要了你的命。」林沖聽了，頓時淚如雨下：「小人跟二位無冤無仇，如果二位能放過小人，小人一定不忘二位的恩德。」

薛霸無動於衷，提起水火棍，照著林沖的腦袋打去。就在這時，松樹背後飛來一根禪杖，打落了水火棍，隨後跳出一個胖大和尚，他掄起禪杖就去打那兩個差役。

林沖定睛一看，發現那和尚竟然是智深，連忙叫他住手。

❶【水火棍】古時供差役使用的木棍，一端塗有象徵著火的紅色，另一端塗有象徵著水的黑色，取不容私情之意，故取名「水火棍」。

兩個差役嚇得一動也不敢動。林沖對智深說：『是高太尉指使他們做的，與他們無關。』

兩個差役嚇得一動也不敢動。林沖對智深說：「是高太尉指使他們做的，與他們無關。」

智深用戒刀割斷繩子，扶起林沖，說：「兄弟，俺聽說你被發配到滄州，又見這兩個差役被人請去喝酒，就猜測他們可能要加害於你，於是一路跟了過來。昨天夜裡，俺得知他們用開水燙你，本想當時就殺了他們，又怕客店裡的人壞事，就提前來到這片林子裡，準備在這裡殺了他們，沒想到他們竟然想在這裡害你，真是可惡至極。」

林沖慌忙為二人求情，智深雖然氣憤，可是看在林沖的面子上，還是饒了他們。二人連忙背上包裹，拾起水火棍，替林沖拿了包裹，扶著林沖向前走。

四個人走了三四里，來到一家小酒館，買了一些吃的。兩個差役說：「師父，您在哪個寺裡出家？」智深回答：「你們這兩個鳥人，問這個幹什麼？難道想讓高俅去找俺算帳？別人怕那傢伙，俺可不怕。洒家若是見了那傢伙，一定打他三百禪杖。」兩個差役聽了，連忙閉上嘴巴。

出了酒館，林沖問智深準備去哪裡，智深回答：「俗話說：『救人救到底』，洒家擔心他們再害你，決定把你送到滄州去。」兩個差役聽了，不由得暗暗叫苦，可是也沒有辦法。

一路上，智深說上路就上路，說歇息就歇息，兩個差役根本不敢違拗，就算挨打挨罵，也不敢說一個「不」字，生怕不小心丟了性命。

到了私底下，董、薛二人悄悄地商量：「聽說大相國寺來了一個名叫智深的和尚，可能就是這個人吧。到時候，我們就把一切責任都推到這個人身上，這樣不但能保住我們的性命，還不用把那十兩金子還回去。」

第十回　豹子頭獻藝

在距離滄州只有七十里的地方，智深打聽到前面都是人家，那兩個差役不好對林沖下手，就和他們道了別。

臨行前，智深給了林沖二十兩銀子，又給了那兩個差役幾兩銀子，然後掄起禪杖，打斷了一棵松樹，警告兩個差役：「你們這兩個鳥人，如果敢對俺兄弟不利，俺就叫你們跟這棵松樹一樣。」董、薛二人聽了，都嚇得瞠目結舌。

晌午時分，三個人來到官道邊的一家酒店裡。店小二忙著搬東西，根本沒工夫招待他們。林沖等得實在不耐煩了，就敲著桌子問店主：「你這店主可真是的，看我是犯人，就不招待我，難道怕我不給你銀子？」店主回答：「客官，我這是為你好。你有所不知，俺這村裡有個大財主叫柴進，俺們都叫他柴大官人，江湖上稱他為『小旋風』。他是周世宗柴榮的後代，有太祖武德皇帝御賜的『誓書鐵券❶』，因此沒人敢欺負他，他喜歡招攬好漢，家裡已經養了三五十個。他囑咐我們說：『如果有流配的犯人，你就讓他們到我莊上去，我會資

助他們的。』如果我現在賣酒菜給你，讓你喝紅了臉，他就會知道你有銀子，自然也不會資助你了。」

林沖曾經聽說過柴進，如今得知他在這裡，想去見一見他，於是建議兩個差役去投奔他。兩個差役尋思可能有好處，就答應了。三個人按照店主的指示，到了柴進家，碰巧柴大官人出去打獵了，林沖只好悶悶不樂地和兩個差役原路返回。走了一會兒，只見林子深處出現一夥人，為首的那位官人騎著一匹雪白的捲毛馬，帶著一群人直奔柴進的莊院。林沖看了看他們的裝束，像是打獵回來，就問：「請問是柴大官人嗎？」

那位官人問林沖：「你是什麼人？」林沖連忙躬身行禮，然後做了自我介紹。那位官人聽了，連忙下馬，一邊回禮一邊說：「柴進有失遠迎。」然後拉著林沖的手回到莊院。

到了客廳，柴進說：「小可❷久聞教頭大名，沒想到今日竟然有緣得見。」林沖回答：「林沖雖然微賤，可也久聞官人大名，非常敬佩官人，如今流配到此，見了官人尊顏，真是三生有幸。」柴進大擺筵席，款待了林沖三人。

---

❶【誓書鐵券】形如瓦片的鐵製品，民間俗稱「免死牌」，是封建帝王頒發給功臣、重臣的一種帶有獎賞和盟約性質的憑證，持券人與朝廷各執一半。

❷【小可】宋元時期的民間口語，一般用於男性對自己的謙稱。

不知不覺間，太陽已經落山。這時，莊客報說洪教師來了。林沖見了洪教師，猜出他是柴大官人的師父，連忙躬身唱喏。可洪教師卻對林沖視若無睹，任憑林沖就那樣彎著身子。柴進見狀，把林沖介紹給洪教頭，沒想到洪教頭只讓林沖起身，卻沒有躬身答禮，柴進非常不高興。

大家坐下之後，洪教頭問：「大官人今天為什麼如此厚待配軍？」

柴進回答：「因為他是八十萬禁軍教頭林沖。」

洪教頭說：「我只當他是來騙吃騙錢的，哪裡當他是教頭。」

林沖聽了，一句話也沒有說。

柴進說：「人不可貌相，師父可不要小看人。」

洪教頭聽了很不高興，跳起來說：「我不相信他，除非他敢和我比比槍棒。」

柴進大笑著說：「這樣也好。林武師，你意下如何？」

林沖回答：「小人不敢。」

洪教頭聽了，心想林沖肯定是膽怯了，所以更加放肆。

柴進一來想看看林沖有多大本事，二來想讓林沖贏了洪教頭，省得洪教頭如此囂張，就慫恿林沖接受挑戰：「洪教頭剛來這裡不久，沒有對手，小可正想看看二位教頭的本領，林武師就不要推辭了。」

林沖原本還擔心自己打贏了會傷柴進的面子，如今柴進既然說開了，林沖也不再有顧處，拿起哨棒迎戰洪教頭。

兩個人打了四五回合，林沖叫了一聲停，然後說：「小人輸了。」柴進說：「才剛剛開始怎麼就認輸了呢？」林沖回答：「小人只多了一具枷鎖，如今自知打不過洪教頭，所以認輸。」柴進這才意識到自己一時疏忽了，於是派莊客取來十兩銀子，請兩位差役打開林沖的枷鎖。兩位差役見柴進氣宇軒昂，又許諾會承擔一切責任，還送了十兩銀子，就打開林沖的枷鎖。柴進為了鼓勵林沖使出真本事，讓莊客取出二十五兩銀子，作為對勝者的獎勵。

洪教頭既想爭銀子，又怕輸了銳氣，使出「把火燒天勢」。林沖使出「撥草尋蛇勢」。洪教頭舉棒打下來，林沖向後退了一步，洪教頭追了過來，又打了一棒。不一會兒，洪教頭的步子就亂了。林沖挑起哨棒，把他打倒在地。

柴進非常高興，連忙叫莊客擺酒慶賀。洪教頭自知技不如人，慚愧地離開了。柴進拉著林沖的手走向後堂，叫莊客把那二十五兩銀子給了林沖。林沖推辭不過，只好接受。

第二天吃了早飯，林沖依舊戴著枷鎖上路，另外還帶了柴進寫給滄州大牢官差的兩封信。到了滄州，州官命人把林沖押到牢裡，又給兩個差役寫了回文。

林沖到了大牢裡，眾犯人都對他說，這裡的管營❸和差撥❹都凶神惡煞的，只認錢不認人，犯人要想免受皮肉之苦，必須給他們每人五兩銀子。

不一會兒，差撥就來了，問：「哪個是新來的配軍？」

林沖回答：「小人便是。」

差撥見林沖沒有拿錢出來，立刻變了臉，指著林沖大罵：「你這個賊配軍！見了我為什麼不拜？你這傢伙，在東京犯了事，到了這裡還如此猖狂。我看你滿臉都是餓紋，看來一輩子都不可能發跡！如今你這把賤骨頭落在我手上，看我怎麼收拾你。」林沖聽了，急忙掏出五兩銀子給了差撥。差撥得了銀子，果然變得和氣了很多。林沖心想：「果真是有錢可以通神。」

林沖又拿出柴進寫的信，差撥說：「柴大官人一封信值一錠金子！一會兒如果管營派人叫你去吃一百殺威棒，你就說你有病，我再幫你說情就可以了。」不一會兒，果然有人點名叫林沖去吃殺威棒。林沖照著差撥說的做了，果然免了一頓毒打，還被派去看管天王堂，每天只需要燒香掃地就可以了。差撥說，這是大牢裡最輕鬆的活兒。林沖又給了差撥幾兩銀子，請差撥打開他身上的枷鎖，差撥連忙照做了。

不知不覺間，林沖在天王堂裡已經掃了四五十天的地，漸漸地跟管營、差撥都混熟了，他們也不再管束他。柴大官人送了冬衣和禮物給林沖，林沖把這些東西都分給了其他犯人。

---

❸【管營】古代邊遠地區管理充軍罪犯服役的官吏，相當於現在的監獄長。

❹【差撥】古代官職名，相當於現在的獄警頭目。

第十一回　風雪山神廟

隆冬裡的一天上午，林沖偶爾走出監營閒逛，忽聽背後有人叫他，林沖回頭一看，原來是他在東京的舊識李小二。

林沖問：「小二哥，你怎麼也到這兒來了？」

李小二拜了拜林沖，回答：「當初小人偷人錢財被捉，若不是恩人說情，小人就被送進官府問罪了，後來恩人又幫小人賠了錢財，還給小人盤纏，小人這才碰巧來到滄州。後來，小人因為做菜的手藝好，得到了一個酒店店主的賞識，成了他的女婿。如今岳父和岳母都已經過世，小人夫妻倆在牢城營旁邊開了這家茶酒店，沒想到在這裡遇見了恩人。恩人，你怎麼會在這裡？」

林沖指指自己臉上的刺字，說出了事情的經過。

李小二請林沖去家裡作客，並和妻子熱情款待了林沖。自此以後，李小二經常給林沖送吃的，還叫妻子給林沖縫補衣服，林沖也經常資助他們。

一天，一個軍官帶著一個隨從進了李小二的茶酒店，拿出一兩銀子，吩咐李小二：「先上三四瓶好酒來，等客人到了，再上一些好菜。」李小二問：「官人要請誰？」軍官回答：「麻煩你去牢營裡幫我把管營和差撥請來，就說有個官人有要事跟他們商量。」李小二照做了。

管營和差撥來了之後，管營問：「官人，您是哪位？」軍官拿出一封信給他們，吩咐李小二上酒菜，然後讓李小二出去了。

李小二出了客房，對老婆說：「娘子，聽口音，這兩個人像是從東京來的，他們並不認識管營和差撥，嘴裡還說什麼『高太尉』，難道他們是衝林教頭來的？我來照看生意，你去客房旁邊偷偷聽一聽他們在說什麼。」李小二的妻子照做了，之後對李小二說：「他們交頭接耳地說話，我聽得不太清楚。後來，那個軍官從懷裡掏出一包東西給管營和差撥，差撥說：『放心吧，我一定取了他的性命。』。」

李小二正要回應妻子，卻被客人叫了進去。這四個人又吃喝了一會兒才離開。

過了一會兒，林沖走進店裡。李小二連忙說：「恩人來得正好，小人正要去找恩人呢。」接著跟林沖說了剛才的事。林沖問了那個軍官的長相和年紀，猜出他就是陸虞候，心裡冒出一股怒火，便到街上買了一把解腕尖刀，到處尋找陸謙，卻沒有找到。

林沖找了四五天，一直沒有找到陸謙，慢慢地放鬆了警惕。

到了第六天，管營叫來林沖，說：「你來這裡這麼久了，卻一直沒有得到提拔，如今我們也該看在柴大官人的面子上提拔你了。東門外十五里有一座大軍草料場，以前由一個老軍看管，現在你就代替他的位置，讓他去看守天王堂。」

林沖跟李小二說起這事，李小二回答：「這是個好差事，一般得花錢才能得到。」林沖說：「他們不但沒害我，反而提拔我，不知道會不會有什麼陰謀。」李小二聽了，安慰林沖不要多想。

林沖告別李小二，收拾好行李和武器，和差撥一起向草料場走去。此時已是嚴冬，大雪紛紛揚揚地下了一整天。

林沖到了草料場，和老軍做了交接。老軍指著牆上的一個大葫蘆對林沖說：「你要想喝酒，出了草料場往東，沿著大路走二三里就可以了，那裡有集市。」說完就和差撥回牢城營了。

林沖生了火，可是草屋已經被大風吹壞，屋裡很冷。林沖心想，等雪停了，叫一個泥水匠來把草屋修整一下。想到這裡，林沖拿出一些碎銀子，用花槍挑起酒葫蘆，蓋好火盆，踏著雪向集市走去。

雪花一片接一片地飄落在地。

林沖走了不足半里，看見一座山神廟，頂禮❶說：「願神明保佑！改天我再來燒紙錢。」

林沖走進一家酒店，店主認出了那個酒葫蘆，得知林沖是新來的看守，上了一盤牛肉和一壺熱酒，算是給林沖接風。

林沖填飽肚子，又買了一些牛肉和一葫蘆酒，把牛肉裝在懷裡，用花槍挑起酒葫蘆，迎著北風出了酒店。

雪下得更大了。

林沖迎著北風回到草料場，只見草屋已經被大雪壓倒，火盆已經被澆滅。林沖只好捲起棉被，挑起酒葫蘆，鎖上門，向山神廟走去。進了山神廟，林沖用一塊大石頭堵住門，收拾出一個睡覺的地方，開始喝酒吃肉。

突然，門外傳來劈劈啪啪的聲音，林沖連忙跳起來，透過門縫向外面看，只見草料場燃起了熊熊大火。林沖正要開門去救火，只聽外面有人說話，連忙趴在門後，聽見三個人走了過來。

那三個人推了推門，沒有推開，就站在屋簷下，看著草料場的大火。第一個人說：「此計不錯吧？」第二個人回答：「多虧管營和差撥用心，等到了京師，我一定向太尉舉薦二位，保管讓二位升官發財。這一回，張教頭沒理由再推脫了。」第三個人說：「我們殺了林沖，高衙內的病就能好起來。」第二個人說：「張教頭那老傢伙！太尉三番五次派人去說情，他就是不肯把女兒送給高衙內，如今他女婿死了，看他還有什麼話說。」第一個人說：「小人爬牆進去，在草堆上點了十來把火，保管他逃不出去！就算他逃出去了，也難逃一死，因為燒了大軍草料場也是死罪。」第三個人說：「我們回去吧。」第二個人說：「再等等，拾兩塊骨頭回去，讓太尉和衙內知道我們有多能幹。」

林沖聽出了他們的聲音，知道他們就是差撥、陸虞候和富安，心想：「老天可憐我林沖，讓我到山神廟借宿，不然我一定會被這幫狗賊活活燒死。」想到這裡，林沖搬開石頭，提著花槍拽開廟門，大叫：「狗賊哪裡走！」

三個人見了林沖，都嚇得一動不動。林沖一槍把差撥打翻在地，追出十來步，刺死了富安。陸謙回過神來，拔腿就跑。林沖大喝一聲：「奸賊，哪裡逃！」說著，舉槍去追陸謙，一槍把陸謙打倒在地，掏出解腕尖刀，擱在陸謙臉上，說：「奸賊，我們從小就認識，如今你卻來殺我，先吃我一刀再說。」說完，一刀殺了陸謙。

差撥爬了起來，正要逃走。林沖看到了，說：「你這傢伙也很歹毒，我不會放過你。」說完就給了差撥一刀並割下他的頭，又割下陸謙和富安的頭，把它們都擺在山神廟的供桌上，以感謝山神爺的救命之恩。然後穿好衣服，把酒喝光，向東走去。路上遇到村民來救火，林沖對他們說：「你們快去救火！我去報官！」然後逃走了。

---

❶【頂禮】佛教最高的敬禮，行禮時，雙膝跪地，兩手伏地，以頭頂著被拜者的腳，所以稱爲「頂禮」。

林沖大喝一聲：「奸賊，哪裡逃！」

雪下得更大了。

不知過了多久，林沖看見幾間草屋，草屋上壓著厚厚的積雪，屋裡透著亮光，就推門走了進去。草屋裡坐著幾位莊客，他們正圍坐在一個火爐旁邊。林沖發現火爐上煨著酒，想討一些來喝，他們不肯，林沖就把他們都打跑了，自己喝了個飽，然後踉踉蹌蹌地走了出去，走不到一里路，醉倒在山澗邊。

眾莊客循著足跡找到林沖，把他綁回莊院，正要打他，柴進走了過來，原來林沖恰恰逃到了柴進的另一處莊院。

柴進聽了林沖的遭遇之後，留林沖住下了。過了幾天，官府捉拿林沖的文書下到各地，林沖擔心自己會連累柴進，決定離開。柴進給了林沖一些盤纏，又寫了一封信，把林沖推薦到了山東濟州的水鄉梁山泊，然後以打獵為由掩護林沖出了城。

林沖與柴進道別之後，又走了十幾天，當時雖然已經到了冬末，可是依然北風呼嘯，滿天飛雪。

第十二回　雪夜上梁山

林沖一路踏著雪前行，天黑時走進一個湖邊酒店，要了一些酒肉吃了起來。喝了三四碗酒時，有個客人背著手走到門前看雪。林沖叫來店小二，請他喝了一碗酒，然後問他梁山泊離這裡有多遠。店小二說梁山泊離這裡只有幾里路，可是只有坐船才能過去，現在下著大雪，天也黑了，又找不到船，根本過不去。

林沖只好埋頭喝酒，想起高俅的迫害，越喝越傷感，就叫店小二拿筆墨來，在牆上寫了幾句感懷自己身世悲慘的詩：「仗義是林沖，為人最樸忠……」。

有個看雪的客人見了詩，又看到林沖臉上的刺字，就揪住他，問他是不是「豹子頭」林沖。林沖以為那人要捉自己去官府，沒想到那人卻向林沖行了個禮，坐下來說：「梁山泊上都是山賊，兄台去那裡幹什麼？」林沖說了自己的遭遇。

那人聽完，對著林沖就拜，並說：「小人是梁山泊大頭領『白衣秀士』王倫的手下，名叫朱貴，江湖人稱『旱地忽律』，奉王首領之命在這裡開酒店，以便打劫往來客商。如果遇

到有錢人，輕則給他下蒙汗藥，重則當場殺了他；如果客人沒錢，就放他過去。剛才聽兄台打探梁山泊怎麼走，又見你寫出大名，小弟這才得知是兄長，你又有柴大官人寫的書信，我想王頭領肯定會重賞你的。」原來，當初王倫和杜遷曾經投奔過柴進，柴進不但留他們住了一段時日，還給了他們一些盤纏。如今朱貴聽說林沖是柴進推薦來的，自然不敢怠慢，安排酒菜招待林沖，並讓林沖在酒店裡住一夜，等天亮時再送林沖上山。

第二天五更時分，朱貴和林沖一起吃了早飯，然後取出一張弓，向湖對面的蘆葦叢射了一支箭，說這是山寨裡的號箭，過一會兒山寨裡就會派船過來。

不一會兒，對面的蘆葦蕩裡果然出現了一隻快船。船由幾個小嘍囉划著，一直來到水亭下。朱貴帶林沖上了船，直奔金沙灘，上了山寨。

山寨門口擺著許多兵器，四邊都是擂木炮石。山寨裡有一塊幾百丈見方的平地，四周都有高山圍著，地勢十分險要。

林沖跟著朱貴來到聚義廳，拜見了「白衣秀士」王倫、「摸著天」杜遷、「雲裡金剛」宋萬這三位頭領，然後站在朱貴旁邊。

朱貴簡要地說了林沖的遭遇，然後呈上柴進的書信。

王倫看了柴進的書信，讓林沖坐了第四位，讓朱貴坐了第五位，然後安排了一些酒菜。席間，王倫想到林沖武藝高強，擔心林沖佔了自己的位子，想藉故打發林沖下山，可又礙於柴進的面子，所以暫時也沒說什麼。等到席散，王倫叫小嘍囉托出五十兩金銀和兩匹絲絹，對林沖說：「柴大官人舉薦教頭來小寨入夥，只可惜小寨缺糧少兵，恐怕會耽誤足下❶的前程，所以我特地準備了一些薄禮給足下，以便足下去大寨安身。」

林沖聽了，求王倫收留，並說明自己只想有個安身之地。朱貴、杜遷、宋萬也極力為林沖說情，都說山寨中也不多林沖一個人，再說林沖又是柴大官人引薦來的，如果不收留林沖，跟柴大官人也不好交代。王倫見眾頭領都為林沖說情，只好對林沖說：「你要是真想入夥，就去納一個投名狀❷來。」

林沖說：「寫就寫。」說完就拿起紙筆要寫。

朱貴笑著說：「教頭，你弄錯了。我們所說的投名狀，就是下山去殺一個人，然後割下人頭提上山來。」

林沖說：「這事也不難，就怕山下沒人經過。」

王倫限林沖在三天之內交上投名狀，如果交不上，林沖就得下山。林沖只好答應了。

第二天一早，林沖叫一個小嘍囉領自己下山，找了一條僻靜的小路等路人經過。整整等了兩天，都沒有孤身趕路的人經過，林沖只好悶悶不樂地上了山。第三天，林沖一大早就來到樹林裡埋伏了，一直等到天快黑時也沒有收穫。

林沖正準備放棄，小嘍囉說：「那裡有一個人。」林沖一看，只見山坡下有個人挑著擔子走來。等那人走近了，林沖猛然跳出來，嚇得那人扔了擔子就跑。林沖沒有追上那人，說：「等了三天，好不容易等來一個人，卻讓他跑了。」

小嘍囉說：「殺不了人也不要緊，可以用這一擔財物代替。」林沖聽了，讓小嘍囉先把擔子挑回去，他自己再等等看。

不一會兒，山坡下出現一個大漢，林沖連忙跳出來攔住了他。那個大漢提著朴刀大叫：「該死的山賊，洒家正要去捉你呢，你卻送上門來，快還俺行李。」說完直奔林沖而來。

林沖見他來勢洶洶，連忙上前迎戰。

這時雪已經停了，雲霧也逐漸散去，只有溪邊冒出兩股殺氣。兩個人鬥了四十多個回合也沒有分出勝負。

王倫帶著杜遷、宋萬和許多小嘍囉下了山，制止了打鬥，把林沖和那大漢都請到了山上。那個大漢自我介紹說：「洒家是三代將門之後，五侯❸楊令公❹之孫，姓楊名志。年少

---

❶【足下】古代人用來稱呼上司或同輩的敬辭。

❷【投名狀】古代人在成爲強盜時必須簽署的一份生死契約，以表達自己對組織的忠誠之心。

❸【五侯】分公、侯、伯、子、男這五個等級的爵位，泛指豪門權貴。

時曾是武舉人，被任命為殿司制使❺，後來受命和另外九位殿司制使一起去太湖搬運『花石綱』。沒想到在黃河上遇到了風浪，船被打翻，花石綱也丟了。洒家不敢回京，只好四處避難，如今被赦免，就命人擔著財物去東京打點，沒想到路過這裡時，財物卻被你們搶了，你們能把財物還給俺嗎？」

王倫早已聽說過「青面獸」楊志的大名，連忙設宴款待楊志。席間，王倫尋思楊志可以克制林沖，就問楊志願不願意留下來當頭領。

楊志不願意，王倫只好還了楊志的錢物，送他下山了。

從此，林沖就在梁山泊當了強盜，和另外四個好漢一起打家劫舍。

---

❹【楊令公】（約九三二—九八六年）又名楊繼業、楊業，今山西太原人，北宋名將，在抗遼戰爭中因屢立戰功被人稱爲「楊無敵」。

❺【殿司制使】宋朝的一種官職，主要負責訓練士兵、戍守等任務。

第十三回　楊志賣刀

楊志回到東京，經過多番打點，重新得到殿司制使一職。

這一天，楊志照例去拜見高太尉。高太尉怒斥楊志：「去搬運花石綱的制使有十個，只有你弄丟了花石綱，隨後又畏罪潛逃，如今還好意思回來，像你這種人，根本不能委以重任。」說完就趕走了楊志。

楊志在客店裡住了幾天，花光了銀子，只好拿著祖傳寶刀去集市上賣，遇見了京城裡有名的無賴牛二。牛二綽號「無毛虎」，專在街上為所欲為，連開封府也拿他沒有辦法，只要他一出現，眾人都會躲得遠遠的。

牛二見了楊志的寶刀，問這把寶刀值多少錢。楊志回答：「這把寶刀是祖上留下來的，值三千貫。」

牛二一聽，大叫著說：「一把破刀也敢賣這麼貴！」

楊志回答：「俺這寶刀削鐵如泥，吹毛可斷，殺人不沾血。」

楊志一刀就把那二十文錢剁成了兩半，眾人見了，齊聲叫好。

牛二說：「你要是能剁開這二十文銅錢，我就給你三千貫。」

眾人都遠遠地看熱鬧。

楊志一刀就把那二十文銅錢剁成了兩半，眾人見了，齊聲叫好。

牛二見那把刀果然很好，向楊志耍賴，企圖霸佔那把刀。

楊志說：「你要買就拿錢來。」

牛二回答：「我沒錢！你要是男子漢，就剁我一刀！要是這刀真不沾血，我就給錢；要是沾了我一點兒血，你就得把這刀白送給我。」

楊志知道牛二在耍賴，一把將牛二推倒在地。

牛二惱羞成怒，揮拳去打楊志。楊志躲開了，舉刀砍向牛二的腦門，又照著牛二的胸脯刺了兩刀，牛二當場一命嗚呼。

楊志怕連累眾人，就去開封府自首了。府尹把他關進了大牢。

囚犯們聽說楊志殺了牛二這個惡人，都很敬佩他。百姓也來給楊志送飯。判官考慮到楊志為東京除了一害，再加上牛二家又沒有苦主❶，就判楊志誤傷人命，打了他二十脊杖，在

---

❶【苦主】舊時指命案中被害人的家屬。

他臉上刺了字，把他發配到北京大名府留守司。那把寶刀被官府沒收入庫。

許多百姓趕來為楊志送行，給了楊志一些盤纏，宴請了兩位押送公人。

一路上，楊志時不時地請兩位公人一起吃喝。

二月初，三個人到了北京城。兩位公人把楊志押解到大名府留守司，呈上開封府公文。留守名叫梁世傑，人稱梁中書，是當朝太師蔡京的女婿，他認識楊志，把楊志留在了身邊。楊志為人謹慎、做事勤快，梁中書想提拔他為副將，又怕眾人不服，就命令軍政司貼出告示，通知大小將士都去東郭門教場比試武藝。

大小將士奉命趕到東郭門教場。梁中書叫副將周謹出列與楊志比試。

周謹見了楊志，不屑地說：「你個賊配軍，也敢來跟我交槍。」

楊志聽了非常氣憤，正要跟周謹比武，被兵馬都監[2]聞達喝止。聞達說：「刀槍無眼，為了避免傷害自家兄弟，可將槍頭除去，用氈布代替，雙方都在地上蘸一些石灰，身上白點兒多的人認輸。」

梁中書聽了很贊同，命令眾官兵照做。

楊、周二人鬥了四五十個回合之後，周謹身上有許多白點兒，楊志只是左肩胛下有一個白點兒。

梁中書見了，宣布由楊志接任周謹的副將一職。另一位兵馬都監李成聽了，建議楊、周二人再比比箭，梁中書答應了。

楊、周二人各拿了一面遮箭牌護身。楊志對周謹說：「你先射我三箭，我再射你三箭。」周謹聽了，恨不得一箭把楊志射死，可是連射三箭都沒有射中楊志。輪到楊志射時，楊志擔心射後心會讓周謹喪命，於是射向周謹的左肩，一箭把周謹射下了馬。

梁中書非常高興，命令軍政司下文書，讓楊志接替周謹的職位。

楊志正要去拜謝梁中書，誰知陣中有人站了出來，說要與楊志比試一番，如果他輸了，再任命楊志為副將也不遲。那個人是周謹的師父，名叫索超，人稱「急先鋒」，現任大名府留守司將軍。

梁中書聽了，覺得非要眾人心服口服不可，於是命令楊志接受挑戰。

號令一響，索超掄起大斧，策馬奔向楊志。楊志舉槍迎戰。二人各自使出看家本領，鬥了五十多個回合還不分勝負。

梁中書簡直看呆了，圍觀的將士不停地喝采，李成、聞達二位都監也忍不住叫好。聞達擔心有人受傷，命令二人暫停打鬥，稟告梁中書說：「相公，這二人武藝相當，都可以重

❷【都監】又稱監軍，因督察多路兵馬而得名，負責本路禁軍的屯戍、訓練、監督任務和邊防事務。

用。」

梁中書大喜，命令楊志、索超二人都到廳前來，分別賞了他們兩錠白銀和兩匹布料，把他們都提升為管軍提轄，設宴款待眾軍官。

楊志和索超走馬上任，百姓見了都非常高興。梁中書問他們為何如此高興，百姓都跪下來回覆他說：「我們是土生土長的北京人，以前從未見過這麼英勇的將軍，如今在東郭門教場上見了，怎能不高興。」梁中書聽了，非常得意，更加器重楊志。

索超見楊志武藝高強，也很佩服楊志。

不知不覺間，端午節到了。梁中書和蔡夫人在後堂擺了家宴歡度節日。席間，蔡夫人對梁中書說：「相公今日得以擔當國家重任，是誰的功勞？」

梁中書回答：「世傑自幼讀書，知書達理，自然知道這一切都是岳父的功勞。」

蔡夫人說：「相公既然感激我父親的恩德，為什麼連他的生日都忘了？」

梁中書回答：「下官怎麼會忘呢！岳父的生日是六月十五日。我已經派人花十萬貫去買禮物，等禮物買好了，我再找個人護送到京師就可以了，夫人不必掛心。」

第十四回　七星聚義

山東濟州鄆城縣知縣名叫時文彬，他上任後不久，就叫來了馬兵都頭❶和步兵都頭。馬兵都頭名叫朱仝（ㄊㄨㄥˊ），因貌似關羽而被人稱為「美髯（ㄖㄢˊ）公」。他家境富裕，仗義疏財，武藝高強，結識了很多江湖好漢。

步兵都頭名叫雷橫，體力過人，武功也不錯，能夠從二三丈寬的小河上跳過去，因此人稱「插翅虎」。他雖然也比較仗義，但是心地有些狹窄。

時知縣對他們說：「我自上任以來，就聽說本府所屬的水鄉梁山泊有強盜，他們聚眾搶劫，禍害鄉里，所以我派你們帶兵去抓捕他們。你們不要驚擾鄉民，回來時要去東溪村採幾片紅葉，以證明你們確實去那裡巡邏了。這種紅葉只有東溪村才有，如果你們拿不出紅葉，

❶【都頭】宋代州縣的捕快頭目，屬於低級軍官。

我就當你們不忠於職守，到時我一定不會輕饒你們！」

當晚，雷橫帶著二十個士兵從東門出發，繞著村子巡邏了一遍，在東溪村採了一些紅葉就返回了。經過靈官廟時，雷橫發現供桌上躺著一個光著身子的大漢，以為是個盜賊，就和眾士兵一起把他綁了起來，押著他向東溪村的晁（ㄔㄠ）保正❷家走去，準備先去那兒吃點兒東西再說。

東溪村的保正名叫晁蓋，家中很富有，仗義疏財，喜歡結交好漢，人稱「托塔天王」。晁蓋見了雷橫，在後廳擺了酒菜招待他。

晁蓋陪雷橫喝了幾杯酒之後，出於好奇，以解手為由出去，看那個被抓的大漢。只見他一身黑肉，鬢❸邊有一塊朱砂記，朱砂記上還長著黑黃色的短毛。晁蓋不認識他，就問他是誰。那個大漢說他是來找晁保正的，想跟晁保正一起做一樁大買賣。晁蓋聽了，就讓那個大漢假裝成他的外甥王小三，說是來這裡是投奔舅舅的。

等雷橫等人帶著那個大漢離開時，那個大漢對著晁蓋大叫「舅舅」，眾人都吃了一驚。

雷橫問：「這人是誰？怎麼喊你舅舅呢？」

晁蓋回答：「原來是我外甥王小三！這小子，怎麼會在廟裡睡覺呢？他是我姐姐的孩子，四五歲時跟姐姐和姐夫一起去了南京，十多年後跟人一起做生意時路過這裡，又來過我家一次，此後我就再也沒見過他，聽說這小子不成器，誰知竟然到了這兒。我原本也沒有認出他，不過我記得他鬢邊的那塊朱砂記，所以才敢斷定是他。」接著，晁蓋呵斥那個大漢：「小三，你為什麼不直接來見我，反而去當賊？」

那個大漢回答：「舅舅，我沒有作賊。」

晁蓋大聲說：「你既然沒有作賊，為什麼被抓了？」說著從士兵手裡奪了棍棒，對著那個大漢就打。

眾人以為是誤會，連忙勸阻。

那個大漢說：「舅舅，你聽我說完。我們已經十年沒有見面了，昨天我多喝了幾杯，怕舅舅責怪，就在廟裡睡了，想等酒醒之後再來見舅舅，沒想到他們二話不說就把我綁了起來。舅舅，我真的沒有作賊。」

晁蓋拿起棍棒還要打他，並大罵：「畜生！沒想到你竟然如此貪杯，難道我家裡連酒都捨不得給你喝？真是丟死人了！」

雷橫信以為真，連忙勸住晁蓋，放了那個大漢。

---

❷【保正】古代農村每十户爲一個保，設保長；每五十户爲一個大保，設大保長；每十大保（也就是五百户）設都保，都保的領導稱爲保正，大體上相當於現在的鄉長。

❸【鬢（ㄅㄧㄣˋ）】面頰兩邊靠近耳朵的地方。

晁蓋取出十兩銀子送給雷橫，又犒賞了眾士兵，然後把他們送走了。之後，晁蓋取出幾件衣裳和一頂頭巾給那個大漢，等他穿戴整齊之後才問他是什麼人。

那個大漢說他名叫劉唐，人稱「赤髮鬼」，聽說梁中書要送價值十萬貫的「生辰綱」去京師給蔡京祝壽，想和晁蓋一起搶走這些不義之財，就來到了這裡。晁蓋答應了劉唐，並安排劉唐去客房休息。

劉唐到了客房，一想起雷橫就生氣，於是出門追上雷橫，想搶回那十兩銀子。雷橫不肯，說銀子是晁保正送的，還說劉唐敗壞門風，早晚會連累晁保正。劉唐大怒，和雷橫打了起來。

兩個人打了五十多個回合也沒有分出勝負。這時來了一個人，他說：「兩位好漢不要鬥了，先聽我一言。」此人名叫吳用，表字❹學究，道號❺加亮先生，人稱「智多星」。他長得眉清目秀，留一把長鬍子，一身秀才打扮，在大戶人家當教書先生。他想勸止雷、劉二人，卻沒有勸住。

晁蓋及時趕來，制止劉唐：「畜生！不得無禮！」然後向雷橫道歉。雷橫沒有計較，帶著士兵離開了。

吳用和晁蓋從小就認識，兩個人交情不錯。吳用今天是特地來看望晁蓋的。晁蓋對吳用說了劉唐的身分和來意，還說：「劉唐的來意剛好應了我的夢。昨天晚上，我夢見北斗七星墜落在我家屋脊上，斗柄上有一顆小星化成一道白光飛走了。我不知道這是什麼徵兆，正想找你商議一下呢，正好你來了。」

吳用想了想，說：「兄長這夢非同小可，可見這件事需要七八個好漢才能完成，不過目前只有保正、劉兄和小生三人，還少四五個人。」吳用想了想，想到阮氏三兄弟。

這阮氏三兄弟，老大是「立地太歲」阮小二，老二是「短命二郎」阮小五，老三是「活閻羅」阮小七。他們住在梁山泊旁邊的石碣（ㄐㄧㄝˊ）村，主要靠捕魚為生，偶爾也會藉著梁山泊搶人錢物，但是為人仗義。如今有這種事，吳用立刻想到了他們，當夜三更就親自動身去找他們。

第二天晌午時分，吳用來到石碣村，先去找阮小二，說要替主人買十幾條十四五斤重的鯉魚。阮小二笑著說：「小人先跟教授❻喝幾杯酒再說。」然後帶著吳用去了酒店。

吳用叫上了阮小五和阮小七。阮小五聽說吳用要十幾條十四五斤重的鯉魚，說要等幾天

---

❹【表字】古代男子成人後，不便直呼名字，就另外取一個與本名含義相關的別名，稱之爲表字。

❺【道號】有兩層意義，一是指道人或道士的稱號，二是指別號，簡稱號，即古代人除了本名之外的自稱，大多數都是自己起的，和名字沒什麼關係，在當時經常作爲稱呼之用。這裡的「道號」，指的是第二層意思。

❻【教授】這裡是對私塾老師的尊稱。

才能湊齊。吳用見酒店裡說話不方便，就買了許多酒菜，請阮氏兄弟三人都到阮小二家。

席間，吳用又提起了買魚之事：「你們這裡這麼大，怎麼會沒有十幾斤重的大魚呢？」阮小二回答：「不瞞教授說，這種大魚只有梁山泊裡才有，我們以前就靠梁山泊為生，可是如今這梁山泊已經被一夥強人霸佔，我們都不敢再去了。」

吳用聽了，問官府為何不派人來捉拿他們，阮小五回答：「官府的人只會搜刮百姓錢財，見到這夥強人就嚇得屁滾尿流。」

吳用說：「如此說來，這夥強人生活得豈不是很快活？」

阮小五回答：「他們什麼都不怕，整天錦衣玉食的，當然快活了！只可惜我們兄弟三人空有一身本領卻不能像他們一樣，如果有人肯提攜我們，哪怕讓我們犯下彌天大罪也無妨。」

阮小七說：「教授，你不知道，我們兄弟三人幾次想去梁山泊入夥，只是聽說王倫心胸狹窄，當初林沖就受盡了他的氣，我們這才作罷。如果王倫能像教授這樣慷慨，我們兄弟三人可能早就投奔他了。」

吳用覺得時機已經成熟，不禁暗暗高興，跟他們說了自己此行的真正目的。

阮氏三兄弟很早就聽說過晁蓋的大名，如今聽說晁蓋想和他們一起幹大事，都高興地答應了。他們到了東溪村，晁蓋安排酒菜款待他們。

阮氏三兄弟見晁蓋相貌不凡，言語爽快，都心生敬佩。

第二天，晁蓋命人擺了供桌，七位好漢一齊在供桌前起誓：「梁中書在北京搜刮民財給蔡太師祝壽，我等七人準備取了這些不義之財，若是有人起了私心，天誅地滅！」

不一會兒，莊客報說門外有個道士要向保正化齋。晁蓋吩咐莊客給那道士幾升米。那道士要了米之後，還要見保正。晁蓋吩咐莊客多給那道士一些米。那道士見不到晁蓋，打倒了十來個莊客。晁蓋聽到打鬧聲，走到莊院門口，只見門外站著一個身長八尺的道士，把他請進了莊院。

吳用見那道士進來了，趕緊和劉唐、阮氏三兄弟躲了起來。

那道士隨晁蓋來到隱秘處，說出了自己的來歷：「貧道名叫公孫勝，道號一清先生，自幼喜歡耍槍弄棒，因為會一些法術，能夠呼風喚雨、騰雲駕霧，因此人稱『入雲龍』。貧道久聞晁保正大名，只是一直無緣與保正相識，如今有十萬貫財寶想送給保正當見面禮，不知保正願不願意接受。」

晁蓋聽了，大笑說：「先生說的可是生辰綱？」然後帶公孫勝去見吳用等五人。眾人按次序坐好之後，公孫勝說他已經打聽到押送隊伍會經過附近的黃泥岡。晁蓋說：「距黃泥岡以東十里處有一個村子叫安樂村，村裡有個人叫『白日鼠』白勝，他曾經來投奔過我，我給了他一些盤纏。」吳用聽了，認定白勝正好應了北斗七星上的那道白光，決定到時就藏身於白勝家，然後和眾人商量了一個計策，並吩咐眾人要保密。

晁蓋留公孫勝和劉唐暫住莊上，吩咐其餘的人都回去，等時間到了再相聚。

第十五回　智取生辰綱

梁中書準備好生辰綱之後，思來想去，決定派楊志護送。

楊志擔心有人像去年一樣劫走生辰綱，就把生辰綱分裝在十幾副擔子裡，讓十幾個健壯的禁軍裝扮成商販挑著，連夜趕往東京。

臨行前，梁中書說梁夫人也有一擔禮物要送去，讓謝老都管[1]和兩個虞候一起去護送。楊志怕他們耽誤行程，也不敢管謝老都管和兩個虞候，因此有些為難。梁中書得知他的顧慮，吩咐謝老都管和兩個虞候都要聽楊志的，楊志這才答應。

裝扮妥當之後，楊志等十五人就按期出發了。

當時是五月中旬，天氣已經開始熱了。楊志為了趕在六月十五日之前把生辰綱送到，五更開始趕路，中午天熱時休息。這樣走了幾天，行人越來越少，楊志擔心遇上強盜，讓大家辰時[2]開始趕路，申時[3]才休息。

十一名禁軍都挑著重擔，再加上天熱，所以見了樹林就想休息。楊志見他們停下來，輕

則破口大罵，重則拿藤條痛打他們，非要他們繼續趕路，弄得他們直叫苦。兩個虞候雖然只背了一些行李，但是也累得直喘氣，所以對楊志也有些不滿。老都管雖然看不慣楊志的行為，可是想到梁中書的吩咐，只好一切都聽楊志的。像這樣走了十四五天，那十四個人都非常怨恨楊志。

這一天是六月初四，楊志一行人走上了一條僻靜的山路。還沒到晌午時分，天就已經很熱了，空中連一片雲彩都沒有，那十一名禁軍在松樹林裡睡下了，任憑楊志再打也不起身。兩個虞候和老都管也累得直喘氣，都坐在松樹下歇息。

老都管見楊志又在打禁軍，說：「提轄，不是他們的錯，是天太熱了，根本沒法趕路，你就饒了他們吧！」

楊志回答：「都管，你有所不知，這裡叫黃泥岡，經常有山賊出沒。」

兩個虞候說：「你總拿這話嚇唬人。」

---

❶【都管】舊時的總管或管家，主要負責管理主人的家產和日常事務，是地位較高的僕人。

❷【辰時】相當於現在的早上七～九點。

❸【申時】相當於現在的下午三～五點。

老都管勸楊志過了晌午再走，楊志不聽，又抽打禁軍。老都管實在看不下去了，呵斥楊志：「楊提轄，住手！你不過是一個配軍，也敢如此囂張，真是太不像話了。」楊志說：「都管，如今天下不太平，路途艱難。」老都管說：「你真是大膽！如今天下怎麼不太平了？」

楊志正要回嘴，發現對面松樹林裡有個人在探頭探腦的，就說：「真的被俺說中了！果然有歹徒。」說完就追了上去，只見松樹林裡並排擺著七輛江州車❹，車邊有七個人，其中六個光著膀子在乘涼，另一個鬢邊有一塊朱砂記的人拿著一把朴刀。

那七個人見了楊志，都「啊」地大叫一聲，然後跳了起來。

楊志問他們是什麼人。那七個人說：「我們是從濠州來的，到東京去販棗子，經過這裡時覺得天太熱，就到樹林裡休息一會兒。剛才聽到有人說話，擔心是打劫客商的賊人，就讓這位兄弟過去看看。」說完，他們還請楊志吃棗。

楊志沒有吃棗，拿著朴刀回去了。老都管聽說是販棗子的人，對眾禁軍說：「提轄剛才還說他們是歹徒呢！」禁軍們聽完都笑了起來。楊志這才坐到樹下歇息。

不一會兒，一個大漢挑著擔子上了山岡，唱著：「赤日炎炎似火燒，野田禾稻半枯焦。農夫心內如湯煮，公子王孫把扇搖！」

眾禁軍問他挑的是什麼，他說是白酒。眾禁軍要買一桶喝，楊志見了，又拿藤條打他們，說：「你們這些沒見識的人，只知道吃喝，卻不知道在路上行走有多艱難，一不小心就可能被蒙汗藥麻倒。」

挑酒的大漢一聽，冷冷地對楊志說：「客官要是擔心酒裡有藥，不買就是了，怎麼能這麼說話呢！」

對面松樹林裡那七個人聽了，要買酒喝。挑酒的大漢說：「不賣！不賣！免得有人說俺的酒不好。再說了，俺原本想去村子裡賣，所以沒帶碗瓢❺，你們怎麼喝呀？」

那七個人說：「你這人也太認真了吧！他們只不過說了你一句而已，你犯不上跟他們計較。我們帶了瓢。」說完，其中兩個人去車上拿了兩個椰瓢，還捧了一些棗子出來。接著，那七個人就站在酒桶旁邊輪流喝酒，拿棗子下酒，不一會兒就喝光了一桶酒。

一個棗販子去付酒錢時，另一個棗販子偷偷揭開另一桶酒的蓋子，舀了半瓢就喝。挑酒的漢子見了，連忙追上去，還沒追上，第三個棗販子又偷舀了半瓢，挑酒的漢子只好跑回

---

❹【江州車】一種手推的獨輪車，便於山地運輸，相傳爲諸葛亮在江州縣（屬今重慶市）創製，因此得名。

❺【瓢（ㄆㄧㄠˊ）】用乾葫蘆殼或乾椰子殼等做成的勺狀物，可以用來盛水或酒等東西。

來，奪走第三個棗販子手裡的椰瓢，把椰瓢裡的酒全都倒進桶裡，然後把椰瓢扔到地上，說：「你們這幫人真不害臊！」

對面的禁軍見了，都饞得要命。老都管也想喝酒，就問楊志能不能買。楊志見那七個人喝了兩個桶裡的酒都沒事，就答應了。

挑酒的大漢卻不幹了，說：「不賣！這酒裡有蒙汗藥！」

眾禁軍連忙賠笑說：「大哥，您就別說這話了。」

挑酒的大漢說：「就是不賣，不要再囉嗦了。」

那七個人說：「你這漢子，就算人家說得不對，你也不必如此認真，就賣一些給他們吧！」

挑酒的大漢說：「誰讓他老是懷疑別人。」

一個棗販子推開挑酒的漢子，把酒桶提到了眾禁軍面前。一個禁軍揭開桶蓋，借來椰瓢，舀出兩瓢，分別給了老都管和楊志。老都管喝了，楊志端著酒不肯喝。兩個虞候和眾禁軍喝了剩下的酒。楊志見他們喝了酒並沒出什麼事，就喝了半瓢酒。

挑酒的大漢收了酒錢，挑起空桶，唱著歌走下山岡。

對面那七個人站在松樹旁邊，指著楊志等十五個人，說：「倒！倒！」說完，這十五個人果然頭重腳輕地倒在了地上。

那七個人見狀，推來七輛江州車，丟掉車上的棗子，把十一擔禮物都裝上車，又找東西把它們都蓋好，然後推著車下了黃泥岡。

楊志身子軟軟的，只能趴在地上眼睜睜地看著那七個人把生辰綱都劫走。

原來，那七個人正是晁蓋、吳用、公孫勝、劉唐和阮氏三兄弟，挑酒的漢子則是白日鼠白勝。當初白勝挑上黃泥岡的兩桶酒並沒有藥，七個人先喝了一桶，劉唐打開另一桶偷喝了半瓢，然後吳用才取出蒙汗藥抖在瓢裡，假裝也去偷酒喝，趁勢把藥攪在酒裡，又舀出一些酒假裝要喝，白勝連忙奪走了酒。這些主意都是吳用想出來的，目的就是讓楊志相信酒裡沒有蒙汗藥。

楊志喝的酒少，最先醒來。他爬起來，東倒西歪地向山岡下走去，原本想跳岡尋死的，又覺得不值，就漫無目的地向南走去。走了幾十里路，來到一個酒店，吃飽了就走，店家當然不會放他走，上前攔他，被他一拳打倒在地。店家問楊志是誰，楊志說出姓名，店家立刻扔了棍棒，對著楊志就拜。店主名叫曹正，因為是屠戶出身，人稱「操刀鬼」，他聽了楊志的經歷，建議楊志去附近的青州二龍山寶珠寺安身。寶珠寺的頭領名叫鄧龍，人稱「金眼虎」，原本是寺裡的住持，後來還了俗，寺裡的和尚也跟著還了俗，如今靠打家劫舍為生。

第二天，楊志直奔二龍山，在樹林裡遇到一個光著膀子的胖和尚。那和尚見了楊志，掄起禪杖就要打他。楊志見他如此無禮，拿起朴刀和他打了起來，打了四五十個回合也沒有分

一個棗販子去付酒錢時，另一個棗販子偷偷揭開另一桶酒的蓋子，舀了半瓢就喝。

出勝負。那和尚見楊志武藝不凡，就問楊志是什麼人。隨後，兩個人互通了姓名。

原來那胖和尚是智深，他把林沖護送到滄州之後，回到東京，被高俅追殺，於是逃走了。在孟州十字坡一家酒店吃飯時，被女店主用蒙汗藥麻倒，幸虧男店主猜出他是智深，他才撿了一條命。那女店主叫孫二娘，人稱「母夜叉」。男店主叫張青，人稱「菜園子」。他們夫妻都很講義氣，留智深住在了店裡。智深住了幾天，聽說寶珠寺可以安身，就上山去投奔鄧龍。誰知鄧龍不肯收留他，他一氣之下大打出手，鄧龍就把三道關隘❻都關了。智深非常生氣，只得下山，正好碰到了楊志。

二個商量了一番，決定先回曹正的酒店，慢慢想辦法。曹正聽了他們的遭遇，給他們出了一條妙計。

第二天，楊志、智深、曹正帶著幾個人上了二龍山。過了晌午，智深脫了上衣，被大夥兒用繩子綁住，由兩個人牽著走。楊志穿著一身破衣服，戴著斗笠，拿著一把朴刀。曹正拿著智深的禪杖，其他人都拿著棍棒跟著。

小嘍囉看見胖和尚被綁住了，連忙去報信。不一會兒，關卡上出現了兩個小頭目，他們

---

❻【關隘（ㄞˋ）】通往一個地區的出入口，或出入某處的必經之地，一般地勢險要。

說：「你們是什麼人？來這裡幹什麼？在哪兒捉住這和尚的？」

曹正回答：「我們就住在山下，是開小酒店的。這個胖和尚經常去我店裡白吃白喝，還說要請梁山泊的人來打二龍山。我們就好酒好菜招待他，趁他喝醉時拿繩子綁住了他，把他押到了這裡，一是想向大王表孝心，二是免得他日後禍害鄉里。」

兩個小頭目聽了，非常高興，連忙報告鄧龍。鄧龍聽了也非常高興，叫人打開關隘。楊志和曹正押著智深上了山，那山真是既雄壯又險峻。

眾嘍囉看見智深被綁著，都指著智深大罵：「你這禿驢，前天打傷了大王，如今被捉住了，一定會被割成肉片。」

鄧龍說：「禿驢！你前天打傷了我，沒想到如今落到了我手裡。」

智深睜大雙眼，大叫：「鳥人別跑！」

智深身後的兩個人聽了，連忙拽開繩結，原來那繩結是活的。曹正立刻把禪杖還給智深，智深揮起禪杖就打，一杖就了結了鄧龍的性命，楊志也打倒了四五個小嘍囉。

小嘍囉們聽說鄧龍已死，都嚇得投了降，尊智深和楊志為山寨之王。

第十六回　義救晁蓋

老都管等十四人直到二更才醒來，見生辰綱丟了，回去無法交差，就把責任推到了楊志身上，說楊志勾結山賊劫走了生辰綱。梁中書大怒，當即就寫了抓捕公文送到濟州，又派人連夜送信給蔡太師。蔡太師也大為惱火，督促手下速速查辦此案。

濟州官府不敢怠慢，當即命令緝捕使何濤在十天之內將那七個棗販子抓捕歸案，否則一定重罰何濤。

何濤知道難以破案，所以悶悶不樂地回了家。何濤的弟弟何清得知此事之後，連忙勸何濤不要擔心，因為他知道那七個人是誰。原來，六月初三那天，何清和一幫人去安樂村賭錢，無意中發現七個棗販子推著江州車住店，其中一個正是曾經接濟過他的晁蓋。第二天，何清又和同伴去賭博，路上遇到一個肩挑兩隻桶的漢子，同伴叫那漢子白大郎。沒過多久，七個販棗子的人劫走生辰綱的消息就傳開了，何清一猜就知道是晁蓋他們那夥人幹的。

何濤聽了非常高興，當即稟報了太守，然後帶著何清和八名差役連夜趕到安樂村，抓了

宋江和晁蓋交情很好，聽說官府已經查到了晁蓋身上，非常驚慌。

白勝，從床底下挖出贓物，連夜把白勝押回了濟州城。

白勝被打得皮開肉綻，沒有挺住，供出了晁蓋。

何濤怕走漏消息，帶著兩個虞候和一些官差住進客店，然後悄悄地來到鄆城縣衙，在縣衙門口看見一個押司❶。

這個押司名叫宋江，表字公明，由於他喜歡結交江湖豪傑，而且經常替人排憂解難，所以聞名於山東、河北一帶，人稱「及時雨」，又稱「孝義黑三郎」、「呼保義」。宋江還有一個兄弟叫宋清，人稱「鐵扇子」，和父親宋太公在家務農。

何濤把宋江請到了縣衙門口的茶館，一邊喝茶一邊和宋江聊起了生辰綱被劫一事。

宋江和晁蓋交情很好，聽說官府已經查到

了晁蓋身上，非常驚慌，卻說：「晁蓋這傢伙確實是個頑劣之徒，我們這些差役都對他非常不滿，如今他做出這種事，一定得好好教訓他才行！」

何濤說：「還請押司幫忙！」

宋江回答：「何觀察❷，這事好說，但是我不敢私自行動，還需要報告上級。」宋江以此為由讓何濤在茶坊裡等他，然後騎馬直奔東溪村的晁蓋家。

阮氏三兄弟已經回了石碣村。晁蓋、吳用、公孫勝和劉唐正在晁蓋的莊院裡喝酒，他們得到被抓捕的消息後，連忙收拾行李和贓物。

宋江回到茶坊，只見何濤正站在茶坊門口向外張望，連忙帶何濤進了縣衙。

知縣時文彬見了抓捕晁蓋的文書，連忙命令朱仝和雷橫去捉拿宋江。

一更時，朱仝、雷橫、何濤、縣尉等一百多人到了東溪村，準備兵分三路包圍晁蓋的莊院。這時，晁蓋等人還在收拾行李。朱仝是個仗義的漢子，不忍看晁蓋等四人被抓，就用計放走了他們。

---

❶【押司】衙門裡的書吏，也就是書寫文書的人員，享有免服勞役的權利。

❷【觀察】宋元時期對從事緝捕工作的官差的稱呼。

知縣抓來晁蓋的兩個莊客，對他們嚴刑逼供。兩個莊客禁不住拷打，供出了另外六個人的大致情況。濟州知府拷問白勝，白勝供出了那六個人的姓名。濟州知府立刻派何濤帶人去石碣村捉拿晁蓋等七人。

官兵趕到石碣村時，晁蓋吩咐劉唐和吳用先把家私和家人都安頓好，派阮小五和阮小七駕船迎敵。

何濤搶了沿路的所有船隻，命令眾官兵划船追趕。追了五六里路，只聽蘆葦叢裡有人在唱歌：「打魚一世蓼兒窪❸，不種青苗不種麻。酷吏贓官都殺盡，忠心報答趙官家！」官兵聽了，大吃一驚。這時，一個人撐著一隻小船向他們靠近。有人說那個人就是阮小五，何濤連忙命令官兵放箭。

阮小五翻身跳進水裡，官兵射了個空。官兵又走了兩個河汊❹，只見蘆葦蕩裡駛出一條船來，船上站著兩個人，船頭那個人戴著斗笠穿著蓑衣，唱道：「老爺生在石碣村，稟性生來要殺人。先斬何濤巡檢首，京師獻與趙王君！」

有人認得他，大喊：「阮小七！」何濤連忙命令官兵去捉他。阮小七笑著說：「奸賊！」然後把船划進了一個小港子裡。

何濤派六個官差划兩條船去探路。這六個人去了兩個多時辰也沒回來，何進又派了五個官差去，這五個官差也是久久未歸。

何濤看天色已晚，就挑了一條快船和一些好兵器，親自帶著幾個人進了蘆葦蕩。走了五六里水路，何濤看見岸邊有一個扛鋤頭的人，就向那人問路。那人說，這裡叫「斷頭溝」，再往前就無路可走了，還說他看見阮小五在前面的樹林裡跟人打架。何濤聽了，派兩個官差上岸捉拿阮小五。那兩個官差剛上岸，就被那個扛鋤頭的人打下了水。何濤大吃一驚，正要跳到岸上，卻被水底鑽出來的一個人拽進水裡。水底那人是阮小七，扛鋤頭的人是阮小二，他們捆住何濤，把他扔進船艙。

初更左右，星光滿天，官兵都在船上乘涼。突然颳起一陣怪風，把船上的纜繩都颳斷了。緊接著，蘆葦蕩裡射出許多火箭，官船著了火。官兵為了保命，只好跳進爛泥裡。晁蓋、阮小五從蘆葦蕩西岸趕來，阮小二和阮小七從東岸趕來，公孫勝祭完風之後也趕了過來，他們一起動手，殺死了那些官兵。為了阻止官府再來，他們割了何濤的兩隻耳朵，放了何濤，之後與吳、劉二人來到朱貴的酒店。

朱貴聽說他們要入夥，非常高興，便派人通知了山寨。

---

❸【蓼（ㄌㄧㄠˇ）兒窪】即梁山泊，又稱大野澤、巨野澤、安山湖，清朝咸豐年間（一八五〇—一八六一年）定名為東平湖。

❹【河汊（ㄔㄚˋ）】大河邊分流出的小河溝。

第十七回　晁蓋入主梁山

晁蓋等人上了山寨，王倫帶著眾頭領出關迎接，然後盛情款待了他們，卻始終沒讓他們入夥。林沖知道他們都是義士，有心要留他們，可是不能作主。

當天夜裡，晁蓋等七人暫住梁山泊。晁蓋見王倫如此厚待他們，非常高興。吳用卻早已看穿王倫的心思，正要設計讓林沖與王倫火拼❶，恰好林沖來訪。吳用等七人連忙起身迎接。等眾人都坐下了，林沖說王倫心地狹窄，無意讓他們入夥。吳用說：「既然王頭領無意留我們，那我們就去別處安身。」林沖說：「眾豪傑不要見外，林沖自有辦法留大家。小可只是擔心你們離開，所以特地趕來請你們別走。」晁蓋說：「林頭領如此厚待俺們兄弟幾個，小可實在感激不盡。」

第二天晌午，王倫派人請晁蓋等人去斷金亭赴宴。晁蓋等人身藏兵器赴宴。喝了幾杯酒之後，晁蓋提起了入夥一事，王倫卻支開了話頭。喝到午後，王倫命三四個小嘍囉分別捧了五錠大銀子出來，請晁蓋等七人拿著這些銀子投奔大山寨。

林沖聽了大怒，說：「你只不過是一個不及第的窮酸秀才罷了，既沒有本事又沒有肚量，根本不配做山寨之主！」

吳用說：「晁兄，是我們讓頭領們反目的，我們還是走吧。」說著，起身要走。

王倫假意留他們：「請吃完飯再走。」

林沖一腳踢開桌子，從衣襟底下抽出一把尖刀。

晁蓋、劉唐假裝攔住王倫，大叫：「不要動武。」吳用摸了摸鬍子，假意扯住林沖，說：「頭領，不要亂來。」公孫勝說：「不要為我們壞了大義。」阮氏三兄弟則順勢挾持了杜遷、宋萬和朱貴。小嘍囉們見了，都嚇得目瞪口呆。

林沖抓住王倫，大罵：「你個窮酸秀才，忘恩負義的東西，嫉賢妒能的賊，霸著梁山泊就以為是自己的，像你這樣的人，留著有什麼用！」

王倫看形勢不妙，想逃走，被晁蓋、劉唐攔住。王倫的幾個心腹想救他，卻害怕林沖。林沖一刀刺向王倫的心窩。

杜遷、宋萬、朱貴見了，都嚇得跪在地上，晁蓋等人連忙把他們三人扶了起來。

林沖知道晁蓋既講義氣又有智謀，就推舉晁蓋為大頭領。晁蓋回答：「不可以。自古

---

❶【火拼】指同夥自相殘殺。

『強賓不壓主』，晁蓋怎敢後來居上！」林沖把晁蓋推到交椅上，說：「不要再推辭了。如果誰敢不從，就會像王倫一樣。」說完呵斥眾人都來參拜晁蓋。晁蓋不好推辭，只好答應了。

到了聚義廳，林沖說自己才智有限，請吳用坐第二位，公孫勝坐第三位。吳用和公孫勝推辭了一番，最終答應了。林沖還要讓，晁蓋、吳用和公孫勝都說：「我們三人已經佔了上位，林頭領如果再讓人，我們就告退了。」說完就扶林沖坐上了第四把交椅。

其他頭領也互相謙讓，最終由劉唐坐了第五位，阮小二坐了第六位，阮小五坐了第七位，阮小七坐了第八位，杜遷坐了第九位，宋萬坐了第十位，朱貴坐了第十一位。等眾頭領坐定，小嘍囉們都來參拜。接著，眾人一起慶賀重新聚義。

林沖知道晁蓋既講義氣又有智慧，就推舉晁蓋為大頭領。

晁蓋和吳用等頭領商議了一番，決定清點倉庫、修整山寨、打造兵器、操練水軍，以備官兵來襲。

一天，林沖見晁蓋安排眾人的家屬上山，想把自己的妻子也接來，就跟晁蓋做了彙報。晁蓋讓林沖立刻寫信，然後派兩個小嘍囉去東京送信。過了一個多月，兩個小嘍囉回來報說林娘子已經被迫上吊，張教頭也在半個月之前抑鬱而死。林沖聽了，淚流滿面，心裡從此沒了牽掛。晁蓋等人聽了，也忍不住一陣長歎。

從此以後，山寨裡每天操練兵馬，隨時準備抵抗官兵。

沒過多久，濟州團練使❷黃安帶著兩千多名官兵來到石碣村，攻打梁山泊。

黃安等人到了金沙灘，只見阮氏三兄弟各駕小船而來。黃安命令眾人捉拿三人，那三條船掉頭就走。一條官船追了四五里水路，遭到埋伏，連忙掉頭，走到一個狹窄的港口時，官兵們被岸上的二三十人用石子打得站不住腳，只好下水逃命。黃安得到消息，連忙命令官兵趕緊回去。就在這時，阮氏三兄弟又出現了，蘆葦蕩裡傳來炮響，四周紅旗飄飄。黃安命人

❷【團練使】全名團練守捉使，起源於唐代的一種軍事官職，分都團練使和州團練使兩種，都團練使一般由觀察使兼任，州團練使往往由刺史兼任，都主要負責統領地方自衛隊。到了宋朝，團練使無定員、無實權，不駐本州，只是一個虛職。

盡快划船。兩邊的小港裡鑽出四五十條小船，船上的箭像雨點兒一樣射向官兵。黃安穿過箭林，再回頭看時，只見那些人都跳下水了。這時，劉唐趕了過來，甩出撓鉤，把黃安的船拉到了岸邊。晁蓋和公孫勝帶領五六十人趕來接應，活捉了一二百名官兵，俘獲了許多船隻和馬匹。

眾義士把黃安捆上山寨，關了起來；在俘虜臉上刺字，分配他們到各處做事。接著，眾義士來到聚義廳，論功行賞，設宴慶賀。

朱頭領派人上山報說晚上有幾十位客商經過這裡。晁蓋說：「我正愁沒錢花呢！誰帶人去走一趟？」阮氏三兄弟主動請纓，帶著一百多人下山了。晁蓋怕三阮力量不足，派劉唐帶人去接應。第二天天亮時，小嘍囉報告：「多虧朱頭領！有財物二十多車，還有驢子和騾子共四五十匹。」晁蓋問：「沒有殺人吧？」小嘍囉回答：「那些客商見我們來勢洶洶，丟下車子就逃命去了。」晁蓋聽了很高興，吩咐眾人只奪人錢財，然後派人把財物和驢騾都運到山上，財物一部分入庫，一部分分給了眾人。

晁蓋過上好日子之後，想起當初逃難的樣子，非常感激宋江和朱仝。吳用也很感激宋江和朱仝，打算派人給他們送一些錢去，還打算花錢把白勝救出來。晁蓋知道吳用已經有了主意，就把這件事交給他處理。

第十八回　宋江殺妾

濟州太守聽說黃安被擒，又聽說梁山泊好漢非常厲害，連連叫苦，正要向太師稟告戰況，卻聽說太師派了一個新太守來。太守連忙和新太守做了交接，然後說了梁山賊寇一事。新太守原本還以為蔡太師很抬舉他呢，沒想到蔡太師卻讓他來這裡剿匪，不禁暗暗叫苦。新太守上任之後，召集官兵商議抓捕梁山泊強人一事，下發公文到所屬各郡縣，要求各郡縣做好防禦賊人的工作。

鄆城縣知縣看了公文，讓宋江把防禦賊人的消息下發到各鄉村。宋江吩咐貼書後司❶張文遠負責寫下行公文，然後走出縣衙。

宋江走了二三十步，聽見背後有人叫他，回頭一看，原來是王媒婆，王媒婆身邊還有一

---

❶【貼書後司】宋元時州縣官衙中較低級的吏人，在押司手下負責書寫、做帳等工作。

個姑娘。王媒婆說要給宋江和那位姑娘做媒。那位姑娘叫閻婆惜，十八歲，模樣俊俏，原本是東京人，後來和父母一起流落到鄆城縣，她父親在幾天前死了，她沒錢安葬父親，只好請王媒婆給她做媒，一來可以安葬她父親，二來她和母親閻婆也能有個安身之地。

宋江聽了她的遭遇，掏出一些錢讓她去買棺材，又給了她十兩銀子作為日常開銷，然後離開了。

閻婆很感激宋江，有意把女兒許配給他，於是請王媒婆幫忙說成此事。

王媒婆受閻婆囑託，又去找宋江。宋江對此並不上心，無奈王媒婆一再糾纏，宋江就找了一座樓房，又置辦了一些家具，安頓閻婆惜母女住下。

宋江雖然得了美妾，可是並不沉迷於女色，所以並不常來。閻婆惜正當妙齡，遭到宋江冷遇，心裡難免有些不滿。

一天，宋江帶著張文遠來閻婆惜家喝酒。閻婆惜見張文遠長得眉清目秀，忍不住多看了他幾眼。張文遠也是個酒色之徒，自然明白她的心思。沒過多久，二人就勾搭成姦。

宋江聽說了此事，心想：「她畢竟不是我妻子，如果心思不在我身上，我也沒必要因此而生氣。」從那以後，他就更少去閻婆惜那兒了。

這天天快黑時，宋江從縣衙出來，被劉唐拉到角落裡。宋江說：「賢弟，你還敢露面，不要命了？」劉唐回答：「晁大哥感激兄長大恩，特派劉唐送一封書信和一百兩黃金酬謝押司，一併酬謝朱都頭。」宋江收下書信，只拿了一根黃金，然後把它們都裝進招文袋❷。任憑劉唐怎麼勸說，宋江都不肯多拿。劉唐見宋江不收，就把剩下的金子包了起來，然後去找朱仝。朱仝收下一百兩黃金，燒了晁蓋的信。

閻婆很久不見宋江，怕宋江不再供她們母女吃穿，就去糾纏宋江，讓宋江去她家坐一會兒。宋江糾纏不過閻婆，只好去了。閻婆惜見了宋江，一副愛理不理的樣子。閻婆見了，連忙讓女兒陪宋江喝酒。

宋江低著頭不說話，閻婆惜也盯著別處。閻婆勸女兒給宋江敬酒，閻婆惜就是不肯，閻婆只好自己去勸。宋江勉強喝了幾杯，進退無門。

就在這時，一個後生走了進來。這後生叫唐牛兒，靠幫閒為生，宋江經常資助他，他也經常幫宋江辦事。這一天，他賭錢輸了，聽街坊說宋江在這兒，就來跟宋江借錢。

宋江給唐牛兒使了使眼色，唐牛兒是個機靈人，連忙說縣衙有公事派押司去辦。宋江正要起身，閻婆卻攔住了宋江，大罵唐牛兒是來搗亂的，叉開五指打了唐牛兒一巴掌，把唐牛兒攆了出去，又勸宋江繼續喝酒，然後收拾杯盤下了樓，並囑咐宋江和閻婆惜早點兒休息。

---

❷【招文袋】古代一種掛在腰帶上的小袋子，可以用來裝文件或財物。

宋江心想，他畢竟沒有捉姦在床，今晚不妨就住在這裡，看看閻婆惜對他還有沒有情分。可是，閻婆惜一直沒有搭理宋江，連衣服都沒脫，背對著宋江睡了。

宋江見閻婆惜對他如此絕情，脫了衣帽，搭在衣架上；把壓衣刀❸、招文袋掛在床頭的欄杆上，黯然地睡了。睡到四更天時，宋江就離開了，經過縣衙門口時，遇到賣湯藥的王公，坐下來喝了一些醒酒湯。喝完醒酒湯，宋江突然想起自己曾經許給王公一副棺材，於是去腰間摸晁蓋送的那根金子，這才發現招文袋不在身邊。宋江想起招文袋裡還有一封信，頓時慌了神，急忙奔回閻婆惜家。

閻婆惜怪宋江打攪了她，從欄杆上拿起招文袋摔在地上，把信和黃金摔了出來。她打開信一看，得知梁山泊強賊送了一百兩金子給宋江，十分高興。

就在這時，宋江上了樓。閻婆惜連忙把信、黃金、壓衣刀和招文袋都藏在了枕頭底下，背對門口躺著。

宋江找不到招文袋，就讓閻婆惜把招文袋還給他。閻婆惜要宋江答應她三件事，一是把買她的文書還給她，再休了她，以便她自由改嫁；二是把為她置辦的所有東西都給她，以後也不准要回去；三是把晁蓋送來的一百兩金子都給她。宋江答應了前兩件事，然後說他並沒有收那一百兩黃金。閻婆惜根本不信，說：「常言道：『公人見錢如蚊子見血。』你身為公人，見了金子怎麼可能不動心？」宋江讓閻婆惜先把招文袋還給他，他立刻去取那一百兩黃金。閻婆惜不肯，非要一手交錢一手交貨，否則她就去告官。宋江頓時生出一股怒火，和閻婆惜糾纏，在枕頭底下發現了他要找的東西，連忙伸手去搶，只搶到壓衣刀。

閻婆惜一邊伸手阻止宋江，一邊大叫：「殺人啦！」宋江一肚子怒火無處發洩，舉刀刺了閻婆惜一下，當場刺死了她。

宋江扔下壓衣刀，燒了信，匆匆下樓。

閻婆聽到女兒的叫聲，連忙穿好衣服上樓，和宋江撞了個正著。宋江說：「你女兒太無禮，被我殺了！」

閻婆見女兒被殺，自然不肯放過宋江，揪住宋江大喊：「殺人啦！」

官差都很敬重宋江，就沒有理會這事兒。這時，唐牛兒走了過來，他見閻婆揪住宋江不放，又開五指給了閻婆一巴掌。閻婆被打得眼冒金星，只好放手。

宋江撒腿就跑。

閻婆見宋江跑了，抓住唐牛兒不放。官差見事態嚴重，把閻婆和唐牛兒帶到了鄆城縣衙。知縣聽了閻婆的供詞，呵斥閻婆說：「胡說！宋江是個君子，怎麼會殺人呢？」知縣有

---

❸【壓衣刀】匕首，主要用於護身。

宋江一肚子怒火無處發洩，舉刀刺了閻婆惜一下，當場刺死了她。

意袒護宋江，並沒有去追捕他，只把唐牛兒關進了大牢。

張文遠向知縣稟告：「凶器是宋江的壓衣刀，只要抓住宋江，就能真相大白。」知縣剛開始並不理會，後來見他多次來勸諫，只好派人去捉拿宋江，沒有捉到。張文遠又說：「犯人宋江已經逃走，他父親宋太公和兄弟宋清還在宋家村，可以把他們抓起來詢問。」知縣只好派朱仝和雷橫二人去抓宋太公和宋清。

宋太公說：「宋江自小叛逆，不肯安心務農，非要去當個小吏❹，卻不知道做官容易做小吏難，小吏一旦犯罪，輕則發配，重則被抄家甚至丟掉性命。所以早在幾年前，老漢就和他斷絕了父子關係。」說完，拿出了字據。朱仝無意為難宋太公，就拿著字據回去覆命了。

閻婆不信，說：「大人，誰不知道宋江叫『孝義黑三郎』？這字據分明是假的，還請大人作主！否則老身就去州裡告狀。」知縣只好又派朱仝和雷橫帶人去捉拿宋江。

朱仝曾經和宋江一起喝過酒，聽宋江說過宋家佛堂底下有一個地窖可以藏身，所以在搜捕時設計避開佛堂，宋江這才沒有被抓。朱仝又花了一些錢，堵住了閻婆和張文遠的嘴。

宋江知道家裡不可再留，就直奔滄州橫海郡，去投奔柴進。

柴進和宋江只有書信往來，還不曾見過面，如今見宋江來投奔他，非常高興，立刻設宴款待。

席間，宋江起身去解手，經過走廊時不小心踢到一個炭火盆，惹怒了正在炭火盆旁邊烤火的大漢。那個大漢揪住宋江正要打，只聽莊客叫他宋江，連忙起身叩拜。

那個大漢名叫武松，在家中排行第二，一年前醉酒時打昏了當地的機密❺，誤以為將對方打死，於是逃到這裡。武松性子剛烈，喝醉了又愛打莊客，所以柴進和莊客都不太喜歡他。

宋江聽說過武二郎，知道他是個好漢，很照顧他。

---

❹【小吏】官府裡的基層辦事人員，沒有官位。

❺【機密】古代縣衙中管理機密部門的人。

第十九回　武松打虎

武松陪宋江住了十幾天之後，一心想回家鄉清河縣看望哥哥。柴進取出一些金銀給武松，宋江送了武松將近十里路才回去。

武松走了幾天，來到陽穀縣。當時正是晌午時分，武松饑渴難耐，看見路邊一家酒店門前掛著一面招旗[1]，旗上寫著「三碗不過岡」五個字，就走了進去。

酒家端了一盤牛肉，又倒了三碗酒。武松端起一碗酒，一飲而盡，說：「這酒有勁兒。」武松連喝了三碗，還要喝時，酒家卻不肯再倒，還說：「客官，你也看見了，招旗上明明寫著『三碗不過岡』五個字。」

武松問：「怎麼說？」

酒家回答：「俺家的酒雖是村酒，卻像老酒一樣醇厚，喝了三碗就會醉，過不了前面的山岡，所以叫做『三碗不過岡』。」

武松笑著說：「我喝了三碗，為什麼沒醉？」

酒家回答：「我這酒叫『出門倒』，後勁兒很大。」

武松說：「胡說！再倒三碗來，我不會欠你酒錢。」酒家見武松絲毫沒有喝醉的樣子，只好又倒了三碗。

武松喝了這三碗，說：「真是好酒！店家，再倒。」

酒家回答：「客官，不能再喝了，喝醉了無藥可醫。」

武松說：「又胡說！就算你下了蒙汗藥，我也敢喝。」說完，拿了一些碎銀子給酒家。

酒家聽他這麼說，又倒了三碗酒，還添了二斤熟牛肉。

就這樣，武松總共喝了十八碗酒，之後提起哨棒就走。

酒家連忙追出店外，說：「客官，最近前面的景陽岡上來了一隻吊睛白額虎，已經要了二三十人的性命。官府下了榜文，讓路人只在巳時至未時❷之間結伴而行，其餘時間不得過岡。如今已經過了未時，你又孤身一人，如果過岡，只會白白丟掉性命，不如在這裡休息一晚，等明天湊齊了二三十人再過岡。」

---

❶【招旗】舊時店鋪的招牌大多是一面旗，所以得名。

❷【未時】相當於現在的下午一至三點。

武松聽了，笑著說：「店家，這景陽岡我以前走過許多回，從未聽說過有老虎，你留我在你店裡休息，難道想在半夜三更謀財害命？」

酒家說：「我是一片好心，你卻如此數落我，隨便你吧！」說完，搖著頭走進店裡。

武松邁開步子上了景陽岡，大約走了四五里路，只見一棵大樹被刮去一大塊樹皮，上面寫著：「近因景陽岡老虎傷人，請路人在巳時至未時結伴過岡，以免丟了性命。」武松看了，笑著說：「這一定是那酒家故意嚇唬人的，我才不怕呢！」說完繼續趕路。當時太陽已經下山，武松又走了半里多路，見一個破敗的山神廟上也貼有榜文，這才確信景陽岡上真有老虎。武松想轉身回去，又怕酒家笑話，於是硬著頭皮逕直向前走。

走了一會兒，酒勁兒上來了，武松覺得渾身發熱，就敞開胸懷，躺在一塊光滑的大青石上，正準備睡覺，突然颳起一陣狂風，從樹背後跳出一隻吊睛白額虎。武松大叫一聲，翻身提起哨棒，閃到大青石旁邊。那隻老虎又餓又渴，逕直撲向武松。武松連忙閃到老虎背後，一把抓住老虎的尾巴。老虎大吼著轉身，甩開了武松。武松掄起哨棒去打老虎，卻打在枯樹上，哨棒斷成了兩截。老虎咆哮著撲向武松，武松連忙丟下半截哨棒，順勢揪住老虎的臉皮，一把將老虎按在地上，揮起拳頭，照著老虎的腦門就打。老虎咆哮著，虎爪在身下刨出一個土坑。武松一個勁兒地打，打了幾十拳，見老虎漸漸不動彈了才停手。老虎被打得眼睛、嘴、鼻子和耳朵裡都噴出血來。武松擔心老虎還活著，拿起半截哨棒又打了一陣，確信

武松順勢揪住老虎的臉皮，一把將老虎按在地上，揮起拳頭，照著老虎的腦門就打。

老虎斷氣了才作罷。

武松想把老虎拖下山岡，可是力氣已經用盡，只好坐下來歇一會兒，然後繼續趕路，準備下了山岡再說。走了不到半里路，枯草中又鑽出兩隻老虎，武松大吃一驚，心想：「我今天死定了！」沒想到那兩隻老虎卻站了起來，拿著五股叉吃驚地說：「你……你……你……你真是膽大，竟敢一個人摸黑過岡！你……你……你是人……還是鬼？」武松一看，才發現他們是穿著虎皮衣服的人，問：「你們是什麼人？」其中一個人回答：「我們是本地的獵戶，奉知縣命令和十幾個村民一起捕捉老虎，可是不敢靠近那畜生，只好埋伏在這裡。你是什麼人？有沒有看見老虎？」

武松說：「我是清河縣的武松，剛才正好

撞見那隻老虎，一頓拳腳打死了它。」然後把打死老虎的經過說了一遍。兩個獵戶聽了，連忙吹起口哨，招來同伴。眾人都不敢相信，武松就帶他們來到打虎處。他們見老虎果然已經死了，連忙派一個人去報告里正❸，叫幾個人把老虎抬下山岡，弄一頂轎子抬起武松。

里正和村民非常高興，都趕來看望武松。第二天，里正派人把消息告訴了陽穀縣知縣。知縣立刻派人把武松請到縣衙，並給了他一千貫賞錢。武松把這些錢都分給了獵戶。知縣見武松如此仁厚，留武松做了縣衙的步兵都頭。

一天，武松走出縣衙閒逛，只聽背後有人叫他：「武都頭！」武松回頭一看，發現那個人竟是他的哥哥武大郎，大叫：「啊！你怎麼會在這裡？」說完，對著哥哥跪拜在地。

武大郎和武松雖是一母所生，卻相差懸殊。武松儀表不凡，力氣很大。武大郎卻又矮又醜，一副傻乎乎的樣子，被人戲稱為「三寸丁谷樹皮」。武松出去逃難時，清河縣一個富人想糾纏侍女潘金蓮，潘金蓮不從，那富人懷恨在心，就把潘金蓮送給了武大郎。潘金蓮才二十出頭，非常漂亮，經常有不三不四的人來招惹她。武大郎性格懦弱，惹不起他們，就搬到了陽穀縣，在紫石街租了一間屋子，靠賣炊餅❹為生。前幾天，武大郎在街上賣炊餅，聽人說起打虎英雄武都頭，懷疑武都頭是自己的弟弟，於是趕到縣衙求證，沒想到果然遇見了武松。

武松見了哥哥，非常高興，跟著哥哥回了家。潘金蓮見武松儀表不凡，不由得動了心，堅持讓武松搬過來住：「叔叔在縣衙裡住著，那些士兵難免服侍不周，不如搬到家裡來住，這樣既能吃一口熱飯，也免得別人說奴家❺容不下自家兄弟。」武松不好拒絕，只好搬來了。

自從武松搬來之後，潘金蓮用心服侍武松兄弟二人，非常周到。武松很感激嫂嫂，買了一匹布料送給她。潘金蓮非常感動，對武松表達了仰慕之情。武松是個直爽的人，雖然覺得有些不妥，卻也不好說什麼。

不知不覺間，一個多月過去了。這一天，北風呼嘯，大雪紛紛揚揚地下著，武大出去賣炊餅了，潘金蓮早早地做好飯菜，坐在屋裡等武松兄弟倆回來。過了晌午，武松回來了。潘金蓮連忙接了武松的斗笠，用拂塵掃去武松身上的雪，給武松倒了一杯酒。武松要等哥哥回來一起吃，潘金蓮卻舉起酒杯，看著武松說：「叔叔，請喝了這杯酒。」武松只好接過酒杯，一飲而盡。喝了幾杯酒，潘金蓮春心萌動，又喝了半杯酒，然後看著武松說：「叔叔可願意喝我這半杯殘酒？」武松奪過酒杯，把酒潑在地上，一把推開潘金蓮，說：「嫂嫂，我

---

❸【里正】封建社會爲了鞏固專政，在縣級以下設立了鄉和里，其中一「里」單位的長官爲里正。北宋時的里正一般由地主擔任，主要負責稅收和治安。

❹【炊餅】蒸製的麵食，形如饅頭。

❺【奴家】古時女子、婦女的自稱。

武二是個頂天立地的漢子，不是沒有人倫的豬狗，嫂嫂怎能如此不知羞恥！將來若是武二聽到什麼風聲，即便武二認得嫂嫂，武二的拳頭也不認！」潘金蓮滿臉通紅，說：「我只不過和叔叔開個玩笑，叔叔卻當真了，真是不知趣。」說完，趕緊收拾碗碟。

武大郎挑著擔子回來，見武松搬了行李要走，連忙挽留。武松說，公事繁忙，住在家裡很不方便。武大挽留不住，只好讓他走了。

第二十回　王婆說風情

過了十幾天，知縣派武松去東京公幹。臨行前，武松買了一些酒菜，帶著幾個士兵來到哥哥家。

潘金蓮以為武松回心轉意了，連忙熱情地迎接他。

席間，武松對武大郎說：「哥哥，武松要去東京公幹，明天就啟程，大概兩個月之後回來，今天特地來向哥哥辭行。我走以後，哥哥要晚出早歸，看好門戶，如果有人欺負你，不要跟他爭論，等我回來再說。」武大說：「兄弟說的是，我聽你的。」

武松又對潘金蓮說：「嫂嫂是個精細人，家裡全靠嫂嫂操持，俗話說『籬笆紮得緊，野狗不得入』，武松走了之後，還請嫂嫂安心持家。」潘金蓮聽了，頓時紅了臉，說：「叔叔怎能這麼說？奴家自從嫁給了武大，連一隻螞蟻都不讓進門。」武松笑著說：「這樣最好，希望嫂嫂說到做到。」

武松出去公幹之後，武大果然每天晚出早歸，進了屋就關上大門。潘金蓮見了，說：

「你好歹也是個男子漢，卻什麼都要聽你兄弟的，也不怕人笑話。」武大郎聽了並不計較。

過了兩三天，天氣變暖，潘金蓮打開樓上的窗戶，不小心碰落叉竿，打中了從樓下經過的西門慶。西門慶是陽穀縣的土財主，為人奸詐霸道，開著生藥鋪，還在縣裡管一些公事，人們都叫他「西門大官人」。

西門慶無端被叉竿砸中，正要發火，抬頭一看，見一個美麗的少婦，馬上轉怒為喜。潘金蓮連忙道歉，說：「奴家一時失手，打痛官人沒有？」西門慶連忙說：「不要緊，倒是閃了娘子的手。」

隔壁開茶坊的王婆看見了這一幕，笑著說：「誰叫大官人從屋簷下經過？打得正好。」

西門慶一邊搭腔一邊死死地盯著潘金蓮，潘金蓮連忙關上了窗戶。

西門慶走進隔壁的茶坊，問王婆：「王乾娘，這小娘子是哪家的？」聽王婆說是武大郎的老婆，不禁說：「好一塊羊肉，卻落在了狗嘴裡。」然後一邊喝酸梅湯，一邊讓王婆幫他物色一個小妾。

王婆知道西門慶對潘金蓮有意，卻故意裝聾作啞，不提此事。

第二天一大早，西門慶就來到王婆家，先喝了兩碗茶，然後走到武大郎家門口，在那兒走了七八個來回，之後又折回茶坊，遞給王婆一兩銀子，說：「乾娘，這是茶錢。」

王婆說：「太多了。」

王婆依計行事，潘金蓮見西門慶風流倜儻，春心萌動，果然和西門慶勾搭成姦。

西門慶說：「先存在你那兒。」

王婆心裡暗暗高興，收起銀子，說：「老身看大官人有些渴，來一碗『寬煎葉兒茶』如何？」

西門慶說：「乾娘怎麼一下子就猜中了我的心思？」

王婆說：「這有什麼，老身只看臉色就知道客人在想什麼。」

西門慶說：「我有一件心事，乾娘要是能猜中，我就給你五兩銀子。」

王婆笑著說：「老娘一定能猜中。大官人，你把頭湊過來……你記掛著隔壁那個人。」

西門慶說：「乾娘真厲害！不瞞乾娘說，自從那天被她的叉竿打了，我就像被她勾去了三魂七魄一樣，乾娘若能成全我，我一定送十兩銀子給你當棺材本兒。」

王婆說：「大官人若想與那小娘子偷偷來往，不可心急，還要捨得花銀子。只要大官人捨得銀子，老身自有妙計讓你如願。」

西門慶連忙答應。

王婆說：「這小娘子針線活做得好，大官人可以去買一些布料給老身，老身請她幫忙做壽衣，如果她不答應，這事就沒指望了；如果她答應了，我就請她來我家做。如果她不來，這事兒也沒指望；如果她來了，我先安排一些酒菜請她，你不要來。等到第三天晌午前後，你在門口叫我，我出去請你進來。如果她見了你就跑，這事兒也沒指望了；如果她不動身，我就誇她針線活做得好，然後說你們一個出錢一個出力，並請你替我澆手❶，你再拿出銀子求我出去買。我出去之後，如果她抽身就走，這事兒也沒指望了；如果她不走，我就請你們一起吃喝。如果她同意了，我就藉口出去買酒，然後關上門。如果她打開門跑了，這事兒就沒指望了；如果她不走，你先說一些甜言蜜語，然後故意碰掉筷子，再借撿筷子之機去捏她的腳。如果她鬧起來，我就趕緊過來替你解圍，這事兒自然也沒指望了；如果她不作聲，這事兒自然就成了。大官人，老身這條計策如何？」

西門慶聽了大笑：「妙！」

王婆說：「不要忘了你許給我的十兩銀子。」

西門慶買好布料，王婆依計行事。潘金蓮見西門慶風流倜儻，春心萌動，果然和西門慶勾搭成姦。

完事之後，王婆闖了進來，氣憤地說：「你們兩個做的好事！好啊，我請你來做衣裳，你卻來偷漢子！若是武大知道了，一定不肯放過我，我還不如現在就去自首。」潘金蓮一聽，連忙扯住王婆的衣服，說：「請乾娘饒恕。」西門慶也說：「乾娘小聲點兒。」

王婆說：「要想讓我饒恕你們，你就不能辜負大官人，每天都要來這裡私會大官人。如果一天不來，我就把這事兒告訴武大。至於大官人，要記住你答應老身的事，否則我也會跟武大說。」潘金蓮和西門慶連忙答應。

從此以後，潘金蓮和西門慶每天都來王婆家私會。不到半個月，鄰居們就都知道了，只有武大還蒙在鼓裡。

❶【澆手】主人用酒食或財物酬勞手藝人。

第二十一回　潘金蓮毒殺親夫

這一天，西門慶和潘金蓮又在王婆家裡私會。一個十五六歲的少年走到茶坊門口，來找西門慶。這個少年名叫鄆哥，靠賣梨為生，經常得到西門慶的資助。這天他提著一筐雪梨去找西門慶，有人說西門慶在王婆的茶坊裡和武大的老婆私會，他就過來了。

王婆說西門慶不在她家。鄆哥不信，要進屋去看看，王婆當然不肯。鄆哥非要進去，王婆揪住鄆哥，打了他幾個耳光，把他推到街上，雪梨撒了一地。鄆哥一邊哭一邊去拾雪梨，然後指著王婆說：「馬伯六❶，你等著，我這就去找武大！」

武大聽了鄆哥的話，剛開始還不相信，後來想起潘金蓮每次從王婆家裡回來時都紅著臉，不得不相信，要去捉姦。鄆哥攔住了他：「有王婆給他們把風，你捉不住他們的，更何況西門慶有錢有勢，你就這樣闖進去捉姦，他會反咬你一口的。你先回去，就當什麼事兒也沒發生，如果西門慶他們明天還去王婆家，我就去纏住王婆，你再趁機闖進去，這樣肯定能抓個正著。」武大郎覺得此計可行，就答應了。

第二天，武大像往常一樣出門做買賣。他剛出門，潘金蓮就向王婆家走去。

武大和鄆哥依計行事，王婆果然中計。

武大衝進屋裡，嚇得西門慶和潘金蓮抱成一團。武大見狀，舉起扁擔就要去打西門慶。西門慶抬起右腳去踢武大，一腳踢在武大的心口上，然後離開了。武大被踢倒在地，半天也沒爬起來。

鄆哥見事態不妙，跑了。王婆趕緊去扶武大，只見武大口吐鮮血，臉色蠟黃，連忙和潘金蓮一起把武大攙回了家。

西門慶見武大沒事，又來找潘金蓮。潘金蓮每天也不問武大死活，只顧出門和西門慶私會。武大一連幾天臥床不起，想喝一口水都喝不上，又見潘金蓮每天回家時都面色潮紅，知道她又去私會西門慶了，又氣又惱，對她說：「我死了不要緊，就怕我兄弟不肯甘休。你若好好服侍我，我一定不讓他知道這件事。」潘金蓮把武大的話告訴了西門慶和王婆。西門慶知道武松的厲害，聽了這話，一顆心就像掉進冰窟一樣。王婆也怕武松回來找她麻煩，說：「如今這矮子病得重，不如就此結果了他。大官人去你的生藥鋪裡取一些砒霜來，大娘子去買一服治心痛的藥，把砒霜下在藥裡，等這矮子一死，一把火把他燒了，如此一來，武二也

---

❶【馬伯六】撮合不正當男女關係的人。

潘金蓮順勢把藥都灌進了武大嘴裡。

不能拿你們怎麼樣。過個一年半載，大官人再把大娘子娶回家裡，你們就能做一對長久夫妻了。」西門慶和潘金蓮答應了。

這一天三更時分，潘金蓮熬好藥，偷偷地把砒霜倒進藥裡，端給武大喝。武大喝了一口，說：「娘子，這藥好難喝。」潘金蓮說：「雖然難喝，但是可以治病啊。」武大聽了，就接著喝。潘金蓮順勢把藥都灌進了武大嘴裡。武大喝了藥一直叫苦：「娘子，我肚子好痛啊！」潘金蓮聽他一直叫，怕人聽見，就拿棉被蓋在他臉上，又跳上床，騎在他身上，緊緊地按住被角。武大一邊叫一邊掙扎，不一會兒就不動彈了。潘金蓮掀開被子，只見武大七竅流血，一雙眼睛睜得大大的。潘金蓮害怕了，連忙跳下床去找王婆。

王婆拿濕抹布擦乾武大臉上的瘀血，用白

布蓋住了武大的臉，然後離開了。到了五更時分，潘金蓮開始哭喪。鄰居聞訊趕來，問：「武大是怎麼死的？」潘金蓮回答：「我家官人前一陣子害了心痛病，病情一天天加重，吃了十幾副藥也不見好，沒想到昨夜三更竟然死了！」說完，用袖子遮住臉，繼續假哭。

西門慶買通仵作❷何九，讓何九謊稱武大是害心痛病死的。何九明知武大是中毒死的，也知道武松不會善罷甘休，可又惹不起西門慶，只好閉上嘴巴。等潘金蓮把武大的屍體燒了，何九偷偷地撥開火堆，揀出兩塊骨頭藏了起來。

武大死後，潘金蓮在家裡設了一個靈位，上面寫著「亡夫武大郎之靈位」，可是每天卻在樓上和西門慶任意取樂。眾鄰居都知道此事，卻不敢多嘴。

三月初，武松回到陽穀縣，先去縣衙交了回書，然後趕回家看望哥哥，誰知一進門就看見哥哥的靈位，他以為自己眼花了，大喊：「嫂嫂！武二回來了。」西門慶正在樓上和潘金蓮私會，聽見喊聲，連忙從窗戶跳了出去。鄰居見了，都不敢出聲。

潘金蓮連忙換上孝服，哽咽著下了樓，謊稱武大是害病死的。

武松哪裡肯信，卻也沒有辦法，只好叫士兵買了香燭和冥紙來祭拜哥哥。當天晚上，武松找了一張席子，睡在哥哥的靈位旁邊，睡到三更時分，武大託夢給武松說：「兄弟，我死

---

❷【仵作】舊時官府中負責檢驗死屍的小吏，相當於現代的法醫。

得好苦。」武松認為哥哥死得蹊蹺，就帶著士兵去找何九。

何九聽見武松來了，嚇得手忙腳亂。武松見何九嚇得連氣都不敢出，舉起尖刀指著何九，說：「我哥哥是怎麼死的？如果有半句假話，我饒不了你！」何九連忙道出實情，並取出西門慶給他的銀子和武大的骨頭。

武松問：「姦夫是誰？」

何九說：「小人不知道，不過小人聽說鄆哥曾經和大郎一起去茶坊裡捉過姦，你可以去問他。」

武松讓何九當證人，然後去找鄆哥。鄆哥倒很爽快，只是擔心他會因此吃官司，到時他爹就沒人養活了。武松給了鄆哥五兩銀子，鄆哥答應當證人。

武松帶著何九和鄆哥來到縣衙，向知縣說明實情，請知縣主持公道。誰知知縣已經被西門慶買通，還說：「武松，俗話說『捉姦見雙』，你並沒有捉姦在床，更何況你哥哥死不見屍，僅僅憑這兩件物證，你就說西門大官人殺人，實在太魯莽了。」

武松見知縣不理此事，買了一些酒菜，帶著士兵回到哥哥家裡，把酒菜擺好，讓士兵守住前後門，以答謝為名請來了王婆、開銀鋪的姚文卿、開紙馬[3]鋪的趙仲銘、賣酒的胡正卿和賣麵食的張公共五位鄰居，然後關上房門。

眾鄰居心裡都十分不安，不知道武松到底要幹什麼。

武松說：「各位高鄰不要怪小人粗魯，小人請各位過來，只想設宴謝謝各位的幫助，請各位隨便吃一些。」

眾人喝了幾杯酒，胡正卿起身要走，說：「小人有事要忙。」武松攔住了他，叫眾人繼續喝酒。眾人又喝了一陣，越喝越害怕，都起身要走。武松攔住他們，說：「哪位高鄰會寫字？」姚文卿連忙說胡正卿會寫。武松把紙筆遞給胡正卿，從衣裳底下抽出尖刀握在手上，用左手抓住潘金蓮，右手指著王婆，說：「諸位高鄰在此給我武松做個見證，如果有誰先走，就別怪武松翻臉不認人。」眾人都嚇得面面相覷，不敢作聲。

接著，武松看著王婆說：「老豬狗你聽著，我哥哥的性命都在你身上，我一會兒再找你算帳。」說完，盯著潘金蓮說：「你這淫婦，你是怎麼害死我哥哥的？快從實招來。」潘金蓮說：「叔叔，你哥哥是害心痛病死的，與我無關。」武松一聽，左手揪住潘金蓮的頭髮，把她拖到武大的靈位前，右手拔刀，指著王婆說：「老豬狗，你從實招來！」王婆說：「又不關我的事，你叫我說什麼？」武松說：「老豬狗，我都知道了，你也有份兒。你若不從實招來，我就先殺了這淫婦再殺你。」說完，舉刀要殺潘金蓮。潘金蓮連忙求饒，說出了事情的經過。王婆見潘金蓮招了，也供認不諱。

---

❸【紙馬】用紙糊成的人、車、馬等，或是印有神像的紙片，在祭祀時焚燒，以祭奠死者。

武松讓胡正卿把二人的供詞都寫在紙上，讓所有鄰居簽名為證，逼潘金蓮和王婆都跪在武大靈位前，眼淚汪汪地說：「哥哥靈魂還沒有走遠，看兄弟給你報仇雪恨。」潘金蓮見情況不妙，起身要走。武松把她揪了回來，一刀殺了她，割下她的頭，用布包了，吩咐士兵把王婆押到樓上看管，然後對眾鄰居說：「請各位高鄰到樓上小坐一會兒，武二一會兒就回來。」說完，武松提著裝有人頭的布袋來到西門慶的生藥鋪，聽主管說西門慶在獅子樓跟人喝酒，直奔獅子樓。

西門慶正在陪一位財主喝酒，身邊還坐著兩個唱小曲的女人。武松闖了進去，把布袋扔到西門慶臉上。西門慶見了布袋裡的人頭，又看見武松，連忙逃命。武松攔住了他。西門慶一腳踢落武松的刀，揮拳去打武松。武松順勢從他肋下鑽出來，轉身抓住他的左腳，把他扔到了樓下。西門慶頭朝下摔在地上，只剩下眼珠子還能動。武松割下西門慶的人頭，將它和潘金蓮的人頭一起擺在武大的靈位前，流著眼淚說：「哥哥，兄弟已經替你殺了姦夫淫婦，希望你早升天界！」說完，讓士兵把王婆押到縣衙，請眾鄰居去縣衙給他作證。

知縣判王婆剮刑[4]，判武松脊杖四十，囚禁兩個月後發配到孟州。

---

❹【剮刑】又稱凌遲，是指把人的身體割成許多塊，是封建時代一種殘酷的死刑。

第二十二回　威震孟州

負責押送武松的兩位公人知道武松是好漢，再加上武松經常買酒菜給他們吃，所以他們一路上也沒有為難武松。這一天巳時，武松一行人來到孟州道上的十字坡，走進一家酒店。酒店的門檻上坐著一個女人，她說：「客官，本店有好酒好肉，還有大饅頭。」兩位公人見旁邊沒有別人，打開了武松身上的枷鎖。

武松叫了一些酒菜，又要了一些饅頭。兩個公人拿起饅頭就吃。武松掰開饅頭一看，只見裡面有幾根人毛，想起以前聽人說的「大樹十字坡，客人誰敢過？肥的切成饅頭餡，瘦的扔了去填河」這句話，就問那個女人：「娘子，你丈夫呢？」

那個女人說：「我丈夫外出作客去了。」

武松說：「那你豈不是很寂寞？」

那個女人心想：「這個賊配軍，竟敢戲弄老娘，真是找死！」想到這裡，她回答：「客官，不要開玩笑了，請再喝幾碗酒，喝醉了就在這裡歇息。」

武松心想：「這女人獨自一人，竟然不怕我們，只怕心裡有鬼，看我怎麼對付她。」於是對她說：「娘子，這酒味道有些淡，拿一些好酒來給我們嘗嘗。」

那個女人回答：「好酒倒是有，就是有些渾。」

武松說：「越渾越好。」

那個女人聽了，暗自高興，抱了一罈渾酒出來。

兩個公人又餓又渴，端起酒就喝。

武松倒了一碗酒，說：「娘子，你再切一些肉來給我下酒。」等那個女人轉身去切肉，武松把碗裡的酒潑在角落裡，說：「好酒。」

那個女人聽武松說「好酒」，連忙轉過身來，拍著手說：「倒！倒！」兩個公人立刻倒在地上。武松也緊閉雙眼，仰倒在地。

那個女人見狀，大喊：「小二，小三，快出來！」兩個大漢應聲而出，把兩個公人扛進屋裡。那個女人捏了捏兩個公人的包裹，猜出裡面有金銀，大笑著說：「又有人肉饅頭賣了，還能得到這麼多財物。」說完，把包裹提到屋裡，然後走了出來。兩個大漢來扛武松，可是怎麼也搬不動。那個女人見了，說：「沒用的東西，非要老娘親自動手。這個鳥人也是，長得這麼胖。不過，正好可以當黃牛肉賣，那兩個瘦的當水牛肉賣。我把這傢伙扛進去之後，你們先拿他開刀。」說完，脫下綠上衣和紅裙子，去扛武松。

武松順勢抱住她，嚇得她連忙求饒。這時，一個挑柴人走了過來，大叫：「好漢息怒，先聽小人一言。」

武松跳起來，踩住那個女人，看了看挑柴人。挑柴人問了武松的姓名，得知他就是打虎英雄武松，跪在地上就拜，說：「小人早就聽說好漢大名，今天才有幸相見。小人的妻子有眼不識泰山，還請英雄見諒。」武松連忙放了那個女人，並問了他們的姓名。原來，他們正是「菜園子」張青和「母夜叉」孫二娘。他們迫於生計，謀財害命。張青原本吩咐妻子不要搶劫雲遊僧道、戲子、配軍，因為這三種人要麼不問世事，要麼專門與官府作對，可是孫二娘經常因為錢財而不聽丈夫的話，還曾經麻倒過智深和尚，幸虧張青及時趕到，救醒了智深。

張青夫婦聽了武松的遭遇，建議他殺掉兩個公人，去二龍山投奔智深。武松不忍心，請張青給他們灌了一碗解藥。張青設宴招待武松等三人，與武松談起了江湖好漢殺人放火之事。兩個公人聽了，連忙跪地求饒。武松說：「我們只殺作惡多端的人，你們只管喝酒，到了孟州，我自有重謝。」

張青留武松一行人住了幾天，給了武松十兩銀子，送了二三兩銀子給兩個公人，這才放他們走。武松把十兩銀子全都給了兩個公人，戴著枷鎖繼續趕路。

到了孟州州衙，武松被押到孟州牢城營平安寨。眾囚徒見了武松，對他說：「好漢，你剛到這裡，可能不知道規矩。我們不忍心看你受苦，特意囑咐你幾句。如果你包裹裡有書信或銀兩，就先把它們拿出來。一會兒差撥會來叫你去吃一百殺威棒，到時你再拿給他，否則有你受的。」

武松回答：「多謝各位指教。小人身邊帶了一些財物，如果他好言相待，我就送一些給他；如果他硬跟我要，我一文都不給。」

眾囚徒說：「好漢，不要這麼說！俗話說：『不怕官，只怕管』，你要小心才是啊。」正說話間，差撥走了過來，問：「哪個是新來的囚徒？」

武松解開包裹，回答：「小人便是。」

差撥說：「你也是個人，卻如此不識時務，還要我開口。就算你是打虎英雄，到了這兒也得低頭。」

武松說：「你指望老爺送人情給你？老爺倒是有些銀子，可是半文都不給你，只有一對拳頭相送。」

眾囚徒聽了，連忙勸他：「好漢！你如此頂撞他，一定會吃苦的。他跟管營一說，你必然小命難保。」

武松回答：「不怕！隨他去。」

武松話音剛落，就來了三四個公人，把武松帶到了管營面前。

管營命人打開枷鎖，說：「按太祖武德皇帝舊制，凡是新來的配軍，都要打一百殺威棒。」

武松回答：「要打就打，我要是躲閃一棒，就不是打虎的好漢。要打就毒打，別手下留情，不然我不快活。」

公人們聽了，都笑了起來。有一個人對管營耳語了幾句，管營對武松說：「新來的囚徒武松，你路上生了什麼病？」

武松說：「我路上沒有生病，既能走路又能喝酒吃肉。」

管營說：「這傢伙路上生病了，我先寄下他這頓殺威棒。」

武松說：「我沒有生病，現在就打，打了倒乾淨，不用整天牽腸掛肚的。」

公人們又笑了起來，管營也笑了，說：「這漢子很可能得了熱病❶，一直沒有出汗，所以才滿嘴胡言。來人，把他帶進單身牢房。」

三四個士兵帶著武松來到單身牢房。眾囚徒見武松無故被免了一百殺威棒，就說武松可能會被盆吊❷等酷刑偷偷結果了。眾囚徒正說著，一個軍人托著一個點心盒來叫武松。武松心想：「想必是先讓我吃了這些點心，再來對付我。我先吃飽了再說。」於是把酒肉都吃完

---

❶【熱病】泛指一切急性發作、以體溫升高為主要症狀的疾病。

❷【盆吊】把囚犯蒙頭倒著吊死，是古時私殺獄囚的一種酷刑。

了。那個軍人收好碗碟，離開了。到了晚上，那個軍人又托了一個點心盒過來。武松心想：「吃了這頓飯，應該就會結果我了。死也要做個飽鬼，先吃了再說。」等武松吃完，那個軍人又收拾好碗碟離開了。不一會兒，那個軍人提著一個浴桶過來了，身邊還多了一個手提一桶熱水的人。那個軍人說：「請都頭洗澡。」武松心想：「難道想在我洗完澡時下手？洗就洗，死有什麼好怕的。」第二天早上，那個軍人又帶著點心盒來了，還命人給武松梳洗了一番。接下來幾天都是這樣，並沒有殺害武松的意思。

武松實在忍不住了，就問那個軍人到底是怎麼回事。那個軍人只說是小管營相公命令他這麼做的。

原來，那位小管營相公就是當日向管營耳語的人，管營之子，名叫施恩，人稱「金眼彪」。他帶著八九十個囚徒在東門外開了一家酒店。這家酒店叫快活林，由於地處山東、河北兩省客商的雲集之地，所以生意很好，每月都能賺到二三百兩銀子。誰知最近來了一個綽號叫「蔣門神」的傢伙，這個人憑藉一身好本領霸佔了快活林。施恩聽說武松力大如牛，希望武松幫他奪回快活林，這才如此厚待武松。

武松得知此事，要施恩帶他去快活林。路上，武松一見酒店就喝三碗酒，施恩怕他醉酒誤事，勸他不要喝，他卻說：「你怕我醉了沒本事？我是沒酒沒本事，有一分酒就有一分本事。」施恩見他這樣說，不好再勸。武松總共喝了三十五六碗酒，喝得醉醺醺的。

武松到了快活林，只見一個大漢正躺在門口的一棵大槐樹下乘涼，心想這個大漢應該就是蔣門神。接著，武松走進酒店，坐了下來，盯著櫃臺前的一個少婦，叫人打一些酒嘗嘗。店小二端來一碗酒，武松聞了聞，搖著頭說：「不好！不好！換別的酒來！」像這樣換了三次酒，武松才說酒好，然後問：「小二，你家主人姓什麼？」小二回答：「姓蔣。」武松說：「為什麼不姓李？」

那少婦聽了，知道武松是來搗亂的，推開櫃身，要找武松算帳。武松把酒一潑，奔到櫃臺裡，攔腰抱住少婦，把她丟進了酒缸。幾位店小二連忙來鬥武松，也被武松丟進酒缸。其中一個連忙爬出來，向蔣門神報信。

武松走到門外，拿拳頭在蔣門神臉上虛晃一下，轉身就走。蔣門神大怒，追了上來，卻被武松一腳踢中小腹，一時站不起來。武松對他一陣拳打腳踢，蔣門神自知不是武松的對手，連忙求饒。

武松要蔣門神向施恩道歉並離開孟州，蔣門神為了保命，只好答應了。施恩重霸快活林，非常感激武松。

第二十三回　血洗鴛鴦樓

轉眼之間，武松已經在快活林住了一個多月。

這一天，施恩和武松正在談論拳棒槍法，孟州守禦兵馬都監張蒙方派了兩三個士兵來請武松。施恩見父親的上司來請，只好讓武松去了。

張都監見了武松，說：「我聽說你是個大丈夫，想讓你當我的親隨，你可願意？」武松連忙跪下來拜謝張都監：「小人只是一個囚徒，難得恩相如此抬舉小人，小人定當盡心服侍恩相。」張都監大喜，設宴款待武松，收拾了一間耳房給武松居住，對武松像親人一樣。

眾人見武松如此受寵，都帶著財物來求武松辦事。武松買了一個柳藤箱子，把那些財物都鎖在箱子裡。

沒過多久，中秋節到了。張都監在後堂深處的鴛鴦樓設下家宴，邀請武松和他們一家人一起賞月，還許諾將來會把侍女玉蘭許配給武松。武松受寵若驚，連忙推辭。張都監堅持要這麼做，然後繼續和武松喝酒。

大約三更時分，武松回到住處，正準備脫衣睡覺，聽見後堂有人喊抓賊。武松連忙提起哨棒來到後堂，只見玉蘭慌慌張張地走過來，對他說：「有個賊跑進後花園了。」武松連忙跑進後花園，可是四處都找遍了也沒有看見賊，正準備跑出去，被暗處的一條板凳絆倒，然後被七八個士兵當成賊綁了起來。武松連忙大叫：「是我。」那些士兵根本不聽他辯解，把他押到了張都監面前。

武松大叫：「我不是賊，我是武松。」

張都監大怒，說：「你這個賊配軍，我如此抬舉你，誰知你竟做出這種事！」然後命人搜查武松的房間，搜出了那個柳藤箱子。

武松百口莫辯，只好一個勁兒地叫屈。

張都監派人把武松交給官府，同時上下打點了一番。

武松見了知府，正要開口分辯，知府呵斥他說：「你原本是配軍，一定是見財起意。來人，給我狠狠地打！」

獄卒聽了，拿起批頭竹片❶狠狠地打武松。武松禁不住毒打，只好招認，被關進死牢。直到這時，武松才意識到自己中了張都監的圈套。

---

❶【批頭竹片】衙役手中打人的竹片，一頭紮緊，一頭劈分細條。

施恩得知此事，慌忙找父親商議。老管營叫施恩去打點，先救下武松再說。施恩連忙去找好友康節級❷。康節級說，蔣門神被武松打敗之後，一直躲在張都監的結義兄弟張團練家裡，後來花錢打點了官府，和張都監設了此計，想除掉武松。只有正直的葉孔目❸不肯收受賄賂，武松這才暫時保了一條命，要想救武松，只有去求葉孔目。施恩聽了，取出一百兩銀子答謝康節級，然後去找葉孔目。

葉孔目有心救武松，先判了他兩個月監禁，等監禁期滿再另做決定。知府是個貪官，收了張都監的賄賂，經常來牢裡查看武松的情況，後來聽葉孔目說張都監收受蔣門神賄賂設計陷害武松，心想：「你倒賺了銀子，卻讓我來害人。」自此對此事就不上心了。等到兩個月監禁期滿，葉孔目判武松脊杖二十，發配恩州牢城，贓物歸還原主。

武松挨了二十脊杖，隨著兩個公人出了孟州衙門。施恩從官道旁邊的酒店裡鑽出來，給了武松兩隻熟鵝和一個包裹，囑咐武松路上小心，順便說快活林又被蔣門神搶走了。

兩個公人見了施恩，一直沒有好臉色，連施恩給的十兩銀子都不要，氣憤地把施恩給的包裹拴在武松腰間，把兩隻熟鵝掛在武松的枷鎖上，催促武松快走。武松拜別施恩，跟著兩個公人上了路，大約走了四五里路時吃了一隻熟鵝，又走了四五里路時吃了另一隻熟鵝。

武松一行人大約離城八九里路時，有兩個手執朴刀的人要求與他們結伴而行，兩個公人同意了。武松看見那兩個人向兩個公人使眼色，知道他們四個人都心懷不軌，只當沒看見。

又走了幾里路，武松一行人來到了飛雲浦。

五個人走到浦邊一座寬闊的石橋上時，武松說：「我要解手。」那兩個拿朴刀的人聽了，走到武松身邊。武松一腳把其中一個踢到橋下，另一個連忙轉身要逃，也被武松踢了下去。兩個公人慌忙向橋下逃去。武松喝道：「哪裡逃！」說完，扭斷枷鎖，追過去殺死了他們。被踢下水的兩個人掙扎著爬起來，正要逃命，一個被武松砍死，另一個被武松揪住。武松喝道：「你若從實招來，我就饒你不死！」那個人說：「小人兩個是蔣門神的徒弟，奉師父和張團練之命來害好漢。」武松問：「你師父現在在哪兒？」他回答：「小人來的時候，師父和張團練都在張都監家後堂的鴛鴦樓喝酒，專等小人的消息。」武松聽了，一刀殺了他，直奔張都監家。

武松到了張都監家，埋伏在馬院裡，將近二更時才出來。馬夫看見武松拿著明晃晃的朴刀，連忙求饒，說：「哥哥，不關我的事，饒了我吧！」武松問：「張都監在哪兒？」馬夫回答：「和張團練、蔣門神在鴛鴦樓上喝酒。」武松一刀殺死馬夫，潛入後堂，經過廚房時聽見兩個侍女正在埋怨客人還不走。武松把這兩個侍女殺了，然後躡手躡腳地上了鴛鴦樓。

---

❷【節級】宋元時期的地方獄吏。

❸【孔目】舊時官府衙門裡的高級吏人，主要負責獄訟、帳目、遣發等事務。

鴛鴦樓上只有張都監、張團練和蔣門神。蔣門神說：「多虧恩相替小人報了仇，小人一定重謝恩相。」張都監說：「若不是看在我兄弟張團練的面子上，我才不肯這麼做呢！你雖然花費了一些錢財，卻不必再擔心了，說不定他這時已經葬身於飛雲浦了。」等那四個人回來，就知道結果了。」張團練說：「四個人對付他一個，足夠了。」武松聽完這些話，滿腔怒火，闖進屋裡。三個人見了武松，嚇得魂飛魄散，連忙逃命。武松輕鬆地殺了他們，喝了一些酒，蘸著死人的血在牆上寫下「殺人者打虎武松也！」

正要離開，碰巧都監夫人帶著兩個隨從來到樓下，武松把他們也殺了。玉蘭帶著兩個小侍女趕了過來，武松把她們三個也殺了，連夜出了城。

武松走了一夜，非常疲倦，看見一座古廟，走了進去，正準備躺在地上睡一會兒，被兩把撓鉤鉤住，然後被四個人像牽羊似地拖到了幾里外的一間草屋裡。那四個人把武松綁在柱子上，大叫：「大哥！大嫂！我們抓到一個好貨。」有人回答：「我來了！你們別忙，我親自動手。」不一會兒，一男一女走了過來，那個女人說：「叔叔？」武松仔細一看，發現那一男一女居然是張青夫婦，原來張青夫婦有好幾家店面。

張青夫婦聽了武松的遭遇，安排武松住在客房。

孟州知府聽說武松殺了張都監等人，連忙派人把守孟州四門，挨家挨戶抓捕武松。張青怕武松被捉，建議武松去二龍山寶珠寺投奔智深和楊志，武松沒有其他選擇，只好答應了。

張青隨即寫了一封信給智深，在信中詳細說明了武松的情況。孫二娘擔心有人認出武松，把武松打扮成了頭陀❹。武松對著鏡子照了照，不由得哈哈大笑，說：「竟然就這樣當了行者，大哥，你再幫我把頭髮修剪好。」

張青修剪好武松的頭髮，收拾了一個包裹給武松，然後安排酒菜為武松餞行。

---

❹【頭陀（ㄊㄨㄛˊ）】又稱行者、苦行僧，指出家而未經剃度的僧人，他們一般居無定所，爲尋師求法而雲遊四方。

第二十四回　醉打孔亮

武松走了不足五十里，走上一座高高的山嶺，藉著月色看嶺上的美景，突然聽見有人在笑，連忙循聲望去，只見傍山有一座墳庵[1]，其中一間草屋開著窗戶，窗前有個道士摟著一個女人在嬉笑。

武松氣憤地說：「狗男女，竟然敢在庵堂裡鬼混！」說完，走上前去敲門，準備殺了他們。一個道童聽見動靜，從旁邊一間草屋裡走出來，喝止武松，被武松一刀削掉了腦袋。裡面的道士見了，舉起寶劍衝向武松，也被武松殺死。武松大叫：「庵裡的婆娘出來！我不會殺你，只想問你一些事。」那個女人聽了，走出庵堂，跪在武松面前，說出了事情的原委。

原來，這山嶺叫蜈蚣嶺，那個女人是嶺下張太公的女兒，那庵堂是她家的。幾個月前，那個道士以看風水為由投宿在她家，殺了她的爹娘和哥嫂，把她騙到了庵堂裡。

武松讓那個女人拿走道士的錢財，然後一把火燒了庵堂。那個女人要分一些錢財給武松，武松讓她自己留著，她拜謝了武松，走下蜈蚣嶺。

武松連夜趕路，又走了十幾天，一路上都能看到抓捕他的榜文。幸虧武松扮成了行者，這才沒人盤問他。當時是十一月，天已經很冷了，武松喝酒吃肉也不能禦寒。這一天，武松走進一個依山傍水的酒店，吩咐店家上一些酒肉來。店家說有酒卻沒有肉，武松只好就著一碟小菜喝了一些酒。

武松喝得半醉時，一個大漢帶著三四個人走了進來，店家連忙笑容可掬地招待他們，還給他們上了一罎酒、一對熟雞和一大盤精肉。武松一聞就知道那酒是好酒，又看見肉，不禁氣憤地說：「店家！你過來！你也太欺負人了，把好酒好肉賣給別人，卻不賣給我，難道我不給你銀子？」店家說：「客官息怒，那些酒肉都是二郎帶來的，只借我店裡坐一會兒。」武松不信：「放屁！老爺就要吃肉！」店家說：「我還從未聽過出家人自稱『老爺』。」武松聽了，照著店家的臉打了一巴掌，把店家的半邊臉都打腫了。

那個大漢見了，連忙過來勸阻，武松連他也一起打，打了二三十拳，把他扔到了門外的小溪裡，打完回到桌邊盡情地喝酒吃肉。

那個大漢的同伴見武松力大如牛，不敢插手，扶著大漢離開了。

武松吃飽喝足之後，出了店門，沿著小溪一直向前走。一隻黃狗從一座土牆裡跑出來，

---

❶【墳庵】設在墓地的庵堂。

對著武松亂叫。武松正要找事，就舉起戒刀，去追那隻黃狗，卻一刀砍了個空，跌進小溪裡，想起來卻怎麼也起不來，只好在溪水裡打滾。

這時，一群人走了過來，聽見狗叫，發現了武松，有人說：「打了小哥哥的人就是這個賊頭陀。」為首的大漢聽了，命令眾人抓住武松。武松喝得爛醉，根本爬不起來，只得被眾人捉住。

眾人把武松帶到小溪邊的一座大莊院裡，把他綁在一棵大柳樹上，正準備打他，被一個人喝止了。那人看了看武松，說：「這不是我兄弟武二郎嘛！」眾人聽了，連忙給武松鬆綁。原來這個人是宋江，他和武松分別之後，在柴進家住了半年，來到白虎山孔太公家，教孔太公的兩個兒子習武。被武松打的那個大漢，是孔太公的小兒子「獨火星」孔亮，另一個大漢是孔太公的大兒子「毛頭星」孔明。

孔家兩兄弟得知武松的遭遇，連忙跪地叩拜武松，說：「我們兄弟倆『有眼不識泰山』，請英雄恕罪。」

孔太公設宴款待武松。當天晚上，宋江和武松盡情暢談，非常高興。

孔太公留武松住了一陣子，整日以禮相待。一天，宋江說他和清風寨知寨❷「小李廣」花榮交情很好，準備去清風寨住一陣子，並邀武松一起去。武松說自己殺人太多，犯的是大罪，如果和宋江同行，恐怕會連累宋江和花榮，所以決意去二龍山入夥。宋江聽了，只好答應。兩個人在孔太公莊上又住了幾天，然後一起向孔太公辭行。孔太公挽留不住，只好各送了五十兩銀子給他們，並讓兩個兒子去送他們。

武松和宋江走了四五十里路，來到瑞龍鎮，看見一個三岔路口。宋江問鎮上的人：「我們想去二龍山和清風鎮，請問該走哪條路？」鎮上的人回答：「去二龍山往西走，去清風鎮往東走，過了清風山就是清風鎮了。」

宋江和武松來到一家酒店，準備喝幾杯酒之後就此告別。席間，宋江對武松說：「兄弟，你入夥之後要少喝酒。如果朝廷招安❸，你就勸說智深投降，日後憑本事封妻蔭子❹，留下一個好名聲，也不枉在人世走一遭。兄弟，你如此英勇，將來一定能有一番作為，你一定要牢記哥哥的話，這樣我們兄弟將來才有希望再見。」武松聽了，少喝了幾杯酒，和宋江灑淚而別。

武松到了二龍山，智深、楊志讓他坐了第三把交椅。

---

❷【知寨】宋朝時巡檢司巡檢的別稱，非正式官職，分文知寨和武知寨，文知寨爲正，武知寨爲副。當時的巡檢司，相當於現在縣裡派駐在鄉鎮關卡要地的警察機關。

❸【招安】也叫招撫，指統治者勸誘武裝反抗者投降或歸順。

❹【封妻蔭子】封建時代功臣的妻子得到封號，子孫世襲官職和特權，泛指建立功業。

第二十五回　清風山聚義

宋江走了幾天路，來到一座茂密的高山上，見景色優美，便一邊走一邊觀賞美景，沒想到錯過了客店，只好一直向前走，誰想卻被埋伏在路邊的十幾個小嘍囉捉住。

小嘍囉們把宋江押回山寨，綁在柱子上，說是等大王睡醒了，就挖出宋江的心肝給大王做醒酒湯。宋江心想：「我竟然因為一個水性楊花的女人受了這麼多罪，如今連性命都賠上了。」

大約三更時分，一位頭領走了過來。這位頭領名叫燕順，綽號「錦毛虎」，原本是販羊馬的客商，後來賠了本，流落到了這清風山，專靠打劫為生。燕順見了宋江，說：「快去請二位大王一起來喝醒酒湯。」

不一會兒，「矮腳虎」王英和「白面郎君」鄭天壽走了進來。王英命令小嘍囉取出宋江的心肝。宋江歎了一口氣，說：「可惜宋江死在這裡。」燕順聽到「宋江」二字，連忙命令小嘍囉住手，問清宋江就是「及時雨」宋公明後，連忙給宋江鬆綁，然後把宋江摁在交椅

上，跪地就拜。原來，他們三人早就聽說宋江是個好漢，怎麼會殺他？他們留宋江住在山寨裡，每天好酒好肉招待著。

臘月上旬，宋江和燕順、鄭天壽在山寨裡喝酒，卻久久不見王英過來。一問才知道王英好色，剛才聽小嘍囉報說山下有七八個人和一頂轎子經過，猜到轎子裡必定有女人就下了山，現在已經把那個女人抬進自己屋裡了。宋江說：「原來王英兄弟貪圖女色，這可不是好漢該做的事！請二位和我一起去勸勸他。」宋江等三人到了王英的住處，只見王英正摟著那個女人求歡呢。王英見了他們，連忙推開那個女人，請他們坐。

宋江一問，得知那個女人原來是清風寨文知寨劉高的夫人。宋江心想：「她丈夫和花榮是同僚，我要是不救她，將來見了花榮也不好說。」於是對王英說：「兄弟，這娘子的丈夫和在下的朋友是同僚，請兄弟給在下一個面子，放她走，行嗎？」王英說：「哥哥，如今的女人都讓那些有錢有勢的人霸佔了，我王英也想弄一個來當壓寨夫人，請哥哥成全。」宋江說：「賢弟若要壓寨夫人，宋江日後一定幫你挑一個好的。」王英見宋江執意要救那個女人，只好放了她。

那個女人回到清風寨，對劉高說：「那些人把我抓到山上，並沒有非禮我，而是要殺我，我連忙說自己是知寨夫人，他們這才放了我。」劉高信以為真。

宋江在清風山住了幾天，一心想要投奔花榮，就背上包裹，拿著朴刀，告別了三位頭領。宋江到了清風鎮，聽鎮上人說花知寨住在鎮北的北寨，就向北寨走去。

花榮聽說宋江來了，連忙出寨迎接，並設宴款待宋江。席間，宋江說起他救了劉夫人一事，花榮說：「哥哥，你救錯人了，那個女人就是被玷污了也活該！」原來，劉高自上任以來就橫行鄉里，那個女人更歹毒，經常挑撥丈夫為富不仁。花榮雖然也是知寨，可是官位在劉高之下，管不了劉高。宋江說：「賢弟，那劉高和你畢竟是同僚，就算他有什麼過失，你也應該隱惡揚善，不能如此目光短淺。」花榮說：「兄長說的是。」宋江自此就住在清風寨，花榮每天派人陪他到處遊玩。

轉眼間元宵節到了，宋江和花榮的隨從去鎮上看花燈，碰巧被劉夫人看見。劉夫人連忙指著宋江對丈夫說：「那個人就是擄走我的清風山頭目。」劉高連忙命令手下捉住宋江，說：「你這強盜，竟然還敢出來看花燈，現在被我抓了，看你還有什麼話說！」宋江連忙說：「小人是鄆城縣的張三，和花知寨是朋友，已經來這兒很長時間了，從未去清風山打劫。」劉夫人呵斥宋江說：「你還敢抵賴？你應該還記得我叫過你『大王』吧？」宋江說：「我當初全力救你下山，沒想到你現在竟然一口咬定我是賊。」劉夫人聽了大怒，指著宋江大罵：「像你這種無賴，不用重刑是不會招的。」劉高連忙表示贊同，命人用批頭竹片狠狠地打宋江，把宋江打得皮開肉綻，並準備第二天把宋江押解到州裡。

花榮聽說宋江被抓，連忙寫了一封信給劉高，在信中說宋江是他的親戚劉丈，請劉高放了他。劉高看了信大怒：「花榮，這賊說自己是鄆城縣的張三，你卻說他是劉丈，分明是私通強盜，耍弄本官。」說完，把送信人趕了出去。送信人回去向花榮彙報，花榮連忙帶著幾十名士兵來找劉高。

劉高聽說花榮帶兵趕來，嚇得躲了起來。花榮帶手下去屋裡搜，在一間耳房裡發現了宋江，救走了他。劉高召集了一二百名官兵，帶著他們去找花榮要人。官兵們聽說花榮武功不錯，一時不敢上前，又親眼見識到花榮箭術高超，都嚇得逃走了。劉高只好撤退。

花榮帶著幾十名士兵來找劉高。

宋江擔心自己連累花榮，堅決要離開。花榮留不住他，只好派人送他走了。

劉高派了二三十名士兵埋伏在路邊，捉住了宋江，連夜派人向青州知府報信。

青州知府名叫慕容彥達，也

是一個為富不仁的人，他見了劉高的書信，立即命令兵馬都監「鎮三山」黃信帶兵去捉拿花榮。原來，青州下轄有清風山、二龍山和桃花山這三座被強人霸佔的山，黃信自誇要捉盡這三座山上的強人，因此人稱「鎮三山」。

黃信來到清風寨南寨，對劉高說：「你明天安排一些酒菜，讓幾十個手下埋伏起來，我以勸和為由請花榮赴宴，到時再摔杯示意你們動手抓他，你覺得怎麼樣？」劉高聽了直叫好。

第二天，黃信和劉高依計行事。花榮中計，被士兵們聯手抓住，連忙申辯。黃信根本不信，把花榮和宋江都關進囚車，和劉高一起押著他們向青州前進。

黃信等人路過清風山時，燕順等三位頭領帶人攔住了他們的去路。劉高嚇得直叫苦。黃信和他們三人鬥了十來個回合，自知不是他們的對手，連忙向清風寨逃去。劉高見勢頭不對，也掉轉馬頭要逃，小嘍囉勾住了他的馬腿，活捉了他。

眾人救出花榮和宋江，把劉高押回了山寨。宋江說：「你這傢伙，我和你無冤無仇，你卻聽信了那壞女人的話，非要害死我，現在你還有什麼話說？」花榮說：「哥哥，別跟他廢話！」說完，一刀結果了劉高。宋江說：「如果能把那個淫婦也殺了，我就再也沒有怨氣了。」王英說：「哥哥放心，我明天就下山去把那個女人給抓來。」眾人聽了，都哈哈大笑，決定休息一天再去攻打清風寨。

黃信回到清風寨，連忙派人給慕容知府報信。

第二十六回　秦明被騙入夥

慕容知府得知黃信戰敗，派青州指揮司總管兼本州兵馬統制❶秦明帶兵去捉拿強人。秦明出身於軍官世家，非常勇猛，因為說話聲音大，又是個急性子，因此人稱「霹靂火」。秦明接到命令，全副武裝向清風寨前進。

清風山的頭領聽說秦明帶兵來了，都有些驚慌。花榮說：「大家不要驚慌，我有一計能夠活捉秦明。」眾頭領聽了他的計策都叫好，然後依計行事。

第二天，秦明帶兵來到清風山腳下，花榮帶著一些小嘍囉下山迎戰。秦明呵斥花榮說：「花榮，你家世代都是朝廷命官，朝廷也沒有虧待過你，你卻背叛朝廷，還不趕快下馬投降。」花榮笑著回答：「總管，花榮並沒有背叛朝廷，都是劉高公報私仇，逼得我無家可

❶【統制】北宋時，皇帝爲加強中央集權，直接控制軍隊，有戰事時再在將領中選拔一個人擔任「統制」來控制一部分兵馬，這一職務只是臨時的。

歸，請總管明察。」秦明不信，掄起狼牙棒衝向花榮。

兩個人打了四五十個回合也不分勝負，花榮故意戰敗，向山下的一條小路走去。秦明連忙去追，花榮扭頭射了一箭，正好射中了秦明的頭盔。秦明不敢再追，命令士兵上山，被亂石打了下來，只好撤兵。

秦明越想越生氣，帶領軍馬找其他的路上山，卻沒有找到。晌午時分，秦明聽到西山邊有鑼鼓聲，看到樹林裡隱約有一隊紅旗軍，連忙追了過去，到了那兒卻沒有發現敵人。秦明正要開路，聽見東山邊也有動靜，連忙帶兵去東山，也沒有發現敵人。這時西山邊又響起鑼鼓聲，秦明又帶兵趕了過去，還是沒有發現敵人。像這樣折騰了幾回，秦明氣得恨不得把牙齒都咬碎了。

一個士兵說東南角有一條大路可以上山，秦明連忙帶人趕了過去。當時天已經快黑了，再加上人困馬乏，秦明就吩咐士兵們先做飯。這時，山上又響起了鑼鼓聲。秦明大怒，帶著四五十人上了山，結果許多士兵都中了箭，秦明只好掉轉馬頭下了山，吩咐士兵只管做飯。士兵們正要做飯，山上又出現了八九十個火把，秦明又帶兵去追，可是這時火把全都滅了。秦明氣得火冒三丈，讓士兵們點起火把去燒樹林。這時，山上傳來一陣笛聲，秦明騎馬遠遠地看過去，只見花榮和宋江正在山頂上喝酒。秦明看了，氣得破口大罵，要和花榮決鬥，花榮卻笑著說：「秦總管，你現在已經很累了，我就算贏了你也不光彩，我們還是明天再比試吧。」秦明更加生氣，可是又怕花榮的弓箭，只好在山下叫罵。

秦明叫罵了一會兒，只聽本部軍馬叫喊起來，連忙趕了過去。只見黑暗處有人向他們射箭，把他們都逼到了山邊的深坑裡，爬上來的被活捉，沒爬上來的都被淹死了。秦明也中了埋伏，被眾人抓住了。

秦明被押上山寨之後，花榮親自解開他身上的繩子，說明了整件事情的經過。秦明搖著頭說：「原來如此，請各位放我回青州，讓我把實情告訴慕容知府。」燕順說：「總管，你帶的兵都沒了，你回去如何向知府交差？還不如跟我們一起在山上過快活日子呢。」秦明說：「朝廷沒有虧待我，我也不能背叛朝廷，你們要是不放我回去，乾脆把我殺了。」花榮連忙說：「兄長，小弟也是朝廷命官，被逼無奈才落草為寇，既然兄長不願意，我們也不會強留。可是兄長已經奔波了一天一夜，馬也又累又餓，不如明天再走。」秦明覺得花榮說得也有道理，就答應明天再走。

當天晚上，五位好漢輪流向秦明敬酒，把秦明灌得醉醺醺的。第二天，秦明睡到辰時才睡醒，連早飯都沒吃就要下山。眾頭領留不住他，就先安排他吃早飯，然後送他下山。

秦明走了十里路，幾乎沒有遇到人，到了城外，只見幾百戶人家都被火燒成了瓦礫，瓦礫堆裡橫七豎八地躺著許多死人。秦明大吃一驚，策馬跑到城邊，叫士兵打開城門，沒想到城樓上嚴陣以待，慕容知府呵斥他說：「反賊！你昨晚帶人殺了那麼多百姓，今天又來騙我開城門，真是膽大包天！朝廷又沒有虧待你，你為何如此殘忍？我已經派人稟報了朝廷，我一旦抓住你，一定把你碎屍萬段！」秦明連忙申辯，可是慕容知府說士兵們都親眼看見秦明披掛上陣，隨後挑起秦明妻子的頭。秦明又氣又傷心，百口莫辯，只好一個勁兒地叫苦叫屈。城上的箭像雨點兒一樣射下來，秦明只好掉轉馬頭，路過瓦礫堆時，看見地上還有餘火，恨不得也被火燒死，可最終還是向清風山跑去。

走了十來里路，看見宋江、花榮、燕順、王英、鄭天壽從樹林裡出來，就跟他們說了有人假扮他殺死百姓一事。宋江等五人見他走投無路，請他去清風山。到了山寨，宋江等五人跪在地上向秦明請罪，因為這一切都是宋江派人幹的，目的就是斷了秦明的後路，讓秦明不得不入夥。秦明聽了，氣得火冒三丈，可是想想事已至此，而且他又鬥不過他們五人，只好作罷，說：「我知道兄弟們的好意，只是你們這麼做害了我的妻子，真是太歹毒了！」宋江為了安撫秦明，說可以把花榮的妹妹嫁給秦明。秦明見眾頭領都互敬互愛，又真心對他，便安心入夥了。

眾頭領讓宋江居中坐下，一起商量如何攻打清風寨。秦明說黃信是他的部下兼徒弟，和他交情也很好，他願意去勸降，並抓住劉夫人當見面禮。宋江非常高興。

第二天，秦明獨自來到南寨，對黃信說宋江一夥人如何仗義。黃信敬佩宋江的為人，也入夥了。

第二十七回　宋江發配江州

秦明去南寨勸降之後，宋江等頭領帶人接應。王英搶了劉夫人，花榮接走自己的家人，小嘍囉把所有的財物都裝上了車。

回到清風山，王英連忙把劉夫人藏在自己屋裡，還準備娶她。宋江對她說：「你這潑婦，我好心救你，你卻恩將仇報！」燕順不等她回話，拔出腰刀砍死了她。王英大怒，要跟燕順算帳。宋江連忙勸阻他：「這女人心如蛇蠍，早晚會害了兄弟，燕順殺了她也好。兄弟，你放心，將來我一定給你找一個好女人！」王英聽宋江這麼說，只好住手。

燕順叫小嘍囉打掃戰場，安排酒宴慶賀。第二天，宋江安排花榮的妹妹和秦明成了親。慕容知府聽說花榮、秦明和黃信都造反了，準備派大軍去攻打清風山。

宋江得到消息，擔心清風山不能久留，建議眾頭領都去梁山泊入夥。眾頭領都同意，於是收拾財物，放火燒了山寨，帶著家人一起下山。宋江讓眾人分成三路人馬，都假裝成去梁山泊抓捕強人的官兵。像這樣走了幾天，沒人阻攔他們。

這一天，宋江和花榮所帶的一隊人馬來到對影山，只聽前面的山裡有鑼鼓聲，花榮說：「前面一定有強人。」說完，連忙準備好弓箭，命令人馬集合，和宋江帶著二十多個小嘍囉去探路。

半里之外果然有強人。一夥強人的頭領叫呂方，因為他像溫侯呂布一樣善用方天畫戟❶，所以人稱「小溫侯」；另一夥強人的頭領叫郭盛，也善用方天畫戟，人稱「賽仁貴」。他們為了爭奪地盤而戰，打了三十多個回合不分勝負。最後，他們戟上的流蘇❷纏在了一起，花榮連忙用箭射斷接口，把他們分開了。呂方和郭盛見花榮箭術高超，連忙騎馬來問他們是誰，聽說他們是花榮和宋江，都下馬來叩拜他們。宋江建議呂方和郭盛也去投奔晁蓋，他們都高興地答應了。

宋江擔心晁蓋誤以為他們是官兵，就和燕順帶著一些人先去梁山泊報信。一天晌午，宋江一行人路過酒店，因為爭座位結識了石勇。石勇是北京人，人稱「石將軍」，因為賭博打死了人，逃到柴進莊上，聽說宋江很仗義，就去鄆城找宋江，沒有找到，沒想到在酒店裡遇到了。

三個人一起喝了三杯酒，石勇取出宋清寫的信。宋清在信上說父親病故，請哥哥趕緊回家奔喪。宋江看了信，捶胸頓足，罵自己：「父親身亡，我卻不能盡孝，真是畜生啊！」說完，用頭撞牆，痛哭失聲，昏了過去。

過了好久，宋江才醒來，給晁蓋寫了一封信，吩咐燕順帶著兄弟們上山，他自己則連夜回家奔喪。

燕順等人到了梁山泊，林冲和劉唐分別帶了幾十個小嘍囉來迎戰。燕順連忙拿出宋江寫的信，林冲這才罷手，然後把他們帶到朱貴的酒店，叫人殺豬宰羊款待他們，讓朱貴放箭報信。

第二天辰時，軍師吳用親自下山迎接燕順等人，命小嘍囉把他們的行李搬上山。眾人上了山，晁蓋先設宴款待燕順等人，給他們安排了住處。等他們休息好了，晁蓋帶領眾頭領一起遊玩。這一天，他們正在觀看山景，只聽空中有大雁在叫，花榮一箭射中一隻大雁。晁蓋和其他頭領見花榮箭術高超，都很欽佩花榮。第二天，晁蓋又大擺宴席，給新入夥的頭領排了座次。花榮坐第五位，秦明坐第六位，劉唐坐第七位，黃信坐第八位，然後依次是三阮、燕順、王英、呂方、郭盛、鄭天壽、石勇、杜遷、宋萬、朱貴、白勝。如今山寨中已經有二十一個頭領了，他們添造大船、房屋、武器、衣物，準備抵抗官兵。

宋江回到家裡，發現父親並沒有死，指著宋清大罵：「你這畜生，父親明明健在，你

---

❶【方天畫戟】頂端呈「井」字形的長柄武器，由於對使用者的要求極高，所以通常只是儀設之物，很少用於實戰。歷史上善用它的人不多，其中又以呂布、薛仁貴爲代表。

❷【流蘇】一種以五彩羽毛或絲線等製成的穗狀物，一般用於裝飾服裝或器物。

兩個公人把宋江押送到州衙時，宋太公和宋清請兩位公人吃飯，給了兩位公人一些銀子，囑咐宋江千萬不要上梁山泊。

卻說他病故了，害我哭得死去活來，你真是不孝啊！」宋太公說：「不這樣寫，你能回來嗎？」原來，宋太公一直思念兒子，怕兒子被迫落草為寇，又聽說皇上因為立了太子而準備大赦天下，就讓宋清寫了那封信。

朱仝和雷橫已經被知縣派出去公幹，新來的都頭是趙能和趙得兄弟倆。大約一更時分，趙能和趙得帶兵前來，讓宋太公交出宋江。宋太公說：「宋江沒有回來。」宋江說：「父親，趙家兄弟倆都不講情義，你不必和他們理論，我跟他們走就是了，就算被判了罪，早晚也會回來。可是，我要是被我那幫殺人放火的兄弟給搶上梁山，就不能回來和父親團聚了。」宋太公只好無奈地說：「孩子，都是我害了你呀！」宋江打開大門，把官兵請到莊上，好酒好菜款待他們。

知縣時文彬有意偏袒宋江，判宋江失手殺人，打二十脊杖，發配江州❸。行刑時，公人不忍心打宋江，時文彬示意不必打了，讓張千、李萬兩個公人押送宋江。

兩個公人把宋江押送到州衙時，宋太公和宋清請兩位公人吃飯，給了兩位公人一些銀子，囑咐宋江千萬不要上梁山泊。宋江是個孝子，答應了宋太公。

---

❸【江州】指今江西九江。

第二十八回　囚途遇險

張千和李萬收了宋家的銀子，又知道宋江是個好漢，所以很照顧宋江。快到梁山泊時，宋江對他們說：「不瞞二位公人，前面就是梁山泊了，我怕有人會來搶我，嚇著你們，所以我們還是繞道走吧。」兩個公人答應了。

大約走了三十里路，劉唐帶著幾十個人攔住了他們的去路，要殺死兩個公人，被宋江制止了。劉唐是奉命守在這裡迎接宋江上山的。原來，晁蓋聽說宋江被發配到江州，總共派了四路兵馬下山，只等宋江經過。

宋江堅決不肯上山：「兄弟，你們讓我上山，只會陷我於不忠不孝之地。如果你們非要如此，那還不如讓我去死。」劉唐說：「小弟不敢作主，哥哥還是去前面的大路上親自跟軍師說吧。」

吳用和花榮正在另一條路邊等宋江。吳用得知宋江執意不肯入夥，說：「我明白兄長的心思，我們不留兄長就是了。不過，晁頭領已經很久沒見兄長了，很想和兄長說幾句話，還

公人。

請兄長到山上坐一會兒再走。」宋江不好再推辭，只好上了山，一再叮囑他們不能殺了兩個公人。

晁蓋見了宋江，非常高興，連忙叫眾頭領都來參拜宋江，又設宴款待，再三勸宋江留下，沒有說動宋江，只好作罷。

吳用有個朋友叫戴宗，在江州擔任兩院押牢節級，會一些法術，能夠日行八百里，人稱「神行太保」，也是一個仗義疏財的人。吳用寫了一封信給戴宗，請戴宗幫忙照顧宋江。

第二天，晁蓋取出一盤銀子給宋江，又取了二十兩銀子給了兩位公人，便和眾頭領一起送宋江下了山。

半個多月後，宋江等三人來到揭陽嶺。走進一家酒店，三個人坐了很久也不見人，宋江忍不住叫了一聲：「店家。」店家連忙跑了過來。宋江讓他切三斤熟牛肉，再打一些酒來。店家說：「客官，來我們這裡買酒，需要先付酒錢才行。」宋江打開包裹，拿出一些碎銀子。

店家看宋江的包裹沉甸甸的，暗暗高興，接了酒錢，去舀酒切肉。

酒肉上桌後，三個人各喝了一碗酒，然後都倒在地上一動不動。店家見了，說：「慚愧！好幾天沒有買賣了，沒想到今天居然來了這麼大一樁。」說完，把三個人都拖到剝人凳上，只等夥計回來動手。

不一會兒，嶺下來了三個人，店家連忙把他們請進來，問：「大哥，你們有什麼事？」

其中一個大漢說：「我們來接宋江。」店家說：「是不是山東鄆城的宋公明？」大漢說：「正是。」店家說：「他怎麼會來這兒？」大漢回答：「聽說他被發配到江州牢城，我猜測他必定會經過這裡，就在嶺下等他，可是等了好幾天也沒有囚徒經過，就過來看看你。你最近生意怎麼樣？」店家回答：「不瞞大哥，這幾個月都不太好，今天難得來了三個人，做了一樁大買賣。」那個大漢聽了，連忙跟店家去看那三個人，並從他們身上搜到公文，這才知道那個犯人正是宋江，連忙低頭叩拜。店家見了，也低頭叩拜宋江。宋江說：「你們是誰？我這是在做夢嗎？」那個大漢連忙向宋江介紹了眾人。

那個大漢名叫李俊，靠撐船為生，水性很好，人稱「混江龍」。他敬佩宋江為人，聽說宋江被發配江州，一心要見宋江一面。店家名叫李立，專靠打劫路人為生，人稱「催命判官」。和李俊一起來的那兩個人是一對兄弟，都以販賣私鹽為生，水性也很好，哥哥童威綽號「出洞蛟」，弟弟童猛綽號「翻江蜃」。

宋江連忙叫他們放了兩個公人。李立給他們灌下解藥。他們醒來之後，看了看四周，說：「可能是我們走累了，所以喝了一點兒酒就醉了。」眾人聽了，都哈哈大笑。李立留眾人在家裡過夜。

第二天，李俊帶著宋江三人、童家兄弟倆回家，安排酒菜款待，和宋江結為兄弟。宋江在李俊家住了幾天，又上路了。

他們連忙扔下刀，叩拜宋江：「早聞哥哥大名，沒想到今天在這裡遇見，請哥哥恕罪！」

宋江等三人走了半天，來到揭陽鎮。街上有個教頭在耍槍棒賣膏藥，宋江看了直叫好。那個教頭耍完之後，拿起盤子跟人討錢，眾人都沒有掏錢，只有宋江掏出五兩銀子。這時，一個大漢分開眾人，走上前說：「哪裡來的囚徒？我已經吩咐眾人不要理他，你卻給他銀子，滅了俺揭陽鎮的威風！」說完，舉起拳頭要打宋江。那個教頭見了，把那個大漢推倒在地，又踢了一腳。幸虧兩個公人勸住那個教頭，那個大漢才爬起來，恨恨地離開了。

那個教頭名叫薛永，綽號「病大蟲」。薛永的祖父是老种經略相公帳前的軍官，因為得罪同僚連累了子孫，所以薛永只好靠耍棒賣藥為生。薛永輾轉來到揭陽鎮，沒有給鎮上的惡霸穆春好處，得罪了穆春。

宋江想跟薛永聊聊，就和薛永一起來到附近的一家酒店，可店家卻不招待他們。宋江問店家原因，店家說：「剛才和你們打架的那個人不讓，否則，他會把我的店砸了。他是這裡的一霸，說到做到，他的話誰敢不聽？」宋江說：「既然如此，我們只好離開了。」薛永說：「兄長先走，小人去算還房錢，過一兩天再去找你。」宋江給了薛永二十兩銀子。

宋江和兩個公人去了幾家酒店，店家都不敢招待他們，他們只好繼續趕路。天漸漸黑了，又沒有地方投宿，三個人正在擔心時，只見樹林深處隱約有亮光，就壯膽向那邊走去。走了一里多路，看見一座大莊院。宋江敲開門，說他們想借宿一晚。莊客請示了莊主之後，安排他們住下，還給他們準備了一些飯菜。

兩個公人見沒有外人，打開了宋江的枷鎖。三個人正準備休息，只聽外面有人敲門。莊客連忙開了門。宋江隔著門縫一看，只見門外來了六七個人，帶頭的那個人正是在揭陽鎮上挨打的那個惡霸。那個惡霸問莊主：「爹，哥哥在家嗎？」莊主說：「他喝醉了，在後面的亭子裡睡覺呢。」那個惡霸說：「我去叫他起來幫我趕人。」莊主聽了，連忙問他到底是怎麼回事。那個惡霸和莊主說了他挨打的經過。莊主說：「兒啊，那個囚犯給賣藥的銀子，跟你有什麼關係，你為什麼打他？你的傷也不重，就別讓你哥哥知道了，不然你哥哥一定會殺了那個人的。你就聽我的，趕緊去睡覺，只當積點兒陰德，也免得激怒了鄰居們。」那個惡霸根本不聽父親的勸，逕直找哥哥去了。

宋江這才意識到他們碰巧投宿在那個惡霸家裡，連忙和兩個公人一起逃了出去。大約走了一個更次[1]，宋江等三人被波濤滾滾的潯陽江攔住了去路。背後有十來個火把正向他們靠近，還有一陣喊叫聲。宋江直叫苦，和兩個公人一起闖進蘆葦蕩，跌跌撞撞地逃命。

就在這時，江上出現一條小船。宋江連忙大叫：「船家！有人打劫，快來救救我們，我給你幾兩銀子！」船家把船撐到岸邊，載著宋江等三人離了岸，任憑岸上那夥人怎麼恐嚇，

---

❶【更次】古時用敲梆的次數劃分夜晚的時間，一夜共五更，每更一個時辰，也就是兩個小時。

他都不靠岸，只說：「我好不容易才等到一個客人，怎麼會讓你搶走呢！改天見！」宋江沒有聽出船家的話裡藏著玄機，反而非常感激船家。

船家繼續撐船，還唱起歌來：「老爺生長在江邊，不愛交遊只愛錢。昨夜華光來趁我，臨行奪下一金磚。」宋江等三人聽了，嚇得渾身酥軟。船家說：「你們是想被我剁下水，還是想自己跳江？」宋江連忙求饒，船家從船板底下摸出一把明晃晃的大刀，舉在空中，對他們說：「快脫光衣服跳到江裡，不然老爺就剁你們下去！」宋江等三人只好抱在一起，望著江裡。

一隻快船追了上來，船上有三個人，船頭那個手拿鋼叉的大漢說：「船家，你的貨物見者有份兒。」船家慌忙回答：「原來是李大哥呀！你又去做買賣？怎麼不提攜兄弟一下？」拿叉的大漢說：「張家兄弟，你又弄這一手！船裡的貨有油水嗎？」船家回答：「我這幾天又賭輸了，正愁沒銀子呢，碰巧這三個人來喊救命。原來，他們得罪了鎮上的穆家兄弟倆。那個又黑又矮的傢伙說他是發配到江州來的囚徒。」拿叉的大漢一聽，問：「那人不就是我哥哥宋公明！」宋江聽他的聲音有些耳熟，連忙大叫：「船上的好漢，救救宋江！」

拿叉的大漢是李俊，另外兩個人是童家兩兄弟。船家名叫張橫，綽號「船火兒」，他聽說船上的囚徒就是宋公明，連忙叩拜。

追殺宋江的惡霸名叫穆春，綽號「小遮攔」。他哥哥名叫穆弘，綽號「沒遮攔」。兄弟二人是揭陽鎮的一霸，雖然家境富有，但也經常搶劫路人。李俊吹口哨叫來他們，向他們介紹了宋江。他們連忙扔下刀，叩拜宋江：「早聞哥哥大名，沒想到今天在這裡遇見，請哥哥恕罪！」宋江連忙扶起他們，請他們放過薛永。穆弘笑著說：「就是耍槍棒的那個人？哥哥放心。」

張橫有個弟弟名叫張順，渾身雪白，能潛在水底七天七夜，游泳時就像一根白條，所以人稱「浪裡白條」，現在在江州賣魚。張橫托人寫了一封信給弟弟，讓宋江帶去。

穆弘把宋江、兩位公人、李俊、童威、童猛、薛永都留下作客。宋江住了幾天，怕過了期限，堅決要走。穆弘只好設宴款待他，和眾人一起把他送到了潯陽江邊。

兩個公人為宋江戴上枷鎖。過了一段時間，宋江等三人總算到了江州。

第二十九回　李逵撒潑

江州知府名叫蔡得章，貪婪奢侈，是當朝太師蔡京的第九個兒子，江州人都叫他蔡九。他見宋江相貌非凡，問：「你的枷鎖上為什麼沒有封皮？」宋江回答：「封皮被雨淋壞了。」蔡九派人把他押往城外的牢城營。宋江給了兩個押送公人許多銀子。兩個押送公人千恩萬謝地告別宋江，之後說：「我們雖然一路驚險不斷，但是賺了很多銀子，划算。」

宋江取出銀子打點了一番，所以江州牢城營裡的大小官差都很喜歡他，不但免了他一百殺威棒，還讓他當了牢城營的抄事❶。

宋江想見見戴宗，就故意不給節級送銀子。十多天後，戴宗親自來找宋江，說：「你這黑矮的奴才，為什麼不按照慣例送錢給我？」宋江說：「我不願意。」戴宗說：「賊配軍！竟敢如此無禮！來人，打他一百棍。」營裡的官差不願意打宋江，全都跑了。戴宗大怒，拿起哨棒要打宋江。宋江說：「你可認識吳學究？」戴宗聽了這話，連忙丟掉哨棒，問宋江是誰，得知他就是「及時雨」宋公明，連忙把他請到酒店裡。

兩個人剛喝了兩三杯酒，樓下有人鬧事。店小二走了過來，對戴宗說鐵牛在樓下跟店主借錢，請戴宗去解救店主。戴宗連忙下樓，不一會兒又上來了，身後跟著一個滿身黑肉的大漢。這個黑漢子名叫李逵（ㄎㄨㄟˊ），綽號「黑旋風」，鄉鄰都叫他李鐵牛。他因為打死了人，流落到江州，憑兩把板斧在牢城營裡謀了一份差事，和戴宗交情不錯。他見了宋江，趴在地上就拜。

宋江連忙扶他起來，掏出十兩銀子給他。戴宗連忙阻止，可是李逵已經接了銀子，還說：「我欠賭坊十兩銀子，押了一錠大銀子在那兒，兩位哥哥在這裡等一會兒，我去贖回那錠大銀子，請哥哥們喝酒。」說完就下了樓。戴宗說：「兄長不知道，這傢伙雖然耿直，可是既貪酒又好賭，他拿了你的銀子，肯定是去賭了，哪裡是去贖大錠銀子！他要是輸了，就沒錢還哥哥了，弄得戴宗面子上過不去。」宋江說：「我看他像一條好漢，給他拿去用吧。我們再喝兩杯，然後到處轉轉。」

李逵這幾天老是輸錢，見宋江果然是仗義疏財的好漢，想用十兩銀子贏一些錢請宋江喝酒，於是進了賭場。李逵賭了兩把，把那十兩銀子也輸了，他連忙奪回銀子，說是先借用一下，明天再還。贏家當然不幹，說：「說什麼廢話！你以前可不是這樣的。俗話說『賭場無

---

❶【抄事】專門負責抄寫工作的小吏。

這個黑漢子名叫李逵，綽號「黑旋風」，鄉鄰都叫他李鐵牛。

父子』，你輸了就別想拿錢走。」李逵拿著銀子就走，順手從賭桌上又拿了一些銀子。賭徒們連忙去攔他，被他踢到了一邊。

戴宗和宋江經過賭坊時，李逵正好跑出賭坊，被人追趕。宋江讓李逵把銀子還回去，李逵把銀子都交給了宋江。宋江把銀子還給眾賭徒，向他們道了歉，帶著李逵來到江邊的琵琶亭酒館。

宋江喝了幾杯，忽然想喝辣魚湯，就叫店家上了一份。宋江喝了兩口，沒有再喝。戴宗嘗了嘗，問宋江：「兄長，是不是這魚湯不新鮮？」宋江點點頭。戴宗叫來店小二，讓他重新上一份鮮魚湯。店小二說：「不瞞戴院長，這魚是昨晚的，今天賣魚的人還沒有來，所以沒有鮮魚。」李逵說：「我去江邊買兩條活魚。」戴宗連忙阻止他，沒能攔住，只好對宋江說：「兄長別見怪，我這個兄弟就是這樣。」宋江說：「這樣的人實誠，我喜歡。」

李逵到了江邊，看到楊樹下並排停著八九十隻漁船，漁夫們有睡覺的、洗澡的、結網的，唯獨沒有開艙賣魚的。李逵走到一條船邊，大聲對漁夫說：「賣兩條活魚給我。」漁夫說：「主人還沒來，我們不敢開艙賣魚。」李逵哪裡管這麼多，跳上船就去搶魚，剛抓到五六條魚，只聽漁夫們大叫：「魚主人來了。」李逵見了魚主人，掄起竹篙就打，沒想到竹篙被魚主人搶走，李逵掄起拳頭就打魚主人，打得魚主人根本無力還手。漁夫們見李逵如此凶悍，都不敢靠近。李逵正打得起勁兒，戴宗和宋江趕來制止了他。戴宗說：「你又跟人打架！萬一打死了人，可如何是好。」李逵說：「我一人做事一人當，不會連累你的。」宋江見他們起了口角，連忙讓他們回去繼續喝酒。

宋江等三人沿江剛走了十幾步，聽見背後有人叫罵：「該死的黑漢子，我今天要和你一比高下！」李逵回頭一看，只見魚主人撐著一條漁船追了上來。魚主人舉起竹篙，照著李逵的腿就打。李逵大怒，跳上船。魚主人把船撐到江心，扔下竹篙，抓住李逵的胳膊，說：「我不跟你打，先讓你喝點兒江水再說。」說完，抓著李逵跳進江裡，把李逵提起來又摁下去。李逵雖然也識水性，可是到了波濤滾滾的江心，難免慌了手腳，只有掙扎的份兒。不一會兒，李逵就被淹得翻了白眼。宋江連忙求眾人去救李逵。戴宗問眾人：「這大漢是誰？」有人回答：「他叫張順，綽號『浪裡白條』。」宋江聽了，這才想起張橫，連忙對戴宗說：「我有他哥哥張橫寫的家書，就放在牢城營裡。」戴宗聽了，對著江心大叫：「張二哥，不要動手！我們有你哥哥張橫的家書。」張順聽了，放了李逵，游上岸來。戴宗說：「看在小可的面子上，把我兄弟救上來。」張順又跳下水，抓住李逵的一隻手，把李逵帶上了岸。李逵躺在地上，吐了好幾口水才起來。

戴宗把張順請到琵琶亭酒館，向張順賠禮，然後介紹宋江和李逵給他認識。張順早就聽說過宋江大名，如今見了宋江，跪下來就拜。張順和李逵不打不相識，如今見識了對方的厲害，都輸得心服口服。李逵笑著說：「你在路上千萬不要衝撞我。」張順回答：「我只在水裡等你。」

張順聽說宋江想喝鮮魚湯，連忙叫漁夫送了十幾條活鯉魚上來。四位好漢一邊喝酒一邊開懷暢談。

第三十回　潯陽樓題反詩

這一天，宋江覺得無聊，走出牢城營去找朋友聊天。戴宗和李逵都孤身一人，沒有固定的住處，所以宋江沒有找到他們。宋江又去打聽張順，聽說張順住在城外，就信步出了城。

宋江走到江邊，看到江景很美，忍不住放慢腳步，經過一座酒樓時，看見門前的牌匾上寫著「潯陽樓」三個字。宋江聽說這三個字是蘇東坡親筆題寫的，就慕名走了進去。

宋江走到樓上，店小二連忙過來招呼。宋江要了一桌子酒菜，看著江中美景，忍不住多喝了幾杯。喝得有些醉了，一陣愁緒湧上心頭：「想我宋江已經三十歲有餘，不僅沒有功成名就，反而被發配到異鄉，連父親和兄弟都見不著，唉！」想到這裡，宋江不禁潸然淚下，感慨萬千，又看到牆壁上有許多詩，就叫店小二拿來筆，也在牆上寫了一首詩：「心在山東身在吳，飄蓬江海漫嗟吁。他時若遂凌雲志，敢笑黃巢不丈夫！」還在詩後加了「鄆城宋江作」五個字。題完詩之後，宋江又喝了幾杯，喝得醉醺醺的，算了酒錢，跌跌撞撞地回到牢城營。宋江一覺睡到五更才醒，把題詩一事忘得一乾二淨。

想到這裡，宋江不禁潸然淚下，感慨萬千，又看到牆壁上有許多詩，就叫店小二拿來筆，也在牆上寫了一首詩……

江州對岸有個通判❶名叫黃文炳，為人狠毒，後來被免了職，他知道蔡九是蔡太師的兒子，於是經常過江賄賂蔡九，希望蔡九能讓他官復原職。這一天，黃文炳又來找蔡九，路過潯陽樓時發現了宋江題的詩，連忙向蔡九報說宋江有謀反之心。

蔡九剛剛接到蔡太師的信，信上說太史院❷夜觀天象，發現近期會有人叛亂，所以蔡九連忙命令黃文炳去查。

黃文炳來到牢城營，果然找到了宋江的名字，連忙向蔡九做了彙報。蔡九擔心走漏消息，立刻命令戴宗帶人捉拿宋江。戴宗聽了，暗暗叫苦，走出州衙，吩咐公人取了武器去城隍廟等他，然後施展「神行法」來到牢城營，讓宋江裝瘋賣傻，再施展「神行法」到了城隍廟，領著眾公人來到牢城營。

眾公人到了牢城營，只見宋江披頭散髮地在糞坑裡打滾，嘴裡念叨：「我是玉皇大帝的女婿！丈人叫我領十萬天兵來殺你們這些鳥人！」眾公人都說：「原來是個瘋子！我們抓他回去也沒用。」戴宗表示贊同，帶著眾公人回去覆命。黃文炳聽了，對蔡九說：「牆上的詩不像是瘋子寫的，只怕宋江裝瘋，不妨先把他抓來。」戴宗只好再回牢城營，讓眾公人用一個大竹筐把宋江抬進州衙。

宋江見了知府，繼續裝瘋賣傻。蔡九不知如何是好，黃文炳說：「知府可以把管營和差撥叫來，向他們打聽宋江是什麼時候瘋的。如果宋江到江州時就瘋了，那他就是真瘋；如果剛剛才瘋，就是裝瘋。」知府派人叫來了管營和差撥。

管營和差撥不敢隱瞞，只好實話實說。知府大怒，叫獄卒把宋江捆起來打。宋江被打得皮開肉綻，只好招了。蔡九讓宋江畫押，給宋江戴了一面二十五斤重的死囚枷，把宋江打入監牢。黃文炳又說：「相公，夜長夢多，相公還是派人連夜送信給太師為好。」蔡九想向蔡京邀功，連忙寫了一封信，派戴宗送到東京。

---

❶【通判】官名，位在知府之下，宋朝時期的通判主要負責戶口、賦稅、勞役、獄訟等公事。

❷【太史院】官署名，主要負責觀測天象、編制曆書等事務。

戴宗帶著書信直奔牢城營，吩咐李逵照顧宋江，然後施展「神行法」，趕往東京。戴宗走了兩天，碰巧來到朱貴的酒店，想吃飽歇夠再走。朱貴用蒙汗藥麻倒戴宗，發現了蔡九寫的信，得知宋江因為題反詩被關押，又看見戴宗的搭膊❸裡有一塊宣牌❹上寫著「江州兩院押牢節級戴宗」，猜想戴宗可能正是軍師說的戴院長，連忙帶著戴宗上了梁山泊。

吳用把戴宗請進大寨，問清了事情的經過。晁蓋聽了大驚，立刻吩咐眾頭領帶人去救宋江。吳用說：「這裡離江州很遠，如果帶著人馬前走，只怕會打草驚蛇，反而害了宋公明，吳用有一計可以救宋三郎。」吳用派人下山騙來「聖手書生」蕭讓和「玉臂匠」金大堅，讓蕭讓模仿蔡太師的筆跡寫信吩咐蔡九把宋江押到東京，在信末蓋上金大堅刻的印章，請戴宗把這封信送給蔡九。

戴宗拿了信，施展「神行法」趕往江州。戴宗剛走沒多久，吳用突然連連叫苦，說：「我一時疏忽，現在才想起印章有問題，因為這是一封家信，不應該蓋印章。只怕這個印章會露出破綻，讓宋公明和戴宗兄弟性命不保啊！」眾頭領聽了，連忙商議對策。

戴宗算好了日子才回到州衙，把假回信交給蔡九。蔡九連忙派人準備。第二天，囚車正要出發，黃文炳帶著禮物來拜訪蔡九。蔡九謝過黃文炳，說：「通判早晚會榮升，恭喜呀！」黃文炳說：「相公為何這麼說？」蔡九回答：「我昨天收到了家父的回信。家父命我把妖人宋江押解到京師去。如果此事能成，通判功不可沒，家父一定會向皇上舉薦你的。」

蔡九怕黃文炳不信，還把信拿給黃文炳看。黃文炳見信上的印章很新鮮，搖搖頭說：「這封信不像真的。」蔡九說：「不可能，這明明是家父的筆跡。」黃文炳說：「太師以往給相公寫家書時，有沒有蓋印章？」蔡九說：「沒有。」黃文炳說：「相公，如今天下盛行蘇、黃、米、蔡四家字體，蔡太師的字早已被人熟識，有人模仿到八九分像也是有可能的。」蔡九聽了，覺得有道理，說：「這事不難。戴宗從未去過東京，一問就能問出破綻。」

蔡九叫來戴宗，說：「前兩天，你辦了一件大事。我最近事務繁忙，今天才想起來要重賞你，順便問你一些事。你進京城時，走的是哪個門？」戴宗回答：「小人到東京時天已經黑了，小人沒注意。」蔡九又問：「你把信交給誰了？」戴宗回答：「門子。」蔡九問：「那門子長什麼樣子？」戴宗回答：「是個中年人，留著鬍子。」蔡九大怒，命令手下抓住戴宗，說：「你真該死！家父府上的門子是個年輕人，沒有鬍子。快說，這封回信是哪裡來的？」戴宗只好如實說了。黃文炳對蔡九說：「戴宗私通賊寇，如果不除掉他，只怕會後患無窮。」戴宗連忙申辯，說自己沒有私通賊寇。蔡九哪裡肯信，把他也關進大牢，吩咐當案

---

❸【搭膊】一種長方形的布袋，中間開口，兩端可盛錢物，繫在衣服外面當腰巾，也可以肩背或手提。

❹【宣牌】宋代諸王、節度使、觀察使、州府官、縣官都有銅牌，命名爲「宣牌」，由朝廷授予，用來證明官職、身分，此處的宣牌專門用來證明速遞文書者的身分。

孔目黃孔目：「宋江、戴宗私通賊寇，意圖謀反，你把他們的供狀黏貼在一起，我明天就派人押他們去市集，斬了他們以絕後患。」黃孔目和戴宗交情很好，雖然無力救他，也不想他那麼快就死了，於是對蔡九說：「明天是國家忌日，後天是中元節，都不可以行刑，五天之後才可以。」蔡九覺得有理，照著黃孔目的意思辦了。

五天很快就過去了，宋江和戴宗被押到刑場。蔡九身為監斬官，也趕到法場。這時，法場東邊來了一夥拿著蛇的乞丐，西邊來了一夥借耍槍棒賣藥的人，南邊來了一夥挑著擔子的人，北邊來了一夥推著車子的客商，都要擠進法場看熱鬧，任憑士兵怎麼趕都趕不走。蔡九無法制止他們，只好由著他們了。午時三刻一到，蔡九說：「斬！」那些擠進法場的人聽到「斬」字，迅速從身邊取出武器。一個光著膀子的黑大漢手拿兩把板斧跑到兩個劊子手旁邊，俐落地砍死了他們，然後去砍監斬官。眾官兵見了，連忙簇擁著蔡九逃命去了。兩個客商鑽進法場，背起宋江和戴宗，其他的兄弟負責掩護。

蔡九不認識這些劫法場的人，宋江卻認識，那個黑大漢是李逵，那四夥人都是梁山兄弟假扮的。梁山來了大約一百多人，其中有十七位頭領，只留下吳用、公孫勝、林沖、秦明、蕭讓、金大堅守山寨。

李逵見宋江被背走，舉起斧頭要去砍背宋江的那個人，宋江連忙說：「別砍！自家兄弟。」李逵連忙住了手，舉起斧頭開路，砍死許多士兵，還砍死了許多無辜的百姓，渾身濺滿鮮血。

梁山眾人後退了幾里路，來到波濤滾滾的潯陽江，遇到張順、張橫、穆弘、穆春、薛永、李立、童威、童猛。張順一行人也是去救宋江的。宋江介紹眾人認識，穆家兄弟倆把眾人都請到了自己家裡。

這二十九位好漢剛剛坐下，小嘍囉就來報說江州城的追兵到了。眾人連忙迎敵，殺得官兵屍橫遍野，沒死的官兵都嚇得逃命去了。

殺退官兵之後，宋江對眾人說：「如果不是眾好漢救了宋江，宋江和戴宗兄弟就死於非命了，眾好漢對宋江恩情深似海，宋江無以為報。只恨黃文炳這個奸賊三番五次想置我們於死地，請眾好漢順便殺了黃文炳，以解宋江心頭之恨。」

薛永有個徒弟名叫侯健，長得又黑又瘦，身手卻很敏捷，人稱「通臂猿」，現在在黃文炳手下做事。薛永和他打了招呼，他和宋江等人裡應外合，設計抓住了黃文炳。李逵拿尖刀挖出了黃文炳的心。宋江終於決定去梁山入夥，李逵見宋江決定入夥，連忙回應。

張順、張橫、穆弘、穆春、薛永、李立、童威、童猛這八位好漢議論說：「我們殺了那麼多官兵，朝廷一定不會放過我們的，不如我們帶上家人，跟哥哥一起上梁山。」梁山兄弟自然歡迎他們。

為了不引人注意，眾人兵分五路向梁山前進。

第三十一回　九天玄女授天書

晁蓋、宋江一隊人馬經過黃門山時，被一夥強人攔住，打頭的四個人說：「你們大鬧江州，殺了許多官兵和百姓，我們已經在這裡等很久了，只想劫了宋江，你們要想活命，就留下宋江。」宋江聽了，連忙跪在地上，說：「小可就是宋江，不知哪裡得罪了四位英雄，還請四位英雄饒恕。」那四個人聽了，連忙下馬，跪在地上叩拜宋江，說他們久聞宋江大名，埋伏在這裡只想救下宋江，剛才故意衝撞，是想證實梁山英雄劫法場的消息。

第一位好漢名叫歐鵬，身材健壯，跑起來像飛一樣，因此人稱「摩雲金翅」，他因為得罪上司而落草為寇。第二位好漢名叫蔣敬，既會耍槍棒、布陣排兵，又精通算術，人稱「神算子」。第三位好漢名叫馬麟，原本是個幫閒的，不僅會耍刀，還擅長吹鐵笛，人稱「鐵笛仙」。第四位好漢名叫陶宗旺，莊稼漢出身，習慣於使鐵鍬，還會使槍掄刀，人稱「九尾龜」。

這四位好漢把眾人請到山寨，設宴款待眾人。席間，宋江請他們也上梁山。他們見梁山眾人都是義士，高興地答應了。第二天，四位好漢把一切都安排妥當，等晁蓋、宋江一隊人馬下山大約走了二十里，四位好漢也下山向梁山進發。

路上，宋江說：「小弟多次歷經艱險，多虧各位好漢相救，小弟一定會和各位好漢同生共死。」

眾人回到梁山泊時，留守山寨的幾位頭領早已帶人在金沙灘迎接他們了。聚義廳裡點了一爐好香。晁蓋請宋江坐第一把交椅，宋江連忙推辭。晁蓋說：「賢弟，當初如果不是你報信，我們哪有今天？你理應坐第一把交椅。」宋江說：「兄長比宋江大十歲，宋江若坐了第一位，豈不是長幼不分？兄長如果再讓，宋江寧可去死。」晁蓋只好坐第一位。宋江坐了第二位，吳用坐了第三位，公孫勝坐了第四位。宋江說：「梁山泊的舊頭領去左邊的主位上坐，新來的頭領去右邊的客位上坐，日後按功勞重排座次。」這時，梁山泊上共有四十位頭領。

晁蓋派人添造房屋，整頓兵馬。

宋江擔心父親被連累，想把父親也接來，就告別了眾頭領，向鄆城走去。到了宋家莊，宋江藏在樹林裡，天黑時才悄悄地敲響家門。宋清見了宋江，說：「哥哥，知縣已經聽說你被劫走了，最近天天派人在附近巡邏，等江州的文書一到，知縣就會派人來抓我和父親，請哥哥帶人來救我們！」宋江嚇出一身冷汗，連家門都沒進就返回梁山了。

宋江只敢走小路，大約走了一個更次，背後有人大叫：「宋江別跑！」宋江回頭一看，只見身後一二里處有許多火把。宋江心說：「請上天可憐可憐宋江，救宋江一命。」然後落荒而逃，走上一條傍山小路，只見四周都是高山，腳下有一條山澗。直到這時，宋江才意識到自己走進了只有一條出路的還道村，連忙轉身，可是出口已經被追兵堵住。宋江只好繼續向前走，走進一座古廟。追兵追了過來，趙能說：「去廟裡搜一搜。」

宋江在殿前殿後轉了一圈，沒有找到藏身之地，看見殿裡有一個神龕[1]，就撩起帳幔，彎腰鑽了進去，趴在裡面不停地顫抖。

趙能和趙得帶著四五十人走進古廟，拿著火把到處照，不一會兒就走到了宋江跟前。宋江說：「我今天死定了！請神明保佑！請神明保佑……」許多士兵都從神龕旁邊經過，卻沒有注意神龕，只有趙得舉起火把去照神龕，宋江抖得幾乎死去。

趙得用朴刀挑起帳幔，火把上突然冒出一股黑煙，遮住了趙得的眼睛。趙得將火把扔在地上，一腳踩滅了它，走到殿外，說：「宋江不在廟裡。這個村只有一個出入口，宋江能躲到哪裡去呢？」眾士兵說：「都頭只要守住村口就可以了，等天亮了再仔細搜查。」趙能和趙得說：「也是。」兄弟二人正準備去村口，有士兵說：「都頭，廟門上有兩個手印，宋江一定躲在裡面。」趙能連忙派人再去搜一搜。宋江聽了又開始顫抖。趙能撩起帳幔，幾個士兵伸頭去看，只見神龕裡吹來一陣惡風，把火把全都吹滅了，古廟裡黑得伸手不見五指。趙能說：「可能是我們驚擾了神明，神明發怒了，我們還是去守住村口，等天亮了再來吧。」眾人連忙離開了古廟。

宋江心想：「雖然沒有被他們抓住，卻也不能出村，怎麼辦呢？」就在這時，又有人走了進來。宋江又顫抖起來。兩個女道童走在神龕旁邊，說：「宋星主，娘娘有請。」宋江回答：「二位道童認錯人了吧？我雖然姓宋，但不是什麼星主，也不認識什麼娘娘。」道童說：「星主不必問這麼多，見了娘娘就知道了。」

宋江跟著道童走進後殿旁邊的一座角門，來到一個像仙境一樣美的地方。宋江走過一條兩邊都是松樹的大街，跨過青石橋，穿過蒼松翠竹，心想：「我是鄆城人，卻從未聽過鄆城有這麼一個好地方。」宋江又走了一陣，來到一座大殿跟前，只見臺階上都是龍鳳圖案，不禁有些毛骨悚然，連忙跪在地上，低著頭說：「草民不知是皇上，還請皇上降罪。」

娘娘吩咐宋江坐下，宋江不敢抬頭。四個道童把宋江扶到錦凳上，宋江只好坐下，還是不敢抬頭。娘娘吩咐道童端酒給宋江喝，宋江不敢推辭，跪著喝了。娘娘又叫道童端來一盤紅棗，宋江怕有失體面，戰戰兢兢地吃了一枚，把核攥在手裡。娘娘總共賜了宋江三杯酒、三枚棗，宋江覺得有些醉，怕醉後有失體面，就跪下來對娘娘說：「臣不勝酒力，還請娘娘不要再賜酒了。」娘娘說：「好。把『天書』取來給星主。」道童取出三卷天書，娘娘說：「因為星主魔心未斷，玉帝特罰星主下凡，不久後再讓你重回天庭。這裡有三卷天書，你只

---

❶【神龕（ㄎㄢ）】供奉神像或祖宗靈位的小閣子，規格和大小不一。

可以和天機星一起看，功成之後就燒了它，切記。好了，你快回去吧，後會有期。」說完，命道童送走宋江。

道童把宋江送到石橋邊，說：「剛才星主差點兒被抓，幸虧娘娘搭救。天亮時，星主自然會脫離危險。星主，請看石橋下的二龍戲水。」宋江扶著欄杆，看見水裡有兩條龍在嬉戲。道童從背後把宋江推下石橋。宋江大叫一聲，一頭撞在神龕上，這才意識到剛才的一切都是夢。宋江爬出神龕，發現手裡攥著三枚棗核，袖子裡有三卷天書，嘴裡還有酒香。宋江心想：「原來是娘娘顯靈了。這位娘娘叫我星主，想必我前生並非等閒之輩。」然後走出廟門，看見廟前的牌匾上寫著：「玄女之廟」，連忙叩謝：「慚愧！原來是九天玄女娘娘傳授我天書，還救了我的性命，如果我能夠重見天日，必定把這座廟宇修葺一番。請娘娘保佑！」

宋江走向村口，只見李逵正在追殺官兵。李逵身後跟著歐鵬和陶宗旺。李逵怕他倆爭功，搶先把趙能砍成兩半，跳起來趕殺士兵。宋江嚇得躲在松樹背後。劉唐、石勇和李立也趕了過來，發現了宋江。

原來，晁蓋擔心宋江的安危，就叫戴宗下山打探消息，得知宋江被追趕到還道村，連忙吩咐吳用等九位頭領看守山寨，他自己則帶著其他人趕來，讓李逵等六位頭領進村看看情況，吩咐另外六位頭領去接宋太公和宋清。

宋江又慚愧又感動，跟著眾頭領回了梁山泊。

「……這裡有三卷天書，你只可以和天機星一起看，功成之後就燒了它，切記。」

第三十二回　沂嶺殺四虎

回到梁山泊，晁蓋設宴慶賀宋江父子團聚。公孫勝見了，突然想起自己的母親，想回去看看她，於是打扮成雲遊道士下了山。

公孫勝下山之後，李逵突然放聲大哭：「人人都有爹娘，偏偏俺鐵牛是從土坑裡鑽出來的。」晁蓋問：「你想怎麼樣？」李逵說：「俺老娘和哥哥一起生活，可俺哥哥只是個長工，不能讓俺娘享福，俺想把俺娘接到這裡來，讓她也過幾天快活日子。」晁蓋說：「兄弟說的是。」宋江怕李逵惹事，吩咐李逵一不得喝酒，二不得惹事，三要把兩把板斧留下。李逵爽快地答應了。

李逵下山之後，宋江擔心李逵的安危，叫李逵的同鄉朱貴保護李逵。朱貴正想回家看看弟弟朱富，就把酒店交給侯健和石勇看管，然後也下山了。

李逵路上沒有喝酒，所以沒有惹事，順利地到了沂（一）水縣。路過西門時，李逵看見一群人在看榜文，就湊了過去，只聽有人在讀：「正賊鄆城縣宋江，從賊江州戴宗，從賊沂

水縣李逵……」李逵正要指手畫腳，朱貴及時發現了他，把他拉到附近的一個酒店裡。這個酒店是朱貴的弟弟「笑面虎」朱富開的，朱富安排了一桌酒席款待李逵。

第二天五更時分，朱貴做了早飯給李逵吃，吩咐李逵：「你走大路，因為小路上老虎多，攔路搶劫的人也多。」李逵說：「怕什麼！」說完就上路了。

李逵走了大約十里路，來到一個長著許多大樹的地方。當時正是初秋，樹上掛滿了紅葉。一個手拿兩把板斧的黑大漢從樹後跳出來，說：「識相的留下一點兒買路錢，免得我動手搶了你所有的銀子。」李逵大喝一聲：「你是誰？竟然在這裡搶劫！」那個黑大漢說：「老爺就是『黑旋風』李逵！你若留下買路錢，老爺就留你一條性命。」李逵大笑著說：「你是什麼東西？竟敢假借老爺的名號在這裡胡作非為。」說完，舉起朴刀要砍那個大漢。那個大漢連忙逃命，被李逵一腳踢翻在地。李逵說：「你認得老爺嗎？老爺才是『黑旋風』！你辱沒了老爺的名號！」那個大漢說：「爺爺，孩兒名叫李鬼，聽說爺爺的名號連鬼聽了都害怕，這才假扮成爺爺在這裡搶劫。但是孩兒從未害過人，還請爺爺饒命！」李逵說：「你壞我名聲，先吃我一斧再說。」說完，奪過一把板斧，要砍李鬼。李鬼連忙求饒：「爺爺，孩兒家中還有九十歲的老母無人贍養，爺爺若殺了我，老母必然會餓死，還請爺爺可憐我們母子。」李逵聽了，說：「我就是回家接老娘的，如果殺了一個養娘的人，天地不容。我就饒了你，只是你以後不能再壞俺名聲了。」李鬼說：「孩兒一定改業。」李逵說：

李逵聽了大怒，沒等李鬼答話就衝了出去，一斧砍下了李鬼的腦袋。

「你有孝順之心，我給你十兩銀子做本錢。」李鬼接了銀子，對李逵千恩萬謝。

李逵拿起朴刀，繼續趕路，走到巳時，覺得又餓又渴，就向路邊的兩間草屋走去。主婦是一個打扮得花枝招展的女人。李逵拿出一些錢，請她做一些飯菜。那個女人先淘米做飯，然後去溪邊洗菜。李逵走到屋後去解手，只見李鬼一瘸一拐地從山上走下來。原來這裡是李鬼的家。李鬼見了妻子，和她說了遭遇李逵的事。李鬼的老婆猜到家裡的客人可能就是李逵，建議李鬼用蒙汗藥麻倒李逵，再劫走李逵的錢財。李逵聽了大怒，沒等李鬼答話就衝了出去，一斧砍下了李鬼的腦袋。李鬼的老婆嚇得逃走了。李逵從李鬼家裡搜出一些碎銀子和首飾，又拿回自己的十兩銀子，把它們都裝在包裹裡，從李鬼腿上割下兩塊肉，放在炭火上烤熟，就著米飯吃了個飽，然後放火燒了那兩間草屋。

太陽快落山時，李逵回到了家。李逵的娘因為思念李逵，哭瞎了雙眼，正坐在床上念佛。李逵說自己當了官，回來接娘過好日子了，然後背起他娘就走。母子二人剛要出門，李逵的哥哥李達提著一罐子飯回來了。李達怕李逵連累自己，要抓李逵去見官，可是打不過李逵，扔下罐子跑了。李逵留下五十兩銀子給哥哥，背著娘從小路逃走了。

李達果然去找人來抓李逵了，回來之後發現李逵已經逃跑，只好作罷。

李逵怕李達追上，專挑僻靜的小路走，天快黑時走到了沂嶺。李逵知道嶺上沒有人家，只好趁著月色趕路。李母因為雙目失明，不知道天已經黑了，也不知道附近沒有人家，非要喝幾口水解解渴。李逵說：「這嶺上沒有人家，還是下了嶺再說吧。」李母說：「我中午吃的是乾飯，現在口渴得不得了。兒子，你就救救我吧！」李逵只好把娘放在松樹邊的一塊大青石上，把朴刀插在大青石旁邊，然後去找水。

李逵找了好久，總算發現了一條小溪。他捧起水喝了幾口，然後到山頂的一座寺廟裡找來一個香爐，盛了半香爐水從原路返回。到了地方，只見朴刀插在原處，他娘卻不見了。李逵叫了一聲「娘」，沒有回應，心裡一陣發慌，連忙丟了香爐去找娘。走了三十多步，只見草地上有一團團血跡，李逵不由得渾身顫抖起來，順著血跡走到一個山洞跟前。只見洞口有兩隻小虎正在啃一條人腿，李逵舉起朴刀去戳它們，當場刺死了一隻，又追到洞裡刺死了另一隻，然後出了山洞，只見一隻母老虎正向洞裡張望，李逵說：「正是你這畜生害了我娘！」說完，放下朴刀，抽出腰刀，用力去刺母老虎的肚子，一刀刺中了母老虎。母老虎帶著刀逃走了。李逵正要去追，洞頂突然捲起一陣狂風，隨後跳出一隻吊睛白額虎，那隻虎猛地撲向李逵，李逵一刀刺中它的下巴，那隻虎連忙逃走了，沒走出幾步，倒地身亡。李逵脫下衣服，把娘的殘骸包在一起，埋在一座破廟後面，在破廟裡睡了一夜。

第二天一早，李逵走下沂嶺，遇見一群獵戶。獵戶們看見李逵渾身是血從嶺上下來，說：「客人，自從沂嶺上來了一窩老虎，已經有好幾個月沒人敢從那兒經過了，你怎麼敢獨自過嶺？」李逵謊稱自己叫張大膽，路過沂嶺時，那窩老虎吃了他娘，他把它們全都殺了。獵戶們不信，跑到嶺上親眼看見了四隻死虎，才高興地簇擁著李逵下嶺，來到村裡的大戶曹太公家。

村裡人都趕到曹太公家湊熱鬧，李鬼的妻子也來了，她認出李逵，託父母向曹太公舉報了李逵。曹太公設宴把李逵灌醉，派人去稟告知縣。

知縣立即派都頭「笑面虎」李雲帶人去沂嶺捉拿李逵。朱貴得到這個消息，連忙向弟弟求助。朱富說：「這李都頭本領高強，幾十個人都不是他的對手，我們只可智取。李雲平時和我交情不錯，我可以準備一些下有蒙汗藥的酒肉，再帶一些人在路邊守著，等他押著李逵經過時，我假裝給他賀喜，把他們麻倒，再救走李逵。」朱貴說：「真是妙計。事不宜遲，我們趕緊收拾行李和家人，等救了李逵，我們就一起上山。」朱富立刻照辦。

李雲果然中計，怕回去不好向知縣交差，就和朱富等人一起上了梁山。晁蓋非常高興，立刻叫人殺牛宰馬歡迎朱富和李雲的到來。

為了隨時掌握山下的情報，吳用派童威和童猛帶十幾個人去西山開店，讓李立帶十幾個人去南山開店，叫石勇帶十幾個人去北山開店。命杜遷把守山前的三座大廟。派陶宗旺帶人修整水利和道路。派蔣敬管理倉庫。派蕭讓設置山上山下的通關文書。派金大堅雕刻兵符、號牌等。派侯健製造鎧甲和令旗。派李雲建造房屋。派馬麟建造戰船。派宋萬、白勝駐紮在金沙灘。派王英、鄭天壽駐紮在鴨嘴灘。派穆春、朱富管理錢糧。派呂方、郭盛駐守聚義廳。派宋清專管宴席。

從此以後，梁山泊上下都開始專心操練起來。

第三十三回　楊雄殺妻

公孫勝下山幾個月都沒有回來，宋江很想念他，派戴宗去找。

戴宗經過沂水縣時，偶遇正要上梁山入夥的「錦豹子」楊林，和他結伴而行，走到飲馬川，被一二百個強人攔住去路。強人頭領有兩個，一個名叫鄧飛，他雙眼赤紅，因此人稱「火眼狻（ㄙㄨㄢ）猊（ㄋㄧˊ）」，他很會耍鐵鍊；另一個名叫孟康，人高馬大，皮膚白淨，因此人稱「玉幡（ㄈㄢ）竿」，他原本是造船的，因為不願忍受提調官的欺壓，殺了造船官，落草為寇。鄧飛和楊林是朋友，便把楊林和戴宗請上了山寨。

山寨上還有一位頭領，名叫裴宣，原本是孔目出身，不僅智勇雙全，而且為人公正無私，人稱「鐵面孔目」，後來得罪了貪婪的知府，被發配到沙門島，經過飲馬川時被鄧飛和孟康所救，然後被推舉為山寨之王。

裴宣安排宴席款待戴宗和楊林。席間，戴宗和楊林說起晁蓋、宋江禮賢下士，待人和氣，又說梁山泊如何富饒、牢固。裴宣聽了很羨慕，表示願意帶領部下入夥。戴宗非常高

興，準備找到公孫勝再來帶他們上山。

戴宗和楊林在城裡找了兩天，沒有打聽到公孫勝的下落，準備去城外找。

這時，一個劊子手從他們旁邊經過，被七八個無賴攔住去路。這個劊子手名叫楊雄，因為面色微黃，人稱「病關索」。他原本是河南人，跟著哥哥流落到這裡，後來因為武藝高強得到知府的賞識，做了兩院押獄兼劊子手。那些無賴見楊雄是外鄉人，想欺負他，就攔住了他，說要跟他借點兒錢花花。楊雄不給，眾無賴就攔腰抱住了他，使他掙扎不開。

一個樵夫見了，上前勸眾人住手。無賴頭子說：「你這餓不死也凍不死的乞丐，竟然多管閒事！」樵夫聽了大怒，一把將無賴頭子推倒在地。其他幾個無賴看了，趕來勸阻，被樵夫打得東倒西歪。楊雄得以施展拳腳，連忙去追趕無賴。

戴宗和楊林見樵夫如此仗義，把他請到酒店裡，三個人邊吃邊聊。那個樵夫名叫石秀，喜歡打抱不平，人稱「拚命三郎」。他原本是金陵人，做生意賠了本，流落到此，靠賣柴為生。戴宗建議石秀去梁山泊入夥，還給了石秀十兩銀子。石秀早就聽說過神行太保戴宗，如今又見戴宗如此仗義，正準備和戴宗說一些心裡話，只聽外面有人在找樵夫。戴宗和楊林看見楊雄來了，連忙躲了起來。

楊雄打跑了無賴，回來卻沒有看見樵夫，於是到處去找，見了石秀，得知他一個人流落在此，就和他結拜為兄弟，並請他幫自己岳父潘太公打理屠宰作坊。

戴宗和楊林去了城外，找了一天也沒有找到公孫勝，只好回到飲馬川，和裴宣、鄧飛、孟康一行人假扮成官兵向梁山泊走去。

不知不覺間，冬天到了。這一天，石秀從外面買豬回來，只見店門沒開，以為潘太公不開店了，就去和潘太公道別。潘太公解釋說：「不瞞叔叔說，我女兒巧雲先嫁給了本地的王押司，後來王押司不幸過世，巧雲才嫁給了楊雄。如今王押司已經過世兩周年，老漢父女想給他做一場法事，這才暫時歇業，還請叔叔不要多想。」石秀這才打消了疑慮。

第二天，楊雄家裡做起了法事。楊雄夜裡要當差，就囑咐石秀幫他照看一下家裡，石秀滿口答應。

天剛亮時，一個小和尚給潘太公送了幾包大棗過來，說：「乾爺，為何這麼長時間都不去寺裡？」潘巧雲身穿孝服從樓上下來，問石秀：「叔叔，誰送東西來了？」石秀說：「一個和尚，他管丈人叫乾爺。」潘巧雲笑著說：「哦，是我師兄裴如海，他比奴家大兩歲，曾經拜我父親當乾爺，所以我叫他師兄。他如今在報恩寺出家，法名叫海公，很會念經，叔叔晚上就可以聽到他念經了。」說完，下樓去招呼裴如海了。

侍女端來一杯茶，潘巧雲用袖子抹了抹杯口，然後雙手遞給裴如海。裴如海連忙接過茶，兩眼直勾勾地盯著潘巧雲。潘巧雲也笑瞇瞇地盯著裴如海，完全忘了石秀還在門外。石秀心想：「那婆娘好幾次對我拋媚眼，我都拿她當嫂嫂看待，沒想到她竟然是個淫婦。」想到這裡，石秀走了進來。和尚見了石秀，嚇得連忙放下茶杯，說：「大郎請坐。」潘巧雲把石秀介紹給裴如海，裴如海這才鬆了一口氣。

過了一會兒，眾和尚都來了，開始做法事。裴如海雖然年輕，可是做起法事來有模有樣的，見了潘巧雲，做得更有勁頭了，還轉身對潘巧雲淫笑。潘巧雲見了，用衣袖遮住嘴偷笑。兩個人就這樣眉來眼去的，石秀覺得不堪入目，過了一會兒，他藉口肚子疼，回屋睡了。

三更時分，其他和尚都睏了，裴如海卻越念越精神。潘巧雲聽得春心蕩漾，叫侍女請裴如海過來說話。裴如海一邊念經一邊過來了。潘巧雲扯住裴如海的袖子，說：「師兄，明天來取功德錢時，別忘了讓我爹允許我去還血盆願❶。」和尚回答：「這個好說，哥哥記得。不過，你家叔叔好厲害。」潘巧雲說：「他只是我丈夫的義兄，不必理他。」和尚說：「如果是這樣，小僧就放心了。」說完，捏了捏潘巧雲的手，笑著離開了，潘巧雲依依不捨地看著他。石秀隔著門縫看見了這一幕。

當夜五更時分，法事結束，眾僧人都回去了，潘巧雲也上樓去睡了。第二天，楊雄又去當差，裴如海來到潘太公家。潘巧雲聽了，慌忙下樓迎接。裴如海和潘太公說了還血盆願一事，潘太公答應了，次日就和楊雄提起了此事，楊雄也滿口答應。

---

❶【血盆願】婦女分娩前後，念經祈求母子平安。這裡只是潘巧雲私會裴如海的藉口。

等楊雄去了縣衙，潘巧雲打扮一新，帶著潘太公和侍女迎兒去了報恩寺。潘太公託付石秀看家。

裴如海對潘巧雲垂涎已久，為了她才拜潘太公當乾爺，只因為害怕楊雄，才一直不敢輕舉妄動，如今見潘巧雲主動上門找他，早早地等在廟外，把潘家父女迎進佛堂，等潘家父女還了願之後，又請他們去自己房裡，擺上好酒好菜，灌醉潘太公，和潘巧雲在禪房裡纏綿。

潘巧雲為了能夠長久地偷歡，說：「我家官人每月有二十多個晚上要當差，一旦他當差，我就吩咐迎兒在後門燒夜香。你看見香案就來，沒有香案千萬別來。你再找一個報曉的頭陀，讓他每到五更時就來後門敲木魚，以免你睡過了頭。」和尚高興地答應了。

這天晚上，楊雄照例去縣衙當差，潘巧雲和裴如海如魚得水地快活了一晚上。

兩個人像這樣廝混了一個多月。

十一月中旬的一天早上，石秀睡不著，聽見木魚聲，心想：「這是一條死巷，為什麼最近老有頭陀敲木魚？」越聽越覺得那木魚聲可疑，就透過門縫向外張望，只見一個男人從黑影裡走出來，和頭陀一起離開了。石秀恨恨地說：「這淫婦竟然瞞著哥哥做下這種勾當。」

中午，石秀把楊雄請到酒店裡，說了潘巧雲和裴如海的姦情。楊雄大怒，決定捉姦，碰巧被知縣叫去耍棒，喝得酩酊大醉而歸，見了潘巧雲，恨恨地說：「賤人！淫婦！我要殺了你！」然後呼呼大睡。

楊雄把潘巧雲騙到了翠屏山。石秀和她當面對質，她三言兩語就露出了破綻。

潘巧雲嚇得連衣服都沒脫就睡下了。第二天五更時分，楊雄睡醒了，把昨晚說的話忘得一乾二淨，看見潘巧雲在哭，就問她怎麼了。潘巧雲說：「你那義兄石秀，剛來家裡時還好，後來看你經常不在家，就對我說：『嫂嫂自己睡覺好寂寞。』我只當他開玩笑，沒有理他。昨天早上，我正在洗臉，他從背後摸我胸前，說：『嫂嫂，你懷孕沒有？』我怕人聽了笑話，不敢聲張，打開他的手，想等你回來再說，誰知道你昨晚卻喝得爛醉。」楊雄聽了大怒，認為石秀是惡人先告狀，就拆了櫃子和肉案子，明擺著是趕石秀走。

石秀是個機靈人，猜出了原因，為了保全楊雄的面子，沒有申辯，收拾包裹離開了。

當晚，楊雄照例去當差。石秀睡到四更時分，帶著解腕尖刀埋伏在楊雄家後門的小巷子裡，抓住頭陀，問：「不要叫！你老實說，海和尚叫你來這裡幹什麼？你要是敢有半句假話，我就殺了你。」頭陀為了保命，如實相告。石秀一刀殺了頭陀，穿上頭陀的衣服，敲起木魚。裴如海聽到木魚聲，從後門閃身而出。石秀繼續敲木魚，走到巷口，一把將裴如海摁在地上。裴如海認識石秀，不敢聲張。石秀脫光裴如海的衣服，揮刀刺死了他，把刀放在頭陀身邊，回了客店。

不一會兒，賣糕粥的王公經過那裡，被絆倒在地，發現了死人，連忙報了官。知府見二人都一絲不掛，想必是幹了違法之事，因此沒有深究，判二人是互相殘殺而死。

楊雄知道此事之後，心想：「此事肯定是石秀做的，看來我錯怪他了。」楊雄找到石秀，想弄清真相。石秀拿出裴如海和頭陀的衣服。楊雄大怒，說：「我今晚就殺了那賤人！」石秀說：「哥哥又沒有捉姦在床，怎麼能輕易殺她？萬一是小弟胡說，哥哥豈不枉殺了好人。明天，哥哥不妨以燒香為由帶她上翠屏山，小弟在那裡等著，和她當面對質，如果此事是真的，哥哥再休了她，這樣可好？」楊雄答應了。

第二天，楊雄把潘巧雲騙到了翠屏山。石秀和她當面對質，她三言兩語就露出了破綻，只好承認自己跟和尚偷情。楊雄大怒，把潘巧雲和迎兒都殺死了，決定和石秀一起去梁山泊入夥。

第三十四回　敗走祝家莊

楊雄和石秀正要離開，松樹後走出一個人來，要跟他們一起上梁山。楊雄認識這個人。這個人名叫時遷，輕功很好，人稱「鼓上蚤」，專靠偷雞摸狗為生，曾經被薊州官府抓住，後來被楊雄救了。

楊雄和石秀都同意時遷跟著去，於是三個人一起向梁山泊走去。知府聽說潘巧雲和侍女被殺，當即下了抓捕楊雄和石秀的文書。

這天傍晚，楊雄等三人投宿在鄆州獨龍山腳下一個傍溪的客店裡。客店裡沒有肉，時遷賊心不改，偷吃了店裡的報曉雞。店小二發現報曉雞不見了，又看到時遷等人面前有雞骨頭，一口咬定雞是時遷等人偷的。時遷說：「真是活見鬼！這雞是我路上買的，不是你的！」店小二哪裡肯信，非要他們賠雞。石秀說：「不過是一隻雞而已，賠你一些錢就是了。」店小二說：「那是報曉雞，店裡少不了它，就算賠我十兩銀子也不行，我只要雞。」石秀大怒，說：「老爺就不賠，看你敢把老爺怎麼樣！」店小二笑著說：「客官，這裡可

是祝家莊。莊主祝朝奉❶的三位公子就是大名鼎鼎的『祝氏三傑』，莊前莊後還有幾百家佃戶，你們敢來這裡惹事，就會被當成梁山賊寇抓去送官。」說完，大喊抓賊。幾個大漢應聲而出，被楊雄和石秀打倒在地，爬起來逃走了。楊雄三人怕那幾個大漢帶人回來，連忙收拾東西。石秀一把火燒了客店，和楊雄、時遷一起逃走了。

三個人走了一會兒，腳下的枯草堆裡伸出許多撓鉤，三個人都被鉤住。楊雄和石秀連忙用朴刀割斷繩子，沒有被抓。時遷沒有朴刀，被拖進了草窩，楊雄和石秀慌不擇路地逃走了。

逃到一個村子裡時，楊雄遇上一個熟人。這個人名叫杜興，因為長得醜，人稱「鬼臉兒」，他在薊州做買賣時，因為打死同夥而被關押，是楊雄救了他，如今他就在祝家莊東邊的李家莊當總管。他聽了楊雄的遭遇，建議楊雄和石秀去求他的主人李應幫忙救出時遷。石秀早就聽說獨龍山的「撲天雕」李應是個好漢，就和楊雄一起去求李應。李應心想李家莊和祝家莊都是同盟，祝家莊應該會給他面子，就叫人寫了一封信，派副總管送去。誰知祝家三兄弟竟然不買帳，非要把時遷送官，除非李應親自寫信求他。

李應親筆寫了一封信，派杜興送去。祝家三兄弟又以時遷是梁山賊寇為由拒絕了，還扯碎了李應寫的信。

李應氣得火冒三丈，帶人去找祝家三兄弟理論。「祝氏三傑」中年齡最小的祝彪說：「賊人時遷已經承認自己是梁山賊寇，你和他勾結，難道想謀反不成？識相的就快點兒離開，不然連你也一起抓了！」李應大怒，縱馬和祝彪打鬥。兩個人鬥了十七八個回合，祝彪敗下陣來，連忙掉轉馬頭，搭箭射中了李應的肩膀。眾人連忙扶著李應回到李家莊，給李應治傷。

楊雄和石秀怕連累李應，去梁山泊求助。晁蓋聽說時遷打著梁山旗號偷雞，要把楊雄和石秀拉出去斬了。宋江連忙說：「哥哥息怒！這二位賢弟並非偷雞摸狗之輩，那『鼓上蚤』時遷也不會輕易去惹祝家莊。據我所知，祝家莊早就揚言要和俺們山寨作對，如今只不過拿時遷當藉口，故意找我們麻煩。我們不如乘勢收服了它，一則可以從它那兒借一些糧食補貼山寨，二則可以請李應入夥。小可不才，願意親自帶一批人馬下山攻打祝家莊，不打下祝家莊，誓不回山。」吳用表示贊同。晁蓋聽了，只好放了楊雄和石秀，吩咐宋江、花榮、李俊等頭領帶一隊人馬，林沖、秦明、王英等頭領帶一隊人馬，兵分兩路攻打祝家莊。

宋江在祝家莊附近安營紮寨，決定派一個人去探路。李逵聽了，說：「哥哥，只不過是打死幾隻蒼蠅而已，不必如此大驚小怪。兄弟好久沒殺人了，可以帶二三百個孩兒殺進去，把這個鳥莊上的人都砍了。」宋江呵斥李逵說：「你這傢伙，不要胡說！先躲一邊去，叫你時再來。」說完，派石秀和楊林去探路。

---

❶【朝奉】宋朝時對鄉紳或富豪的稱呼。

石秀假扮成樵夫，進了一家酒店。酒店裡擺著一些兵器，每個人身上都穿著一件黃背心，背心背面都寫著一個大大的「祝」字。石秀問一個老漢：「老人家，請問這裡有什麼風俗？為什麼家家戶戶門前都插著刀？」老漢說：「你是哪裡來的？這裡早晚要大開殺戒，你要想活命就趕緊走。」石秀說：「小人原是販棗子的，因為賠了本流落到這裡，靠賣柴為生，不知不覺就走到這裡。這裡如此安寧，怎麼會大開殺戒呢？」老漢說：「客官，你當真不知情？這裡叫祝家村，岡上的祝家莊得罪了梁山好漢，梁山好漢已經派人來殺我們了。祝家莊命令我們都準備好武器，一聽號令就相互接應。」石秀問：「這裡有多少人？」老漢說：「光是祝家村就有一兩萬人，旁邊還有東西兩村接應。西村有個扈（ㄏㄨˋ）三娘，綽號『一丈青』，非常厲害！更何況這裡盡是盤陀路，進來容易出去難。」石秀聽完，哭了起來，跪下來求老漢：「爺爺，小人是不小心走到這裡來的，還請爺爺給小人指一條活路，小人情願把這擔柴送給爺爺。」老漢收下柴，給了石秀一些銀子和食物，說：「你到了這裡，別管路是寬是窄，見了白楊樹就轉彎，否則只有死路一條。」石秀連忙叩謝老漢。就在這時，只聽外面吵吵鬧鬧的，石秀跟著那老漢出門一看，只見七八十個軍人押著假扮成解魔法師的楊林邊走邊說：「捉了一個細作[2]。」不一會兒，一群騎馬的人簇擁著一個年少的壯士經過。石秀認出那壯士就是祝彪，故意問老漢：「這位相公是誰？」老漢說：「他就是祝彪，是『祝氏三傑』中最厲害的一個。」石秀拜謝說：「爺爺，請指點小人出去。」老漢說：「恐怕今晚會有廝殺，你先在我家歇一晚，明天再走。」石秀考慮了一番，留下了。

宋江見楊林、石秀久久不回來，又聽說祝家莊抓了一個細作，心想楊林、石秀可能都被抓了，就命令眾人殺進祝家莊。到了祝家莊跟前，只見吊橋已經被拽起來，莊裡沒有一點兒燈火。李逵對著莊上大罵：「鳥賊，出來！你黑旋風爺爺來了！」莊上沒有一點兒回應。宋江突然想起天書上說「臨敵勿急躁」，而他剛才正好犯了此忌，深入重地卻不見敵軍，於是連忙吩咐眾人撤退。這時，獨龍岡上突然亮起千百隻火把，門樓上的箭像雨點兒一樣直射過來。宋江連忙帶人從原路返回，卻聽李俊報說原路已經被堵塞了。宋江帶人四處找出路，剛走出不久，又被攔住。宋江命眾人向有房屋的地方走去，走了一會兒，發現遍地都是竹籤、鐵蒺藜或鹿角。正在眾人都驚慌失措時，石秀偷偷地趕來為他們帶路，走了五六里，卻發現追兵越來越多。石秀說：「他們有紅燈籠為號，見我們往哪裡走，他們就把紅燈籠扯向哪裡。」花榮一箭射下樹影裡的那盞紅燈籠，梁山泊眾人這才脫身。回到營寨，有人報說黃信被捉，宋江心裡更加憂悶。

祝家莊見梁山眾人已經知道白楊樹的秘密，就把白楊樹都砍了。

楊雄建議宋江去李家莊找李應幫忙。宋江連忙帶著禮物求見李應，謙虛地向李應求教。

❷【細作】古人對暗探、間諜的稱呼。

李應說自己有病在身，堅決不肯親自出面相助，宋江只好回去了。

眾頭領商議了一番，決定天亮時再打祝家莊。

第二天，梁山泊眾人遠遠地看著祝家莊，只見兩面白旗上繡著「填平水泊擒晁蓋，踏破梁山捉宋江」十四個字，都氣得火冒三丈。宋江發誓說：「我若不打下祝家莊，永遠不回梁山泊！」之後親自帶領前隊人馬直奔祝家莊。扈三娘帶著幾百個莊客趕來，王英見了她，連忙主動請纓，誰想剛一戰就敗給了扈三娘，被眾莊客拖走了。祝家莊的槍棒教師欒廷玉也非常厲害，智擒了秦明和鄧飛。

雙方又廝殺了一陣，林沖活捉了扈三娘。宋江命人連夜把扈三娘送上梁山泊，交給宋太公看管。

第三十五回　大破祝家莊

吳用帶著一隊人馬趕來，聽了宋江兩次兵敗的經過，笑著說：「哥哥不用發愁。前幾天，在石勇的引薦下，欒廷玉的師弟『病尉遲』孫立帶人來投奔山寨。孫立是現任登州兵馬提轄，他帶的人是孫新、顧大嫂、解珍、解寶、鄒淵、鄒潤和樂和。這八個人聽說哥哥攻打祝家莊不利，特地獻了一條計策，因此小弟連忙趕來稟告兄長，這八個人隨後就到。」

他們八個人為什麼一起來投奔呢？這件事說來話長。

登州城外的登州山上有很多猛獸，經常出來傷人。知府限獵戶們在三天之內捉到老虎，否則就重罰他們。登州城裡有兩個武藝高強的獵戶，他們是一對兄弟，哥哥叫解珍，人稱「兩頭蛇」；弟弟叫解寶，人稱「雙尾蠍」。兄弟倆在第三天夜裡用藥箭射傷了一隻老虎。這隻老虎一路逃竄，藥勁兒上來時，失足滾進財主毛太公家。解家兩兄弟追了過去，向毛太公討要老虎。誰知毛太公也想拿老虎請功，吩咐他兒子毛仲義把老虎藏了起來，不僅誣陷解家兩兄弟入室搶劫，勾結他女婿王孔目，還將解家兩兄弟打入死牢，又買通押牢的包節級，

企圖害死解家兩兄弟。

幸虧看管解家兩兄弟的獄卒是兵馬提轄孫立的小舅子樂和，他不但有一身好武藝，而且精通各種樂器，唱歌也很好聽，人稱「鐵叫子」。他敬重解家兩兄弟都是好漢，跟他們說了毛太公的陰謀，希望他們能設法出去。

解珍聽樂和提起孫提轄，突然想起自己的表姐正是孫提轄的弟媳，連忙求樂和捎信給表姐，向表姐求救。解珍的表姐姓顧，是孫立的弟弟「小尉遲」孫新的老婆，長得又肥又壯，性格豪爽強烈，人稱「母老虎」，和孫新在登州城東門外開了一家酒館兼賭坊。樂和見到顧大嫂，說明了來意。顧大嫂聽了連連叫苦，急忙找丈夫孫新商量如何救人。孫新拿出一些銀子給樂和，請他去牢裡打點一下，免得解家兩兄弟受苦，他再想辦法救人。樂和回到牢裡，上下打點了一番。孫新和顧大嫂商量了一番，決定請他哥哥孫立和另外兩個人幫忙劫獄。孫新說的另外兩個人，是在城外的登雲山落草為寇的「出林龍」鄒淵和「獨角龍」鄒潤叔侄倆。這叔侄倆都喜歡賭錢，和孫新關係很好，聽孫新說要劫獄，就和孫新一起下山了。

顧大嫂早就準備好了酒菜。四個人一邊吃飯一邊商量如何劫獄。鄒淵說：「我們劫獄之後，官府一定會下令捉拿我們。聽說梁山泊最近很興旺，宋公明招賢納士，梁山上的楊林、鄧飛、石勇又是我的朋友，到時我們就去梁山入夥。」眾人都贊同。現在只剩下如何讓孫立入夥了。

第二天，孫新派一個夥計去找孫立，說顧大嫂病重，要見大伯孫立和嫂子樂大娘子。孫立聽了，連忙帶著妻子趕來探望顧大嫂。顧大嫂說出真相。孫立是登州的軍官，自然不肯去劫獄。顧大嫂立刻拿起朴刀，要和孫立拼命。孫立想到自己即便不幫忙劫獄，將來也會被牽連，只好答應了。

鄒淵叔侄帶人去州衙捉了王孔目。顧大嫂假扮成送飯的，進死牢讓樂和打開解家兩兄弟的枷鎖。孫立帶了十幾個官兵，和孫新一起來到死牢，殺死包節級和獄卒，救出解家兩兄弟。隨後，眾人殺了毛太公一家，拿走錢財，燒了房屋，帶著樂大娘子直奔梁山，來到石勇的酒店。石勇跟他們說了宋江攻打祝家莊的情況。孫立正愁沒有功勞，聽說祝家莊的槍棒教師是自己的同門師兄弟欒廷玉，連忙獻上一計。

孫立等八人來時，宋江正準備第三次攻打祝家莊。扈三娘的哥哥扈成帶著酒肉求見，請宋江放了他妹妹。宋江要求扈成拿王英交換。王英被關在祝家莊，扈成不敢去要人，只答應不出兵幫助祝家莊，還說會把逃到他莊上的祝家莊人交給梁山英雄。

第二天，孫立等八人帶著家屬和一隊人馬，打著「登州兵馬提轄」的旗號來到祝家莊後門。莊客見了，連忙進去稟報。欒廷玉聽說來人是登州提轄，連忙開門迎接。孫立進莊之後，說：「小弟奉總兵之命去鄆州防禦梁山賊寇，路過這裡時，想順便過來看望哥哥，卻看見村口駐紮著很多人馬，不知道發生了什麼事，就從小路繞到後門，這才見到了哥哥。」欒廷玉說：「村口駐紮人馬的正是梁山賊寇，我們正在與他們作戰。」孫立笑著說：「小弟雖

梁山人馬休整一番，兵分四路包圍了祝家莊。

然沒什麼本事，但是也想幫哥哥捉幾個賊寇。」欒廷玉知道孫立的本事，高興地答應了。祝彪見孫立把家屬都帶來了，所以沒有懷疑孫立。

雙方再次交戰，祝彪親自帶領一百多名騎兵迎戰。花榮和祝彪鬥了十幾個回合不見勝負，掉轉馬頭就走。祝彪怕有埋伏，收兵回莊了。第二天，宋江的兵馬又來叫陣。「祝氏三傑」親自出陣迎戰，都沒有取勝。孫立看了，出來叫陣。石秀拍馬來戰孫立，兩個人打了五十幾個回合不分勝負。這時，孫立賣了一個破綻，故意讓石秀拿槍戳他，他則往旁邊一閃，轉身把石秀從馬上拎走了。宋江趕緊撤軍。孫立問祝朝奉：「總共捉了幾個賊寇？」祝朝奉回答：「算上剛捉的石秀總共七個。」孫立說：「把他們都裝進囚車，日後押上州府請賞，也讓天下人都知道祝家莊的厲害。」

梁山人馬休整一番，兵分四路包圍了祝家莊。祝家莊不敢怠慢，立刻派欒廷玉帶三百兵馬攻打西北軍，祝龍帶三百兵馬攻打東邊，祝虎帶三百兵馬攻打西南軍，祝彪從前門捉拿宋江，其餘人馬駐守在莊裡。

孫立帶著十幾個軍士守在吊橋上。孫新用梁山旗號換下祝家莊的大旗，樂和唱歌報信。鄒淵叔侄聽見樂和的歌聲，砍死看守牢房的幾十個莊客，救出了七個好漢。顧大嫂手拿兩把大刀，衝進房裡見人就砍。石秀一刀砍死了正要投井的祝朝奉。解家兩兄弟在後門點起大火，梁山軍馬看見祝家莊裡起火，都奮力向前衝殺。

祝虎看見莊裡起火，連忙向莊裡趕去，被呂方、郭盛砍死。祝龍戰敗，逃往後門，被李逵一板斧剁死。祝彪騎馬逃到扈家莊，扈成命人把他綁住，親自押著他去見宋江，碰巧遇到李逵。李逵一板斧砍下祝彪的腦袋，然後去砍扈成。扈成和莊客嚇得四散而逃。李逵殺紅了眼，衝進扈家莊，殺死扈成一家老小，搜出財物裝在車上，一把火燒了扈家莊。欒廷玉被孫新射死。

梁山泊俘虜了四五百人，奪得好馬五百多匹、牛羊數不勝數、糧食五十萬石、金銀財寶無數。李逵雖然殺了祝龍和祝彪，可是濫殺了扈家滿門，遭到宋江的責備。李逵只圖殺得痛快，所以沒有計較。

宋江給村裡每戶人家送了一石糧食，把其餘的財物都運回了山寨。梁山人馬分為三路，連夜回了山寨。

宋江久聞李應的威名，想請他也上山入夥。蕭讓聽從吳用的吩咐，假扮成知府，以私通梁山賊寇為名把李應和杜興騙上山，並把他們的家屬也接上山。李應考慮了一番，最後決定入夥。

宋江履行自己在清風山許下的諾言，將扈三娘嫁給了王英。

晁蓋見梁山又來了許多頭領，和宋江、吳用商定了山寨職事一事。孫新夫婦接替童家兩兄弟開酒店，時遷去幫助石勇，樂和去幫助朱貴，鄭天壽去幫助李立，這八位頭領一邊做買賣一邊招待入夥的好漢。王英夫婦負責監督馬匹。童家兩兄弟負責把守金沙灘小寨。鄒淵叔侄負責把守鴨嘴灘小寨。黃信、燕順負責駐守山前大路。解家兩兄弟負責把守山前第一關。杜遷、宋萬負責把守第二關。劉唐、穆弘把守第三關。阮氏三兄弟把守山南水寨。孟康負責建造戰船。李應、杜興、蔣敬總管糧食和錢帛。陶宗旺、薛永監管城垣（ㄩㄢˊ）的建造。侯健監造鎧甲和令旗。朱富、宋清專管宴席。穆春、李雲監造房屋和寨柵。蕭讓、金大堅掌管書信和公文。裴宣專管賞功罰罪。呂方、郭盛、孫立、歐鵬、鄧飛、楊林、白勝分別駐守在大寨四周。晁蓋、宋江、吳用住在山頂的寨子裡。花榮、秦明住在左邊的寨子裡。林沖、戴宗住在右邊的寨子裡。李俊、李逵住在山前。張橫、張順住在山後。楊雄、石秀駐守在聚義廳兩邊。

第三十六回　誤失小衙內

雷橫辦完公事之後，回到鄆城。一天，他在縣衙附近遇到了幫閒的李小二，聽他說東京來了一個色藝俱佳的戲子白秀英，就和他一起去聽小曲了。

白秀英果然色藝俱佳。雷橫看了她的表演，不禁喝采。白秀英表演完了，她父親白玉喬拿著托盤收賞錢。雷橫往身上摸了摸，發現身上一文錢也沒有，就如實說自己沒帶錢。白秀英是鄆城新知縣的相好，仗著新知縣的勢力開了一個戲院，見雷橫不給賞錢，不肯輕易放他走。白玉喬更是冷嘲熱諷。圍觀的人聽了都笑。雷橫覺得備受污辱，痛打了白玉喬一頓。白秀英見父親挨打，狀告雷橫行凶。

知縣為了討好白秀英，派人把雷橫抓進官府，毒打了他一頓，給他戴上枷鎖，押他去遊街。白秀英還不解恨，命令公人把雷橫捆在地上。雷母趕來給兒子送飯，看見兒子被人捆在地上，又聽說這一切都是白秀英引起的，一邊去解兒子手上的繩子，一邊大罵：「賤人，仗勢欺人！我先解開繩子，看你能把我怎麼樣！」白秀英聽了，氣得睜著雙眼大罵：「賊婆娘，你敢罵我！」雷母說：「罵你又怎麼了？你又不是鄆城縣知縣。」白秀英大怒，上前給了雷母一個耳光，打得雷母差點兒跌倒，接著繼續打個沒完。雷橫原本已經滿腔怒火，如今見母親挨打，舉起枷鎖，照著白秀英的腦門打去，白秀英當場死亡。

眾人見白秀英死了，把雷橫押到了縣衙。新知縣把雷橫關進了死牢。

朱仝很討新知縣歡心，如今已經升為當牢節級，他雖然想救雷橫，可也沒有辦法，只好吩咐獄卒好好照顧雷橫。雷母來牢裡送飯，哭著央求朱仝救救雷橫：「節級，請你看在與我兒子的兄弟情分上，救救他吧！老身已經六十多歲了，如果我兒子有個好歹，我也活不成了。」朱仝花錢打點了一番，無奈新知縣恨雷橫打死了他的情人，非要雷橫償命，並派朱仝把雷橫押解到濟州。

朱仝押解雷橫出了鄆城縣，放走雷橫，讓雷橫帶著母親趕緊逃命。雷橫逃回家裡，帶著母親連夜逃到了梁山泊。

朱仝主動回鄆城縣，向知縣自首。知縣無心害朱仝，判了他二十脊杖，把他發配到滄州。滄州知府見朱仝儀表不凡，把朱仝留在了他身邊。一天，知府把朱仝叫來，問雷橫到底是怎麼逃脫的，朱仝只好如實相告。這時，一個小衙內從屏風後面走出來。這個小衙內是知府的兒子，只有四歲，長得非常俊俏，見了朱仝，非要朱仝抱他。朱仝只好抱起小衙內。小衙內雙手扯住朱仝的長鬍子，說：「我只要這鬍子抱，快跟我去玩。」知府見兒子喜歡朱

這個小衙內是知府的兒子，只有四歲，長得非常俊俏，見了朱仝，非要朱仝抱他。

仝，就讓朱仝帶兒子出去玩了。

轉眼間到了七月十五。這天晚上，朱仝抱著小衙內去地藏寺看河燈。到了放生池旁邊時，小衙內爬到欄杆上去看燈，朱仝站在旁邊看著他。不一會兒，有人從背後拽了拽朱仝的衣袖。朱仝回頭一看，看見雷橫，不禁吃了一驚，連忙對小衙內說：「小衙內，我去買糖給你吃，你在這裡等我。」小衙內答應了。朱仝把雷橫拉到僻靜的地方。雷橫是奉晁蓋之命和吳用一起來請朱仝上山的。朱仝是軍官出身，不肯落草為寇，婉言謝絕了，回去找小衙內，卻發現小衙內不見了，慌忙四處尋找。雷橫說：「一定是被我的同伴李逵抱走了，哥哥別急，跟我去找他們。」朱仝等三人來到城外，走了大約二十里路才找到李逵，當時天已經黑了，空中掛著一輪明月。朱仝說：「把小衙內還給我！」李逵說：「我把他迷昏了，帶他出了城，現在他正在樹林裡睡覺呢。」朱仝連忙跑進樹林，只見小衙內倒在地上，已經被砍死了。朱仝大怒，立刻回去找李逵算帳，只見李逵遠遠地揮著板斧大喊：「來！你來呀！」朱仝氣得咬牙切齒，邁開步子追了過去。

天快亮時，李逵跑進一所莊院。朱仝跟了過去，只見院子裡插著許多兵器，心想這裡可能是官宦人家，就問：「有人嗎？」一個儀表不凡的人從屏風後面走了出來。朱仝連忙說明了自己的來意，並問那個人是誰。那個人是「小旋風」柴進。雙方行完禮，柴進說出真相，然後帶朱仝進後堂去見吳用、李逵和雷橫。原來，宋江擔心朱仝不肯入夥，就讓李逵殺死小衙內，斷了朱仝的後路。朱仝見了李逵，衝上去要和李逵拼命。柴進、雷橫、吳用連忙勸止了他。朱仝說：「雖然你們是好意，可是手段也太歹毒了。要我上山也行，但是你們得答應我一件事。」吳用連忙說：「不要說一件，就是十件，我們也答應。」朱仝說：「好，那你就殺了李逵，替我出了這口惡氣，否則我死也不上山。」李逵大怒：「你這鳥人，這都是晁、宋兩位哥哥的意思，關我屁事！」朱仝也怒火沖天，又要和李逵拼命，被勸住了。柴進留下了李逵，朱仝這才跟著吳用、雷橫一起上山。

知府見朱仝久久不回，派人去找。眾人找了半夜，第二天才在樹林裡發現小衙內，連忙回報知府。知府大驚，親自來到樹林裡看見兒子的屍體，痛苦難當，辦了兒子的後事，下發公文通緝朱仝。

第三十七回　柴進歷難

不知不覺間，李逵已經在柴進莊裡住了一個多月。

這天，有人送了一封信給柴進，柴進看了大吃一驚。李逵問：「大官人，出什麼事了？」柴進說：「我有個叔叔名叫柴皇城，住在高唐州，當地知府高廉的小舅子殷天錫霸佔了他的花園，他氣得臥床不起，性命難保，他沒有兒女，所以叫我親自去一趟。」李逵說：「我跟你一塊去。」柴進收拾好行李，帶著李逵和幾個莊客一起到了高唐州。

柴進走進臥室，見叔叔躺在床上，放聲大哭。嬸嬸勸柴進：「高廉是東京高太尉的叔伯兄弟，仗著他哥哥的權勢在這裡為所欲為。他的小舅子殷天錫人稱『殷直閣』，雖然年紀小，可也仗勢胡為。他見我家的花園建造得好，就讓我們搬出去給他住。你叔叔跟他理論，說我們有先朝的誓書鐵券保護，任何人都不能欺侮我們。殷天錫不聽，非要我們搬出去，你叔叔就去扯他，被他打得臥床不起，無藥可醫。請大官人為我們作主！」柴進說：「嬸嬸放心，你只管請大夫好好醫治叔叔，小侄這就回滄州去取誓書鐵券，回來再和他理論。」說

完，陪了叔叔一會兒，然後走出臥室，向李逵說了事情的經過。李逵聽了，跳起來說：「這傢伙真不講理！讓他先吃我幾斧再說。」柴進連忙勸止：「李大哥息怒，我先派人去滄州取來誓書鐵券，再和他理論。更何況這裡不是梁山，哪裡容許你為所欲為。」李逵說：「京城又怎麼了！俺照樣敢殺人！」兩個人正說著，侍妾慌忙來請柴進去看望柴皇城。柴進來到床前，柴皇城雙眼含淚，對柴進說：「侄兒，我被殷天錫毆打至死，你一定要上京城向皇上告狀，為我申冤，否則我死不瞑目啊！」說完就斷了氣。柴進痛哭一場。嬸嬸怕他哭昏過去，連忙勸他：「大官人，為你叔叔辦理後事要緊。」柴進先派人去取誓書鐵券，然後為叔叔辦理後事。

殷天錫帶著一夥無賴前來，限柴進三天之內搬出花園。柴進說：「好歹等叔叔過了頭七[1]再說，更何況我家有誓書鐵券，誰敢不敬！」殷天錫聽了，大怒：「你把誓書鐵券拿出來給我看看！」見柴進拿不出來，吩咐眾無賴打柴進。李逵透過門縫看見柴進挨打，衝出房門，直奔殷天錫而來，一頓拳腳打死了殷天錫。柴進大驚，連忙叫李逵回梁山。李逵非要帶柴進一起走。柴進說：「我有誓書鐵券護身，官府不敢捉我。」李逵這才離開。

---

❶【頭七】東亞的喪葬習俗，指人去世後的第七日，魂魄會回家探視，等意識到自己的肉體已經死亡後再投胎轉世，否則就會魂飛魄散或變成孤魂野鬼，因此有「頭七後下葬」一說。

高廉聽說殷天錫被殺，捉了柴進，打得他血肉模糊。殷夫人為了給弟弟報仇，叫丈夫抄了柴皇城的家。

李逵回到梁山，朱仝依然要跟他拼命。宋江連忙向朱仝賠罪，又叫李逵過來認錯。李逵心裡不服，可是礙於宋江的面子，只好向朱仝道歉，朱仝這才解氣。眾人見二人言歸於好，設宴慶祝。席間，李逵提起自己打死殷天錫一事，宋江聽了大驚，說：「你一走了事，卻連累了柴大官人！」吳用說：「兄長別擔心。之前我擔心李逵惹事，已經吩咐戴宗去打探消息了。等他回來，我們就能知道柴大官人的情況了。」就在這時，戴宗回來了，說：「柴皇城家被查抄，柴大官人被關進大牢，性命難保。」眾頭領大吃一驚，顧不上埋怨李逵，都去高唐州解救柴進了。

高廉聽說梁山人馬來犯，冷笑著說：「你們這夥賊寇，一直窩藏在梁山泊，我正準備剿滅你們呢，沒想到你們倒送上門來，我正好可以抓了你們去請功。」說完，調集兵馬出城迎敵，讓百姓守住城門。

先鋒林沖拿著丈八蛇矛❷叫陣。統制官於直前來迎戰，不到五個回合被林沖刺死。統制官溫文寶接著來戰林沖，被秦明截住。兩個人打了十幾個回合，秦明一棍打死了溫文寶。

高廉見自己一連損失了兩名大將，從背後抽出一把寶劍，嘴裡念念有詞：「疾！」隨後，高廉軍中捲起一道黑氣，接著一陣怪風直吹梁山人馬。林沖看不清對面，帶著人馬撤退。高廉一揮寶劍，命令手下追殺梁山先鋒隊，逼得他們後退了五十里才敢紮營。

宋江的主力軍到達之後，林沖說起此事，吳用說：「可能是妖法，如果能回風返火，就可以破解它。」宋江取出天書一看，果然找到了破解方法，高興地記下了破解口訣。

第二天，宋江親自帶人來到城下布陣，讓怪風颳向了高廉軍中。高廉取出一個銅牌，用劍一敲，高廉軍中頓時捲起一陣黃風，衝出一群猛獸毒蟲。梁山人馬大驚，四散而逃，逃了二十多里才逃脫追捕，好在頭領們都安然無恙。

吳用猜測高廉可能會摸黑來偷襲，提前做好了準備。當晚，高廉果然帶兵來襲，結果左肩被亂箭射傷，連忙撤退。這時，下起雨來，梁山人馬追到五里之外雨才停。

吳用聽說外面下雨，大吃一驚，因為紮營的地方並沒有下雨，那雨一定是高廉用妖法造出來的。宋江無法打敗高廉，非常憂煩。吳用說：「只有公孫勝能破高廉的妖法。」宋江連忙叫戴宗和李逵去尋找公孫勝。

戴宗對李逵說：「你要跟我一起走，就不能吃肉喝酒，否則『神行法』就施展不開了。」李逵只好答應了。在酒店休息時，李逵背著戴宗又是喝酒又是吃肉。戴宗猜到他會如此，假裝沒看見。第二天，戴宗在神行法上做了手腳，讓李逵停不下腳步。李逵害怕了，只

---

❷【丈八蛇矛】古代兵器，又名丈八點鋼矛，因形如遊蛇而得名，杆長一丈，尖長八寸，非常鋒利。

當天晚上，李逵悄悄地來到紫虛觀，打死了羅真人和一個道童。

好招認自己吃葷了，並保證不會再犯，戴宗這才作罷。

到了薊州，戴宗和李逵打扮成主僕去找公孫勝，在城裡找了兩天也沒有找到。李逵急得大罵：「這個臭道士，不知道躲到哪裡去了！」戴宗說：「你又來了！一點兒苦都吃不了。」李逵沒敢回嘴。第三天，戴宗二人來到城外，看見路邊有個素麵館，就進去叫了四碗麵。過了好久，麵依然沒有端上，李逵一邊罵一邊拍桌子，不小心打翻了旁邊一位老漢的麵。老漢揪住李逵不放，戴宗連忙勸解。誰知那個老漢竟是公孫勝的鄰居，戴宗從他口中得知公孫勝在九宮縣二仙山當道士，連忙和李逵一起來到二仙山。

公孫勝猶豫地說：「小弟也想回去，

只是我得照顧老母，而且恩師羅真人不准我下山。」戴宗和李逵再三說梁山眾兄弟被困，只有公孫勝能夠挽救危局。公孫勝惦記眾兄弟，只好帶著戴宗和李逵來到紫虛觀，懇請羅真人讓他下山，可羅真人就是不答應。三個人只好回去，打算第二天再來勸說羅真人。

當天晚上，李逵悄悄地來到紫虛觀，打死了羅真人和一個道童。

第二天，三人再次上山。李逵發現羅真人和昨天那個被砍死的道童都還好好的，不禁大吃一驚，暗想：「難道我昨晚殺錯人了？」羅真人說：「看在那個黑大漢的面子上，我就讓公孫勝去一趟。」戴宗連忙拜謝。李逵心想：「這老傢伙知道我要殺他才這麼說的，哼！」

李逵殺的那兩個人，是羅真人用兩個葫蘆變的。這位羅真人是得道高人，為了懲罰李逵濫殺無辜，用法術把李逵吹到了薊州府衙。公人們把李逵當成了妖怪，潑了他一身狗血和屎尿。幸虧李逵說自己是羅真人的隨從，因為得罪了羅真人而被罰，公人們這才沒敢為難他。

戴宗見李逵受罰，連忙向羅真人求情。羅真人說：「貧道知道此人是上界的天殺星，由於下界眾生罪孽深重，所以上界派他下界殺戮（ㄌㄨˋ），我怎敢殺他？只不過要磨練他一下而已。」一說完，叫人救回李逵，允許公孫勝下山，並告訴他如何破解高廉的妖法。公孫勝下山時，羅真人送了他兩句話：「逢幽而止，遇汴而還。」

三個人路過武岡鎮時，走進路邊一個酒店，公孫勝吩咐李逵出去買棗糕。李逵買完棗糕回來，看見路邊一個大漢在耍鐵爪錘，圍觀的人都叫好，就上前搭訕。那個大漢名叫湯隆，祖宗幾代都以打造兵器為生，他身上被火花燙了很多傷疤，所以人稱「金錢豹子」。李逵想到山寨裡需要打造兵器，叫湯隆上山入夥。湯隆爽快地答應了。

公孫勝到了高唐州，破解了高廉的妖法，把高廉的人馬殺得潰不成軍。高廉派人去搬救兵。吳用讓梁山人馬假扮成救兵，高廉信以為真，打開城門，被雷橫一刀砍成了兩段。梁山人馬順利地攻克了高唐州。宋江帶著人馬進城，命令眾人不得侵擾百姓，然後直奔大牢，把囚犯們都放了，可是唯獨沒有看見柴進。

宋江把獄卒全都叫來審問。當牢節級藺（ㄌㄧㄣˋ）仁說，高廉曾經讓他伺機殺死柴進，他見柴進是一條好漢，就把柴進藏進枯井，然後對高廉謊稱柴進已經被他殺死。宋江聽了，連忙叫藺仁帶他去找柴進。

枯井裡黑乎乎的，眾人對著井裡大叫也沒人答應。李逵主動說要下去看看。眾人找來一個籮筐，繫上繩子，讓李逵躺進去，把籮筐放到井底。李逵把柴進放進籮筐裡。眾人把柴進拉了上來，都去看他的傷勢，卻忘了李逵還在井裡。李逵大叫：「你們都不管俺了！」宋江連忙叫人把李逵拉上來，說：「我們只顧看柴大官人，所以忘了你，別見怪。」

宋江重賞藺仁，安撫百姓，帶著戰利品班師回了梁山。

第三十八回　大破連環馬

高俅聽說高廉被殺，氣憤不已，上奏道：「濟州梁山泊賊首晁蓋、宋江聚眾行凶，先殺了濟州官兵，大鬧江州，又攻陷高唐州，殺死許多官兵和百姓，搶走許多財物。如果不早點兒除掉他們，一定後患無窮。」徽宗大驚，連忙委派高俅調兵遣將。高俅舉薦了汝寧郡統制呼延灼（ㄓㄨㄛˊ）。徽宗連忙下旨，命令呼延灼進京。

呼延灼是開國名將呼延贊的嫡（ㄉㄧˊ）系子孫，有萬夫不當之勇，善於使用兩條水磨八稜鋼鞭，人稱「雙鞭」。他接到聖旨，連忙帶著隨從趕到京城。徽宗見呼延灼儀表不凡，非常高興，賜了一匹踢雪烏騅❶給他，命他圍剿梁山。呼延灼連忙謝恩，之後來到殿帥府，與高俅商議圍剿梁山一事。

呼延灼說：「恩相，我聽說梁山兵多將廣，所以不能小看，請恩相准許我保舉兩位助

❶【踢雪烏騅（ㄓㄨㄟ）】良馬名，因四蹄皆白、通身烏黑而得名。

手，這樣我必定能大獲全勝。」高俅聽了很高興，問：「將軍要保舉哪兩個人？」呼延灼回答：「一個是陳州團練使韓滔，他是武舉人出身，善於使用棗木槊❷，人稱『百勝將軍』。另一個是潁州團練使彭玘（ㄑㄧˇ），他是將門之後，善於使用三尖兩刃刀❸，武藝出眾，人稱『天目將軍』。」高俅連忙下了兩道牒文，命令二人進京。

韓滔和彭玘到了京城，高俅命令三位將領各自回去挑選精壯士兵，並給他們配備了精良的武器。半個月之後，三路兵馬在汝寧會合，浩浩蕩蕩地殺向梁山。

眾頭領聽說呼延灼帶兵來征討梁山，連忙聚在一起，商量禦敵之計。吳用知道呼延灼能征善戰，建議先力敵再智取，隨後開始排兵布陣。

第二天，先鋒韓滔趕來叫陣，見了秦明，大罵：「天兵到了，你們這些反賊還不趕快投降！如果你們膽敢違抗，我就填平梁山水泊，把你們碎屍萬段！」秦明聽了大怒，和韓滔打了二十幾個回合，韓滔漸漸處於劣勢。這時，中軍呼延灼趕到，策馬與秦明打鬥。林沖換下秦明，秦明帶領本部人馬轉到山後去了。林沖和呼延灼打了五十多個回合不分勝負，帶著人馬也轉到山後去了。花榮接替林沖迎戰呼延灼。後軍彭玘趕到，接替呼延灼迎戰花榮，和花榮打了二十幾個回合之後處於劣勢。呼延灼策馬換下彭玘，和花榮打了三四回合，扈三娘趕來，花榮也帶著人馬轉到了山後。彭玘連忙迎戰扈三娘。兩個人鬥了二十多個回合，扈三娘掉轉馬頭就走。彭玘立功心切，追了過去，被扈三娘用紅錦套索套下馬，然後被小嘍囉活捉。呼延灼來救彭玘，被扈三娘攔住。孫立換下扈三娘，和呼延灼打了三十回合。

宋江帶領人馬趕來，列成陣勢看二人交戰。韓滔見彭玘被捉，叫本部兵馬一齊殺出去。宋江連忙率領人馬夾攻官兵。呼延灼看情況不妙，連忙收兵。由於呼延灼的人馬都是連環馬軍，馬只露出四隻馬蹄，人也只露出一雙眼睛並配有弓箭，所以宋江大軍根本不能靠近他們，只好鳴金收兵。呼延灼退後二十多里，安營紮寨。

宋江回到營寨，親自為彭玘鬆綁，以禮相待。彭玘成了俘虜，原以為自己會被殺，如今見宋江對他如此義氣，甘願入夥。宋江派人把他送回梁山，讓他安心養傷。

兩軍繼續交戰，宋江把人馬分成五隊，在兩邊設了伏兵，仍然命秦明為先鋒。呼延灼陣裡只有一千名步兵在搖旗吶喊，宋江心生疑惑，連忙策馬到前隊去觀望，突然聽到一聲炮響，隨後那一千名步兵忽然分成兩隊，放出三千連環馬軍。這三千連環馬軍共分一百隊，每隊三十匹馬，馬之間各用鐵環鎖在一起。宋江大驚，連忙叫人射箭抵擋，可是漫山遍野都是橫衝直撞的連環馬，根本抵擋不住。

梁山全軍一路潰逃，幸好李逵、楊林帶著伏兵殺出，護送眾人到了河邊。水軍將領已經

---

❷【槊（ㄕㄨㄛˋ）】古代的一種長矛。

❸【三尖兩刃刀】一種雙手用的長兵器，前端有三叉刀形，刀身兩面有刃。

備好船隻，把眾人救上了鴨嘴灘。宋江清點人馬，發現頭領們都安然無恙，小嘍囉們卻死傷過半。

呼延灼大獲全勝，派人回京城傳捷報，並請高俅派炮手凌振前來助戰。高俅非常高興，不但派出凌振，還派出使者慰問將士。

凌振善於製造火炮，他造的火炮能打到十四五里之外，火炮落的地方會發出天崩地裂般的巨響，因此人稱「轟天雷」。凌振受命來到呼延灼軍中，詢問了戰況，然後在水邊豎起風火炮、金輪炮和子母炮，隨時準備攻打山寨。

吳用聽說了這一情況，說：「我們山寨四面都是水泊，河汊很多，山寨離水又遠，即便他有飛天火炮，也打不到城邊。我們先捨棄鴨嘴灘小寨，看他怎麼行動，再商議對策。」

宋江等人剛離開鴨嘴灘小寨，山下就傳來三聲炮響，其中一個火炮正好命中鴨嘴灘小寨。眾頭領大驚失色。吳用說：「只有先抓住凌振才能商議如何破敵。」晁蓋安排李俊、張橫、張順、阮氏三兄弟一起去誘捕凌振。

六位頭領兵分兩路出發。李俊、張橫帶四五十名水軍悄悄來到對岸，推翻炮架，然後故意大聲吶喊。凌振聽見吶喊聲，連忙帶著風火炮和一千多名士兵趕了過來。蘆葦灘邊並排停著四十多隻小船，船上共有一百多名小嘍囉，他們看見凌振之後全都跳進水裡。朱仝、雷橫在對岸，一邊擂鼓一邊吶喊。凌振見了，帶領士兵上了岸邊的小船，逕直殺向對岸。凌振剛到江心，阮氏三兄弟就從水底鑽出來，抓住了凌振。士兵們或被淹死或被生擒，只有幾個人僥倖逃回去。

呼延灼得知了此事，急忙帶著人馬趕來。此時船已經過了鴨嘴灘，箭又射不著，呼延灼只好氣憤地回去了。

凌振被帶上山寨，宋江親自為他鬆綁。凌振感激宋江的不殺之恩，又聽彭玘讚揚宋江如何替天行道，也入了夥。

聚義廳上，宋江與眾頭領商議如何破解連環馬，湯隆說：「先朝曾經有人擺過連環馬陣，只有鉤鐮槍才能破解它，可是我只會打鉤鐮槍卻不會用。會用這鉤鐮槍的人只有我表哥徐寧，他的鉤鐮槍法是祖傳的，既適用於馬上也適用於地上，可謂神出鬼沒，因此人們都叫他『金槍手』。不過，徐寧是東京的金槍班教師，要請他上山並不容易，除非把他的雁翎甲偷來。這副鎧甲是他的家傳之寶，穿在身上又輕又穩，而且刀槍不入，徐寧視它如生命，用匣子裝了拴在臥室的梁柱上，從來不給人看。如果能把它偷來，我自有妙計讓他上山。」吳用說：「這有何難？只要時遷兄弟去走一趟就可以了。」湯隆對宋江說出讓徐寧上山的計策，宋江點頭叫好，安排時遷、湯隆等人負責偷甲，叫雷橫負責打造鉤鐮槍，派楊林等人去接彭玘和凌振的家人上山。

時遷可是偷盜的行家，他先熟悉了徐寧家的情況，然後悄悄地爬進院子，蜷縮在正屋

不到半個月時間，那六七百名士兵就能熟練使用鉤鐮槍了。宋江調集人馬，向呼延灼叫陣。

的房梁上。等徐寧一家人睡著之後，時遷用蘆管吹滅油燈，溜進臥室，輕輕地從房梁上解下皮匣子，又悄悄地溜走了。走了四十多里，迎面遇上戴宗。時遷讓戴宗把雁翎甲拿回山寨，他自己則拿著空匣子慢慢走。時遷又走了二十多里，碰到湯隆。湯隆吩咐他只在牆上畫白色圓圈的酒店歇息，然後直奔東京。

徐寧得知雁翎甲被盜，心裡十分苦悶。第二天，湯隆前來拜訪，徐寧連忙去迎接。兄弟二人多年不見，徐寧叫人擺了一桌酒菜，兩個人邊吃邊聊。徐寧掛念雁翎甲，所以言談之間透著憂鬱。湯隆連忙問他有什麼煩惱事。徐寧說起雁翎甲被盜之事，湯隆說他在路上見過一個身背羊皮匣子的人。徐寧追甲心切，連忙讓湯隆帶他去追那個人。一路上，湯隆只挑牆上畫有白色圓圈的酒店歇腳。徐寧向店家打聽，店家都說見過一個身背皮匣子的人。徐寧信以為真，被湯隆一步步引到梁山上。晁蓋、宋江、林沖、湯隆等頭領都向徐寧賠罪，請他入夥。徐寧擔心家人被連累，有些猶豫，這時只見妻子抱著孩子走到他身邊，雁翎甲也被送來，只好入夥了。

雷橫造好鉤鐮槍之後，徐寧挑選了六七百名精壯的士兵，教他們練習鉤鐮槍法。呼延灼每天到水邊叫陣，梁山都不應戰。

不到半個月時間，那六七百名士兵就能熟練使用鉤鐮槍了。宋江調集人馬，向呼延灼叫陣。呼延灼派出連環馬迎戰。梁山人馬見狀，都往蘆葦叢裡跑。呼延灼命令連環馬追趕。這時，埋伏在蘆葦叢裡的小嘍囉伸出鉤鐮槍，去鉤兩邊的馬腿。兩邊的馬被鉤倒，中間的馬都咆哮起來，把馬上的官兵摔落在地。撓鉤手鉤來官兵，小嘍囉負責把他們都綁起來。

呼延灼和韓滔見連環馬被破，官兵們潰不成軍，奪路而逃。韓滔被劉唐和杜遷活捉，在宋江的勸說下歸順梁山。呼延灼僥倖逃脫，可是不敢回京，只好去青州投奔與他有一面之緣的慕容知府。

第三十九回　群雄共聚梁山泊

呼延灼逃到桃花山腳下，住進一家酒店，沒想到他的烏騅馬竟被桃花山的強盜偷走了。他知道自己寡不敵眾，只好先去拜訪慕容知府。

慕容知府聽說呼延灼兵敗，御賜的馬也被偷走，建議呼延灼去掃平桃花山，奪回烏騅馬，再掃平二龍山和白虎山，之後他再向皇上舉薦呼延灼。呼延灼連忙拜謝慕容知府。

呼延灼一心想奪回烏騅馬，三天之後就帶著慕容知府撥給他的兩千兵馬來到桃花山。「小霸王」周通下山迎戰，與呼延灼打了幾個回合，敗下陣來，逃回山上。李忠連忙派人送信到二龍山，請智深和楊志幫忙。

此時，二龍山上的頭領除了智深、楊志、武松之外，還有「菜園子」張青、「母夜叉」孫二娘、「金眼彪」施恩和「操刀鬼」曹正。張青和孫二娘夫婦是經智深和武松多次邀請才上山入夥的。施恩是因為武松殺死張都監一家而被連累，連夜逃走並在二龍山入夥。曹正是自願入夥的。

這幾位頭領接到李忠的書信之後，考慮到江湖義氣，決定派楊志、智深和武松帶五百個小嘍囉去助戰。李忠得到消息，連忙帶著三百個小嘍囉下山接應，被呼延灼截住。就在這時，二龍山的人馬趕到。

智深見了呼延灼，大叫：「哪個是梁山兄弟的手下敗將？竟然來這裡嚇唬人。」呼延灼聽了，大怒：「我先殺了你這禿驢解解恨！」說完，策馬來戰智深。智深掄起禪杖迎戰，兩個人打了四五十個回合不分勝負，呼延灼不禁暗暗喝采：「這和尚真厲害。」這時，雙方鳴金收兵。呼延灼休息了一會兒，出陣說：「賊和尚！我們再較量較量，分出勝負。」楊志拍馬迎戰，也和呼延灼打成平手。

呼延灼正在為如何打敗智深和楊志而發愁，慕容知府突然派人請他帶兵回青州戒備，因為白虎山賊首孔明和孔亮要來攻打青州。

孔明和孔亮兩兄弟因為和本鄉的一個財主發生衝突，殺死了財主一家，聚集幾百人上了白虎山，靠打家劫舍為生。慕容知府對付不了他們，就把他們的叔叔孔賓關進了大牢。孔明和孔亮為了救叔叔，這才帶兵攻打青州。

呼延灼前兩次出師都失利了，當然不會錯過這次顯示本領的機會，於是使出渾身解數迎戰，活捉了孔明和許多小嘍囉。孔亮僥倖逃脫，偶遇武松，就和武松上了二龍山，向智深等頭領求助。楊志說：「攻打青州需要大批人馬，只有請梁山泊宋江等人幫忙了。」眾頭領都點頭表示同意。孔亮打扮成客商，帶著一個隨從連夜趕往梁山。

宋江聽孔明說了事情的經過，與晁蓋、吳用等頭領商量對策。晁蓋見孔明兩兄弟是仗義之人，又是宋江的好朋友，答應派兵助陣。

宋江帶著人馬來到二龍山，和智深、楊志等頭領互訴了傾慕之情，然後和他們一起商量如何攻打青州。楊志說：「孔亮走後，我和呼延灼又交過幾次手，沒有分出勝負。如今青州只有呼延灼一個人足以和我們抗衡，如果先捉了他，青州唾手可得。」吳用笑著說：「此人不可力敵，只可智取。」然後說出一條妙計。宋江聽了非常高興，立刻著手去準備。

第二天，宋江派人包圍了青州城，在城下叫陣。慕容知府慌忙請呼延灼商議對策。呼延灼披掛上陣。秦明手拿狼牙棍出陣，大罵知府：「狗官，你殺了我全家，我今天正好報仇雪恨！」慕容知府認得秦明，也大罵起來：「你身為朝廷命官，竟敢造反，一旦落在我手裡，我一定將你碎屍萬段！呼延將軍，先拿下他！」呼延灼應聲出陣迎敵，雙方打了四五十個回合不分勝負。慕容知府怕呼延灼有失，連忙鳴金收兵。

次日天還沒亮，有士兵報說北門外的土坡上有三個人騎著馬在偷看城裡。呼延灼猜測他們很可能是敵軍，連忙帶著人馬悄悄地出了北門，只見宋江、吳用、花榮三人正在偷看城裡。宋江等三人發現了呼延灼，掉轉馬頭就走，卻走得很慢。呼延灼奮力去追，追到幾棵枯樹旁邊，連人帶馬掉進陷坑，被綁了起來。花榮射倒前面的幾個官兵，其他官兵四散而逃。

呼延灼被押進山寨之後，宋江親自為他鬆綁，把他扶到椅子上，行了叩拜之禮，說：「小可宋江怎敢背叛朝廷？只是誤犯大罪，被貪官污吏逼上梁山，暫時借水泊避難，只等朝廷招安，沒想到冒犯了將軍，還請將軍恕罪。」呼延灼說：「我被你們捉住，就算你們殺了我也不為過，為什麼還向我道歉？」宋江說：「宋江怎敢殺了將軍？只是將軍如今損兵折將，一旦回去，高俅一定會怪罪你。如果將軍不嫌棄，就請入夥，等朝廷招安，到時再盡忠報國。」呼延灼聽了這番話，答應入夥。宋江非常高興，把踢雪烏騅還給了他。

呼延灼帶著十個假扮成士兵的頭領來到青州城下，假裝自己逃命回來了。慕容知府不知是計，連忙打開城門。秦明一棒把慕容知府打下了馬。其他頭領有的放火，有的救人。宋江看見城上起火，帶人衝進城裡，殺死慕容知府一家和官兵，救出孔明和孔賓，把錢糧大部分裝上車，小部分分給百姓，在青州府裡設宴慶賀，並請二龍山、桃花山、白虎山的頭領一同前往梁山泊。三山頭領連聲贊同，之後各自回山寨收拾人馬和錢糧，放火燒掉山寨，歸順了梁山泊。

晁蓋非常高興，大擺宴席慶賀呼延灼、魯智深、楊志、武松、施恩、曹正、張青、孫二娘、李忠、周通、孔明、孔亮這十二位新頭領入夥。

第四十回　智救雙傑

一天，智深對宋江說：「智深有個朋友叫史進，他是李忠兄弟的徒弟，如今在華州華陰縣少華山上和『神機軍師』朱武、『跳澗虎』陳達、『白花蛇』楊春共事，洒家非常想念他，想下山走一趟，請他們四個一起入夥。」宋江聽說過史進，也想請他入夥，就叫武松陪伴智深一起去。

朱武、陳達、楊春聽小嘍囉報說智深和武松來了，連忙下山迎接。智深沒有看到史進，急切地問：「史大官人呢？」朱武回答：「前一陣子，史大官人下山巡視，看見兩個防送公人押著一個配軍，就攔住了他們，那個配軍說他叫王義，是大名府來的畫匠，帶著女兒去廟裡還願時被本州的賀太守撞見，賀太守看中了他女兒玉嬌，不但搶了玉嬌當妾，還把他發配到邊遠地區。史大官人聽了，殺死兩個公人，又去刺殺賀太守，不幸被捉住，現在正在大牢裡關著。賀太守揚言要掃平山寨，我們正不知如何是好呢。」

智深聽說史進被捉，不顧眾人勸說，拿著禪杖和戒刀直奔華州城。朱武連忙派兩個小嘍

囉跟上去打聽消息。

智深來到城裡之後，碰巧在一座浮橋上遇到了賀太守。賀太守見智深面露殺機，以施齋為名把他騙進府裡，命令手下捉住了他，對他嚴刑拷打，得知他是來搭救史進的梁山賊寇，把他關進了死牢。

小嘍囉得到消息，連忙回去向朱武稟報。武松急得不知所措，正好戴宗趕了過來。原來，宋江擔心他們遇到麻煩，叫戴宗跟來打探消息。戴宗聽說史進和智深被捉，連忙施展「神行法」回梁山報信。

晁蓋得報，大吃一驚，說：「我親自去救他們。」宋江說：「哥哥是山寨之主，不能輕易下山，還是讓小弟代勞吧。」

宋江點齊人馬來到少華山。華州城城高塹深，難以攻克。眾頭領正在發愁時，小嘍囉報說朝廷派太尉宿元景來西嶽華山上香，宿太尉現在已經到渭河了。吳用說：「哥哥不用煩惱，我已經有了破敵之計。」說完，吩咐一些頭領守住渭河渡口。

第二天，三艘官船來到渭河渡口，其中一隻船上插著一面黃旗，旗上寫著「欽奉聖旨西嶽降香太尉宿」。梁山頭領伺機而動，攔住了官船的去路。官船裡跳出二十幾個虞候，其中一個說：「你們是什麼人？竟敢攔截朝廷命官！」宋江連忙行禮。吳用說：「梁山泊義士宋江特請太尉上岸議事。」對方回答：「太尉乃朝廷命官，與你們這夥賊寇有什麼好商量的。」宋

林沖等頭領攻下城池，救出了智深和史進。

江說：「如果太尉不肯與我相見，只怕會驚動太尉。」朱仝把旗子一招，埋伏在渭河渡口的梁山兵馬立刻現身。眾虞候慌了，連忙走進船艙報告宿太尉。宿太尉只好跟著梁山義士來到少華山上。宋江說他有兩個兄弟被關在華州城裡，他想向宿太尉借來御賜的金鈴吊掛等上香器具，假扮成宿太尉去救他的兩個兄弟。宿太尉見梁山眾人表面很客氣，其實由不得他拒絕，只好點頭應允了。

梁山義士假扮成宿太尉一行人，來到西嶽廟。廟祝❶見他們有御賜的金鈴吊掛等器具，連忙派人去請賀太守前來。

賀太守心思縝密，怕他們是梁山賊寇假扮的，先派了一個官員來打探虛實。那個官員看到他們的金鈴吊掛、各項公文都是真的，於是就沒有懷疑他們。

賀太守聽說他們真是欽差，連忙帶著三百多名官兵來到西嶽廟。吳用攔住他們，說：「太尉在此，閒雜人不得靠近，只請太守一個人上前說話。」說完，帶領太守往裡走，然後吩咐解珍和解寶殺了太守。接著宋江一聲令下，那三百多名官兵也被殺死。

林沖等頭領攻下城池，救出了智深和史進。

宋江歸還了物品，贈了很多金銀財寶給宿太尉，然後把他送到渭河渡口。宿太尉得知梁山兵馬洗劫了華州城，寫了文書呈報中書省：「宋江劫走金鈴吊掛，騙知府到廟裡，殺死知府。」然後到西嶽廟焚了御香，把金鈴吊掛交給廟祝❶，日夜兼程趕回東京。

少華山上的四位好漢收拾好錢糧，放火燒毀山寨，帶著小嘍囉上了梁山泊。

晁蓋聽說眾頭領勝利歸來，連忙下山迎接，然後設宴慶賀新頭領加入。席間，晁蓋說：「三天前，朱貴上山報說徐州沛縣芒碭山上有一夥強人揚言要來吞併我梁山泊大寨。這夥強人共有三千人，大頭領名叫樊瑞，能呼風喚雨，用兵如神，人稱『混世魔王』。二頭領名叫項充，善於使用鐵標槍和盾牌，他的盾牌上插著二十四把飛刀，能夠準確擊中百步以內的目標，人稱『八臂哪吒』。第三個頭領名叫李袞（ㄍㄨㄣˇ），善於使用寶劍和盾牌，也很會使

---

❶【廟祝】寺廟裡管理香火的人。

用飛刀，人稱『飛天大聖』。如今公明賢弟回來了，我們正好商議如何對付他們。」宋江聽了，大怒：「這夥賊人竟敢如此無禮，我下山走一趟。」史進連忙站了起來，說：「我們剛到山寨，還沒有機會立功，願意帶領人馬去剿滅他們。」宋江非常高興，命令史進、朱武、陳達和楊春四位頭領帶兵出征。

史進等四人來到芒碭山，本想大戰一場以顯示自己的威風，沒想到初次交戰就敗下陣來。史進差一點兒中了飛刀，楊春棄馬而逃，梁山人馬折損過半，幸虧宋江及時趕來接應。公孫勝擺出諸葛亮當年所擺的八陣法，活捉了項充和李袞。宋江以禮相待，並邀請他們上山入夥。他們早就聽說過宋江仗義疏財，如今見宋江果然情深義重，就答應了，並主動請求去勸樊瑞歸降。宋江設宴為他們餞行。他們很感激宋江，回到山寨，極力勸說樊瑞入夥。樊瑞也很佩服宋江，又見梁山泊兵多將廣，就聚集人馬，燒毀寨柵，歸順了宋江。

第四十一回　晁蓋陣亡

宋江平定芒碭山，帶著收服的三位猛將回到梁山腳下。

眾人正準備上船回山寨時，一個大漢跑到宋江面前就拜。宋江連忙扶起他，問他是誰。那個大漢說：「小人名叫段景住，因為長著紅頭髮、黃鬍子，人稱『金毛犬』。小人靠偷馬為生，今年春天僥倖偷到大金王子的『照夜玉獅子馬』。這馬渾身雪白，能夠日行千里，小人本想把它當成入夥見面禮獻給『及時雨』宋公明的，可是小人經過凌州西南的曾頭市時，那匹馬卻被『曾家五虎』搶走了。小人說那馬是梁山泊宋公明的，沒想到那些人不但不還馬，還出言不遜。小人不敢和他們爭執，只好來到這裡。」宋江看他雖然瘦小但也儀表不凡，把他帶回了山寨。

晁蓋設宴慶賀四位新頭領的到來。

段景住再次提起那匹玉獅子馬，宋江讓戴宗去曾頭市打聽那匹馬的下落。四五天後，戴宗回來說：「那匹馬現在是曾頭市教師史文恭的坐騎。曾頭市共有三千多戶人家，其中一家

名叫曾家府，戶主曾弄原本是大金國人。『曾家五虎』都是曾弄的兒子，老大叫曾塗，老二叫曾密，老三叫曾索，老四叫曾魁，老五叫曾升。史文恭是他們五兄弟的師傅。他們五兄弟還有一位師傅叫蘇定。他們五兄弟非常可恨，編了幾句順口溜讓街上的孩子傳唱：『搖動鐵環鈴，神鬼盡皆驚。鐵車並鐵鎖，上下有尖釘。掃蕩梁山清水泊，剿除晁蓋上東京！生擒及時雨，活捉智多星！曾家生五虎，天下盡聞名！』」晁蓋聽了，大怒：「這些畜生，竟敢如此無禮！我要親自下山，不捉住這些畜生絕不回山！」宋江說：「哥哥是山寨之主，不能輕易下山，就讓小弟替你去吧。」晁蓋說：「賢弟剛剛征戰回來，需要好好休息。」宋江苦苦相勸，晁蓋依然不聽，調集了五千人馬，吩咐林沖、呼延灼、徐寧等二十位頭領與他一起出征。

宋江、吳用、公孫勝等頭領在金沙灘為他餞行，忽然一陣狂風攔腰吹斷了戰旗。吳用說：「哥哥剛要出征，風就吹斷了戰旗，可見出師不利，哥哥還是改日再出征吧。」晁蓋說：「這有什麼好奇怪的！我一定要去一趟，你們都別阻攔我。」

宋江始終不能安心，派戴宗去打探消息。

晁蓋率領人馬在曾頭市附近安營紮寨。第二天天剛亮，兩軍在曠野裡擺開陣勢。曾家五虎全副武裝來到陣前。史文恭騎著玉獅子馬，身背弓箭，手執方天畫戟上陣。三通鼓響以後，曾家陣裡推出幾輛囚車，老大曾塗揚言要活捉梁山賊寇。

晁蓋大怒，策馬直奔曾塗。眾頭領怕晁蓋有危險，率領人馬跟了上去。兩軍混戰，各自

晁蓋大驚，連忙帶領人馬奪路而逃，轉過兩個彎時，胸前中了一箭，從馬上摔了下來。

都損傷了許多人馬，不分勝負。晁蓋收兵回營後，悶悶不樂，眾頭領都來安慰他。

此後三天，任憑晁蓋軍如何叫陣，曾家府人馬都堅守不出。

第四天，忽然有兩個和尚來投奔晁蓋，並對晁蓋說：「我們是城東法華寺的僧人。曾家五虎經常去寺裡攪擾我們，還跟我們索要錢財，讓我們受盡了屈辱。我們熟悉曾家府的情況，願意帶你們去剿滅曾家，為百姓除掉這個禍害！」晁蓋非常高興，立刻調集人馬要跟兩個和尚走。林沖勸晁蓋說：「哥哥，小心有詐！」晁蓋求勝心切，根本不聽勸告，吩咐林沖帶一半人馬在寨外接應，自己和呼延灼等頭領帶著另一半人馬來到法華寺。

晁蓋到了法華寺，沒有看見一個和尚，連忙問帶路的和尚是怎麼回事。帶路的和尚回答：「僧人無法忍受曾家的騷擾，都還俗了。」晁蓋信以為真。當晚大約三更時分，晁蓋跟著帶路的和尚前去攻打曾家府北寨。走了不到五里路，兩個和尚忽然消失在黑影裡。呼延灼連忙命令人馬原路返回，剛退了不到一百步，四周忽然鑼鼓喧天，火把通明，亂箭如雨。晁蓋大驚，連忙帶領人馬奪路而逃，轉過兩個彎時，冷不防中了一箭，從馬上摔了下來。眾頭領拼死殺出一條血路，救走了晁蓋。

眾頭領把晁蓋扶回營帳，拔出晁蓋身上的箭，只見箭上有「史文恭」三個字。林沖叫人拿金瘡藥[1]給晁蓋敷上，才發現晁蓋中的是毒箭。這時，晁蓋已經說不出話來。林沖見晁蓋傷勢沉重，連忙派阮氏三兄弟、杜遷和宋萬把晁蓋送回山寨，剩下的頭領繼續堅守陣地。當天夜裡，曾家又派了四五路人馬殺來。林沖無心戀戰，命令所有人馬邊戰邊退，退了五六十里才擺脫追擊。

眾人回到梁山泊時，晁蓋已經水米不進，渾身浮腫。宋江守在床邊痛哭，其他頭領都來看望晁蓋。當夜三更時分，晁蓋覺得自己快不行了，囑咐宋江：「賢弟，誰能捉住射死我的人，誰就是梁山寨主。」說完就咽了氣。宋江見晁蓋去世，像失去父母一樣放聲痛哭。接下的幾天，宋江都帶著眾頭領為晁蓋辦理喪事，根本無心管理山寨事務。

厚葬晁蓋之後，眾頭領推舉宋江擔任新寨主。宋江說：「晁天王臨死時吩咐過，由捉住史文恭的人擔任寨主，如今晁天王屍骨未寒，眾兄弟怎能忘記他的囑託？」吳用說：「晁天王雖然如此說了，可是如今山寨無人管理，還請哥哥暫居寨主之位，等捉住了史文恭再說。」宋江推脫不掉，只好說：「既然眾兄弟如此說了，那麼小可就暫居梁山泊主之位，一旦有人捉住史文恭，我就讓位於他。」李逵聽了，不耐煩地說：「不要說是梁山寨主了，哪怕是大宋皇帝，哥哥也能做。」宋江呵斥他說：「你又胡說！如果你再這樣，我就割下你的舌頭。」李逵沒敢再多言。

宋江坐上第一把交椅之後，重排眾義士的座次，把議事的聚義廳改名為「忠義堂」，堂前豎起杏黃色的「替天行道」大旗，四周增設四個旱寨，後山增設兩個小寨，前山增設三座關隘，山下增設一個水寨，兩灘增設兩個小寨，按眾頭領的專長分配他們去鎮守各寨。

自從宋江當了梁山泊主之後，山寨管理更加井井有條，大小頭領心裡都非常高興。

❶【金瘡藥】主治因刀斧或跌打而受傷的藥。

第四十二回　盧俊義上當

大名府龍華寺的雲遊高僧偶然經過梁山泊，宋江請他來做道場，追思晁蓋的功德。

宋江和高僧閒談時，隨口問起北京的風土人情，高僧說：「頭領不知道『玉麒麟』嗎？」宋江一聽，猛然想起了這個人。這個人名叫盧俊義，祖居北京，相貌出眾，武藝高超，人稱「玉麒麟」，是北京城數一數二的富商兼賢士。宋江對吳用說：「如果我們山寨能夠得到這個盧員外，就不用害怕官兵了。」吳用笑著說：「這有何難！小弟只要略施小計，就能騙他上山，只是還需要一個相貌奇特的幫手。」

李逵毛遂自薦。吳用說：「你要是想跟我一起去，必須答應我三件事。」李逵回答：「不要說三件，就是三十件也行。」吳用說：「好。第一不許喝酒，第二要假扮成道童，第三不准開口說話。」李逵說：「做道童、不讓喝酒也就罷了，竟然還不讓我說話，那不是要憋死我？」吳用說：「你一開口就會惹事。」李逵說：「這個也容易，我在嘴裡銜一文銅錢就可以了。」

在去大名府的路上，李逵難免惹是生非，把吳用氣得夠嗆。到了大名府，兩個人在城外的酒店裡安身。當晚，店小二做飯遲了一會兒，李逵一拳打得店小二口吐鮮血。吳用知道之後，對李逵說：「你這傢伙，路上已經快氣死我了，如今已經到了大名府，你若是再這樣，一定會送掉我的性命！到了城裡，我要是對你搖頭，你就立刻安靜下來，記住了。」李逵總算知道輕重，連忙答應了。

第二天，吳用假扮成算命先生，李逵假扮成道童，二人以算卦為名進了城。吳用故意招搖過市，一邊搖鈴一邊大喊：「知生，知死，知貴，知賤。要問前程，賜銀一兩。」李逵搖搖晃晃地跟在後面，他憨傻的模樣引得許多小孩子都追著他哄笑。

經過盧員外家時，吳用故意在門口走來走去，追著他們哄笑的小孩子更多了。盧員外聽到街上一片喧鬧，問家丁發生了什麼事，家丁如實回答了。盧俊義說：「這個人既然敢收取一兩卦金，說明他有本事，快請他進來。」

吳用進去了，盧俊義問：「先生是哪裡人？尊姓大名？」吳用回答：「小生名叫張用，山東人，能推算人的生死貴賤，但是需要收取一兩白銀作為卦金。」盧俊義付了一兩銀子，說：「君子問災不問福，請先生推算一下盧某現在的運勢。」吳用問了盧俊義的生辰八字，取出鐵運算元，在桌子上擺弄了一會兒，大叫：「怪了！」盧俊義大吃一驚，連忙問卦象吉凶。吳用說：「請員外恕我直言！員外一向交好運，單單今年時運不濟，百日之內必定會死於刀劍之下。」盧俊義不信。吳用站起來仰天長歎：「貧道原本還想為員外化解災禍，沒想到天下人都只喜歡聽好話。果然是忠言逆耳啊！罷了，罷了，貧道告退。」說完，吳用放下卦金就走。盧俊義見狀，倒有些信了，連忙向吳用賠禮道歉，並向吳用請教破解之法。吳用仔細推敲一番，說：「除非往東南方向走一千里，否則無法避免這場災禍。員外命裡有四句卦歌：『蘆花灘上有扁舟，俊傑黃昏獨自遊。義到盡頭原是命，反躬逃難必無憂。』請員外把它寫在牆上，等日後應驗了，也能顯出小生的能耐。」盧俊義連忙叫人取來筆墨，親自在牆上寫下那四句卦歌。吳用和李逵回到酒店，對李逵說：「事情辦妥了，盧員外早晚會上梁山。我們連夜趕回去，準備迎接盧員外的到來。」

吳用離開之後，盧俊義每天都揣摩那四句卦歌的意思，越揣摩越不安，就叫來心腹，說他決定去東南方的泰山走一趟，一則可以去那兒燒香拜佛，以求消災避禍；二則可以做些買賣，順便觀賞一下沿途的風景。

都管李固說：「常言道：『賣卜賣卦，轉回說話。』還請員外安心待在家裡，不要聽那算命的胡言亂語。」都管李固原本是東京人，來北京投奔朋友不成，凍暈在盧員外家門口。盧員外救了他，見他勤快、謹慎、會寫會算，就把家務交給他管理，後來又提拔他做了都管，讓他主管所有事務。盧俊義聽了李固的話，說：「我命中注定有此一劫，如果不去避禍，到時後悔都來不及了，你不要阻攔我。」

心腹燕青說：「主人，去泰山時正好經過梁山泊。聽說近年來那裡被宋江一夥強人霸佔，連官府都奈何不了他們，說不定那個算命先生就是他們派來煽惑主人的，目的就是騙主人上山，還請主人三思。」燕青是北京人，從小父母雙亡，是盧員外把他養大的，人稱「浪子」。他有一身漂亮的花繡，箭術高超，精通吹彈歌舞和文字遊戲，又聰明伶俐，深得盧俊義喜愛。

盧俊義的夫人賈氏說：「你若是聽信那算命的胡說，撇下偌大的家業不管，非要去龍潭虎穴做買賣，那麼你我整天都會擔驚受怕，你還是待在家裡為好，不會有事的。」任憑眾人再怎麼勸說，盧員外都不聽，堅持要在三天之內起程。他安排李固和他同行，燕青留下來看家護院。

李固只好吩咐眾僕人打點十車貨物，和盧俊義一起出發了。

盧俊義一行走了幾天，來到梁山泊附近的一片樹林裡，突然被八九百個小嘍囉攔住了去路，一行人嚇得驚魂未定。

這時，李逵從樹林裡跳出來，說：「盧員外，認得啞道童嗎？你中了俺軍師的妙計，快上山坐一把交椅吧！」盧俊義認出了李逵，猛然醒悟，氣得火冒三丈，拿起朴刀衝向李逵。李逵和他打了兩三個回合，轉身離開了。盧俊義追了過去。

智深迎面走來，大叫：「員外，我奉軍師之命接你上山。」盧俊義舉起朴刀直奔智深。

智深和他打了兩三回合，也轉身離開了。隨後，武松、劉唐、穆弘、李應等頭領先後來應戰，可是都打了兩三回合就走。盧俊義不慌不忙地迎戰，鬥了一身汗，不想再追了，就走出樹林，發現僕人和車隊都被小嘍囉們劫持了，連忙追了上去。追了一會兒，只聽山頂有人擊鼓吹笛，隨後有一群人跟他打招呼：「員外，別來無恙！」盧俊義抬頭一看，只見算命先生和幾位頭領帶著幾十個小嘍囉站在山頂。盧俊義對著山上大罵。吳用說：「宋公明哥哥久慕員外威名，特命吳用親自登門請員外上山，和我們一起替天行道。」盧俊義回答：「草賊，你竟敢騙我！」花榮聽了，一箭射中盧俊義帽子上的紅纓。盧俊義吃了一驚，轉身逃走，逃到鴨嘴灘時，忍不住對著茫茫的水面長歎：「是我不聽好人言才落得這個下場！」李俊假扮成漁夫撐船過來，把盧俊義騙上船，和三阮、張順一起擒住了他。

盧俊義被帶到山寨裡，宋江親自給他鬆綁，請他入夥。盧俊義堅決不肯，宋江只好作罷，請他暫時在山上住一陣子。盧俊義不好意思再推辭，只好答應了。吳用怕盧俊義擔心家人，派李固帶領車隊回去報平安，私下裡卻對李固說：「盧俊義已經決定留在山上坐第二把交椅了。他上山之前，就在家裡的牆上寫了藏頭反詩，每句詩的頭一個字連起來讀就是『蘆（盧）俊義反』。我本想殺了你們，又怕別人說我們不仗義。你們趕緊下山吧。」說完，吳用還給了他們一些銀子。

李固等人連忙逃回北京。

第四十三回　攻克大名府

宋江和眾頭領對盧俊義禮遇有加，再三勸他坐梁山的第一把交椅。盧俊義是個富商，自然不願意落草為寇，在山上住了一個多月之後，堅持要回去。宋江等人不好強留，只好送他下山了。

盧俊義思家心切，幾天之後就到了北京。在城外，盧俊義遇到衣衫襤褸的燕青。燕青看到盧俊義，跪在地上就哭。盧俊義看燕青這副模樣，大吃一驚，連忙問燕青出了什麼事。燕青說：「李固回來之後，對娘子說主人已經歸順了梁山泊，然後去官府告發了主人。如今他和娘子已經做了夫妻，嫌燕青礙事，把燕青趕出了家門。燕青深知主人不會落草，所以在城外乞討為生，只等主人回來。主人千萬不要回去，否則必定被捉。」盧俊義不相信賈氏是那樣的人，非要進城看個究竟。燕青痛哭失聲，抱住盧俊義不放，被盧俊義一腳踢倒在地。

盧俊義剛回到家，就被官府以「謀反」罪捉住。原來，賈氏怕被盧俊義連累，並沒有反對李固報官，只希望盧俊義能夠盡快認罪。李固早就對賈氏心懷不軌，為了長期霸佔賈氏和

盧俊義的萬貫家財，用五百兩銀子買通了押牢節級兼劊子手蔡福、押獄蔡慶，讓他們悄悄除掉盧俊義。蔡福殺人手段高強，人稱「鐵臂膊」。蔡慶是蔡福的弟弟，喜歡戴一枝花，人稱「一枝花」。他們兄弟倆都是幹殺人、行刑、看牢子這一行的。幸虧柴進及時趕來，用一千兩銀子買通了蔡福和蔡慶。蔡福上下打點了一番，知府判盧俊義脊杖四十、刺配三千里之外，派董超、薛霸兩個公人押送。原來，董、薛二人當初害林沖不成，被高太尉發配到了北京。他們倆收了李固的銀子，故伎重演，燙得盧俊義滿腳都是燎泡，途中正準備對盧俊義下毒手，被悄悄保護盧俊義的燕青射死。盧俊義和燕青無路可走，只好趕往梁山。官差認出董、薛二人身上的箭是燕青的，連忙報告了知府。知府派人貼出告示，追捕盧俊義和燕青。

燕青背著盧俊義走了十幾里路，又累又餓，投宿在一家小酒店裡。店主見他們是通緝犯，偷偷報了官。當時燕青出去打野味了，盧俊義腳疼得走不了，被官府捉走。燕青得知主人被捉，連忙趕往梁山求援，途中遇到楊雄和石秀，就跟他們說了盧俊義的事。楊雄讓石秀去北京打聽消息，自己領著燕青前往梁山泊。

石秀來到北京，打聽到盧俊義當天午時三刻會被斬首，連忙趕到法場，奮不顧身地去救盧俊義，終因寡不敵眾而被擒。

宋江得知盧俊義和石秀雙雙被擒，大吃一驚，當即在忠義堂上擂鼓集眾。宋江對軍師吳用說道：「當初軍師好意，請盧員外上山共事，如今卻害了盧員外，還連累了石秀兄弟，這可如何是好？」

吳用答道：「哥哥放心，我心中有數。我們不如趁此機會攻打北京，取些錢糧，以供山寨之用。明天是個吉日，請哥哥留一半頭領守寨，其餘盡隨我等去攻打北京城。」宋江當即應允。

一聽有仗可打，李逵早已按捺不住，連連喊著要打頭陣。宋江說道：「兄弟不可莽撞，這北京城非比尋常，那守城的梁中書是蔡太師的女婿，手下又有李成、聞達等猛將，切不可輕敵。」李逵聽了怒道：「哥哥怎麼盡長別人志氣滅自己威風！我若敗了，誓不回山！」吳用看他信心十足，便分他五百好漢，讓他下山打頭陣。

當晚宋江和吳用調兵遣將，派出孔明、孔亮、扈三娘、孫二娘、史進、秦明等頭領，各率幾千兵馬，浩浩蕩蕩下山攻城。

梁中書聞訊，連忙派出李成、聞達、索超帶領上萬兵馬迎戰。梁山將士們多日沒有動兵，早就憋足了勁兒，如今又是為了營救自家兄弟，打起仗來，個個英勇異常。李成三人哪裡是他們的對手，剛一交戰，就連連敗退，只得退守城中。

梁中書見勢頭不妙，連忙寫信向蔡太師求助。蔡太師接到消息，召眾議事，帳下有個叫宣贊的，說自己認識一人，乃是漢末關羽嫡派子孫，名叫關勝，使一口青龍偃月刀，且熟讀兵書，有萬夫莫敵之勇。蔡太師聽後忙派宣贊去請。

宣贊不僅請來了關勝，還請來了關勝的結拜兄弟郝思文。兩人率領一萬五千人馬，離了東京，直奔梁山泊而去。

且說宋江眾人駐在北京城前，久攻難下，又忽聞神行太保戴宗報信，說蔡太師派了猛將關勝率軍直奔梁山泊而去，宋江一聽頓時亂了陣腳。一旁的吳用忙上前安撫說：「哥哥不必驚慌，如倉促回山，陣營必亂，我且帶領幾隊人馬急行軍，去飛虎峪埋伏，再留兩隊人馬駐守，以防北京城內有人從後方突襲。」

宋江聽從了軍師的計策，帶領林沖、花榮、秦明等好漢前去截擊關勝。兩軍相遇，林沖、秦明二人同關勝鬥在一起，一時難分勝負。宋江見關勝一表人才，又十分勇猛，心生傾慕，忙喝住兩名將領，上前想要勸降關勝，關勝哪裡肯聽，雙方又打了一場才各自收兵。

當晚吳用想出一計，讓呼延灼偷偷去到關勝帳中，以投降為名，取得關勝信任。呼延灼得手後，哄騙關勝夜襲宋江營地，結果將關勝帶入提前設好的埋伏之中，關勝再勇猛，也只能束手就擒。之後林沖、花榮擒獲了郝思文，秦明、孫立降服了宣贊，在曉以大義之後，幾人最終都歸順了宋江。

第二日索超領兵來戰，當時正值烏雲密布，大雪紛飛。吳用便心生一計，派人偷偷在城外挖下陷阱，上覆土雪，再派李俊、張順前去誘敵。索超是個急性子，見到對方敗逃，策馬狂追，一下連人帶馬跌進坑裡，活活被擒。宋江在中軍帳上親自為索超解縛，並置酒相待，索超就此也入了夥。

不久宋江突然背後長瘡，臥床不起，多虧張順披星戴月趕去江南，請來了神醫安道全，才算救下了宋江一命。待病情減輕之後，宋江想起仍身陷囹圄的盧俊義和石秀二人，便又起了攻打北京城的念頭。吳用道：「病未痊癒，不宜出征。吳用願領兵去救盧員外和石秀兄弟。」宋江只好答應。

吳用領兵來到北京城外。他與眾將議定在元宵節之夜先派一些兄弟假扮城外居民以及小販、獵人等進城觀燈，待二更時分，時遷登上翠雲樓放火為號，自己再帶領八路大軍同時攻城。元宵之夜，二更時分，時遷在翠雲樓上放起大火。城裡城外人馬見了，同時行動：柴進打進監牢放出盧俊義和石秀；燕青回家殺了李固夫妻；那些假扮的獵人和觀燈的「百姓」都拿起武器搶奪城門。

由於城裡梁山泊好漢的配合，吳用很快攻進城內。梁中書在聞達和李成的保護下逃出城去，直到梁山泊兵馬退走才回到北京。

吳用、盧俊義等回到梁山泊。宋江請盧俊義為山寨寨主，盧俊義不肯。宋江再三拜請，李逵嚷道：「哥哥若讓別人做了山寨之主，我就要殺人。」武松也大為不滿，說：「哥哥只管讓來讓去，冷了弟兄們的心。」

關勝等人走後，吳用派林沖、楊志、孫立等頭領帶著五千人馬去助戰。

李逵道：「我看哥哥做皇帝，叫盧員外做宰相，我們都當大官，殺去東京奪了鳥位，卻不強在這裡亂扯。」吳用乘機說道：「先叫盧員外休息，等日後有功再議讓位不遲。」大家聽罷點頭同意。

梁中書僥倖逃脫，聽說梁山人馬撤退了才敢回去，立即派人向蔡太師稟告消息。蔡京大怒，向徽宗奏明了此事，舉薦凌州團練使「聖水將軍」單廷珪（ㄍㄨㄟ）和「神火將軍」魏定國去攻打梁山。徽宗准奏。

宋江得到消息，連忙召集眾頭領商量對策。關勝站起來說：「我和單廷珪、魏定國有些交往，願意帶領五千人馬去凌州勸他們歸順，如果他們不肯投降，我就把他們捉來。」宋江很高興，派宣贊和郝思文跟關勝一起去。關勝等人走後，吳用派林沖、楊志、孫立等頭領帶著五千人馬去助戰。

李逵也要去，宋江不准。李逵說：「我一閒下來就會生病！你不派我去，我就自己去。」宋江呵斥他說：「你要是不聽我的命令，我就割下你的腦袋！」李逵聽了，只好悶悶不樂地走了。第二天，李逵帶著兩把板斧私自下了山，直奔凌州。

單、魏二人果然厲害，帶領眾人活捉了宣贊和郝思文。凌州太守非常高興，連忙派人押送宣贊和郝思文進京邀功。

李逵在路上遇見一個大漢，那個大漢多看了李逵幾眼，李逵就和他打了起來，結果連摔了兩跤。李逵自知不是他的對手，爬起來就走。那個大漢叫住李逵，問清了李逵是誰，對著李逵就拜。原來那個大漢名叫焦挺，世代以相撲❶為生，為人不講情面，人稱「沒面目」，也因此無人肯收留他。他很早就想投奔梁山，只是苦於沒有門路，如今見了李逵，急忙請李逵帶他上山，並向李逵推薦了寇州枯樹山上殺人如麻的「喪門神」鮑旭。

李逵和焦挺上枯樹山說服了鮑旭，三個人正準備去凌州，正好遇上押送宣贊和郝思文的

---

❶【相撲】一種類似摔跤的體育活動，秦漢時期叫「角牴」，南北朝到南宋時期叫「相撲」，大約在唐朝時傳入日本，由兩名大力士裸露上身徒手相搏，較量武力。

隊伍，就劫了囚車。眾頭領商量了一番，決定一起趕往淩州助陣。

單廷珪和魏定國得知囚車被劫，大怒。單廷珪爭先出城與關勝交戰，被關勝捉住後，歸順了梁山泊。

魏定國聽說單廷珪已經投降，怒氣沖沖地領兵出戰，只見淩州城裡硝煙瀰漫，原來是李逵等人攻破了淩州北門。魏定國首尾不能相顧，只好逃往中陵縣，任憑關勝等人再叫陣都閉門不出。

單廷珪對關勝、林沖等頭領說：「此人寧死也不願受辱，為免雙方大動干戈，小弟願意去勸他投降。」關勝很高興，連忙叫單廷珪去了。

單廷珪單槍匹馬求見魏定國，魏定國才露面。單廷珪對他說：「如今奸臣當道，民不聊生，宋江等人替天行道，百姓無不稱頌，將軍不妨暫時歸順梁山，等日後奸臣退位了，再為國效力。」魏定國說：「要我投降也可以，除非關勝親自來勸降。」單廷珪回去如實報告關勝。關勝單槍匹馬而去。林沖說：「兄長，人心難測，還是小心行事為好！」關勝說：「我們是老朋友了，不要緊的。」

魏定國見關勝果然親自來勸降，甘願歸順，化解了一場干戈。

第四十四回　活捉史文恭

關勝一行人得勝歸來，剛過金沙灘，只見段景住氣急敗壞地向他們跑來。林沖問段景住：「你不是和楊林、石勇去北方買馬了嗎？」段景住回答：「我們買了兩百多匹好馬，路過青州時卻被『險道神』郁保四一夥人打劫了。他們搶走了所有的馬，把馬都送到了曾頭市。石勇和楊林不知去向，小弟連夜逃回來報信。」說完，跟著關勝一行人回到了山寨。

宋江見山寨裡又多了四位好漢，非常高興，後來聽說馬匹被奪，大怒：「上次奪我馬匹，射死我晁天王哥哥，我們還沒來得及報仇，這次又來挑釁，我要是再不剿滅他們，豈不讓人笑話？」吳用也同意出征，並派時遷去打探消息。

過了兩三天，楊林和石勇逃回山寨，說史文恭揚言與梁山泊勢不兩立。宋江聽了，怒不可遏，當時就要起兵。吳用連忙說：「還是等時遷探聽到消息之後再出兵為好。」宋江答應了，並派戴宗繼續去打探消息。

為了替凌州報仇，曾頭市增設了東、西、南、北、中五個大寨，派「曾家五虎」和蘇定把守。史文恭把守總寨。郁保四奪來的那些馬都在法華寺裡養著。

吳用得知這個消息，派出五路人馬分別攻打五寨。盧俊義說：「盧某多虧各位好漢救上山來，願意領兵去打曾頭市，以報答各位好漢。」宋江正想讓他立功，以便將來讓位於他，就讓他去打頭陣。吳用連忙勸阻說：「員外剛上山寨，還沒有打過仗，不適宜當先鋒，還是帶領一隊人馬埋伏在平地上，接應我軍人馬為好。」宋江聽了，讓盧俊義和燕青帶領五百名步兵埋伏在小路邊。

梁山兵馬到了曾頭市，兩軍開始交戰。經過多次交戰，梁山泊的李逵、秦明受傷，曾家的曾塗、曾索先後被殺。曾弄失去兩個兒子，痛苦不已，無心再戰，連忙叫史文恭寫信求和。史文恭也有些害怕，派人送了一封信給宋江。

宋江撕碎書信，氣憤地說：「你們殺了我兄長，我是不會善罷甘休的！」吳用勸解說：「兄長，我們和曾家交戰，無非是因為我們生曾家的氣，既然曾家派人來講和，那我們也不能因為一時之氣壞了大義。」宋江聽了，寫了一封回信，要求曾家歸還所有馬匹和郁保四，否則絕不甘休。曾弄派人傳話：「想要郁保四，需要派一個人去當人質。」吳用派時遷、李逵、樊瑞、項充和李袞一起去當人質，並對他們耳語了一番。

史文恭見了他們五人，說：「吳用派他們五個人前來，說不定有什麼陰謀。」李逵聽了，揪住史文恭就打。曾弄一心求和，連忙勸住史文恭，派曾升帶著郁保四和梁山泊被劫的兩百多匹馬去講和。那匹玉獅子馬由史文恭騎著，沒有歸還。宋江幾次派人去討要那匹馬，史文恭都捨不得給，還說：「只要他立刻退兵，我就把馬還給他。」

青州、淩州派了兩路兵馬來援助曾頭市。宋江說：「要是史文恭知道有官兵來援助他，一定會變卦的。」說完，派出兩路人馬去攔截官兵，然後悄悄地叫來郁保四，好言撫慰他：「你要是跟我們合作，就能上山當個頭領，也不必再為奪馬一事擔心；你要是不肯合作，到時我們攻破了曾頭市，你只有死路一條。」郁保四聽了，情願投降。宋江跟他耳語了一番，然後放他走了。

郁保四回到曾頭市，對史文恭說：「我和曾升探聽到了實情，我偷偷地跑了回來。原來宋江只想要回玉獅子馬，根本無心講和，如今聽說青州和淩州派兵來了，非常害怕。我們正好可以趁此機會用計抓住他們。」

史文恭聽了，信以為真，連忙帶郁保四去見曾弄，主張當晚就去偷襲梁山泊軍馬大營。曾弄說：「我兒子曾升還在那裡當人質，如果我們去偷襲，會害了曾升的。」史文恭回答：「我們偷偷潛入宋江大寨，先救出曾升，再殺死宋江，這樣梁山賊寇自然會亂成一團，到時我們就不怕了，再回來把李逵他們幾個也殺了。」曾弄點頭答應了。

郁保四偷偷地跑到法華寺，把計策告訴了李逵、時遷等人。

當天夜裡，史文恭、蘇定帶領全部人馬潛入宋江大寨，發現寨子裡空無一人，這才意識到中計了，連忙命令兵馬撤退。這時，曾頭市里鑼鳴炮響，法華寺裡鐘聲陣陣，原來是梁山人馬裡應外合，偷襲了曾頭市的東、西、北三寨。

曾弄聽到寨裡大亂，知道是梁山軍馬殺來了，嚇得上吊而死。曾密直奔西寨，被朱仝一刀砍死。曾魁要去救東寨，在混戰中被馬踩死。蘇定拼命逃出北門，被亂箭射死。只有史文恭騎著玉獅子馬殺出一條血路，逃脫了。

史文恭逃了大約二十多里，來到一片樹林裡，只聽一陣鑼鼓響，然後從樹林裡衝出四五百人。一個將領舉起哨棒，去打玉獅子馬的腿。玉獅子馬「嗖」地從哨棒上跳過去，跑走了。史文恭不會辨識方向，又轉了回去。那個將領正是盧俊義，他大喝一聲：「奸賊哪裡走！」一刀砍在史文恭的腿上。史文恭從馬上摔下來，被小嘍囉們用繩子綁了。燕青牽了玉獅子馬，和盧俊義一起回到梁山泊軍馬大營。

宋江就地處決了曾升，殺了曾家所有人。青州和凌州的官兵被打退，梁山泊大小頭領都安然無恙。

眾頭領非常高興，押著史文恭回到忠義堂，在晁蓋靈前剜出史文恭的心，祭奠晁天王的亡靈。

第四十五回　一戰定寨主

梁山兄弟報了晁蓋被殺的大仇之後，宋江說應該按照晁蓋的遺言立盧俊義為寨主。

盧俊義連忙推辭：「小弟才疏學淺，難當寨主一職。」宋江說：「不是宋江謙虛，實在是宋江比不上員外。第一，宋江長得黑矮醜陋，員外儀表不凡。第二，宋江出身低微，員外家世顯赫。第三，宋江沒有濟世安民之才，員外力敵萬人、通今博古。宋江主意已定，員外就是山寨之主了。」盧俊義連忙跪下來說：「盧某寧死也不敢從命！」

吳用說：「兄長坐第一把交椅，盧員外坐第二把交椅，這樣才是眾望所歸。如果兄長再三推讓，恐怕會冷了兄弟們的心。」

李逵大叫起來：「我從江州跟你來到這裡，眾人都讓著你，我可不怕！我天也不怕！你再這樣假意地讓來讓去，我就大開殺戒，散夥！」

武松和智深也不願意宋江讓位。

宋江說：「如今山寨缺少錢糧，正好梁山泊以東有東平府和東昌府，我和盧員外各自帶

兵去『借糧』，誰先攻破城池，誰就是梁山泊主，怎麼樣？」吳用說：「這樣也好，就各安天命吧。」說完，叫裴宣寫了兩個鬮（ㄐㄧㄡ）兒。盧俊義雖然不願意，可是也由不得他了。

宋江抓的是東平府，盧俊義抓的是東昌府。當天，宋江傳令調撥人馬。宋江部下有林沖、花榮、劉唐、史進、徐寧等，總共有二十五位頭領，馬步軍一萬，水路由阮氏三兄弟接應。盧俊義部下有吳用、公孫勝、關勝、呼延灼、朱仝等，也共有二十五位頭領，馬步軍一萬，水路由李俊和童家兩兄弟接應。

人馬調撥完畢，宋江和盧俊義各自出兵。宋江領兵在距東平府城四十里的安山鎮紮營，對眾頭領說：「東平府的兵馬都監名叫董平，善於使用雙槍，人稱『雙槍將』，非常英勇。我想先派人給他送一封戰書，勸他歸降。誰敢去送戰書？」郁保四說：「小人認識董平，願意走一趟。」王定六說：「小弟新來，還沒有為山寨出過力，也願意去。」宋江非常高興，派郁保四和王定六去下戰書，戰書上說只想借糧。

董平見了戰書，痛打了郁保四和王定六一頓，把他們趕了出去。宋江見董平如此無禮，要掃平東平府。史進說：「小弟以前在東平府時，和一個叫李睡蘭的娼妓交情不錯，我可以帶些銀子藏在她家，和哥哥裡應外合。」宋江答應了。

史進見了李睡蘭，給了她一包銀子，把自己的情況如實說了，還說事成之後會帶她上山享福。李睡蘭見他當了強盜，怕事發後被連累，假意陪他喝酒，暗地裡卻叫她父親去報官。

官差很快就來了，把史進押到了東平府。太守程萬里聽從董平的建議，讓獄卒毒打了史進一頓，並把他關進大牢。

吳用擔心史進被娼妓陷害，請宋江帶領五百人去攻打汶上縣，掩護顧大嫂進城打探消息。汶上縣百姓紛紛逃往東平府避難，顧大嫂假扮成乞丐混在人群中。

顧大嫂混進東平府之後，打聽到史進被關進大牢，過來送飯，看見一個年老的獄卒就拜，哭著說：「史大郎是老身以前的主人，老身聽說他犯事了，沒人來送飯，就討了一口飯給他充饑，還請老哥哥成全。」老獄卒看她是個女人，就讓她進去了。史進見了顧大嫂，非常驚訝。顧大嫂一邊假哭一邊給史進餵飯，這時，一個小節級走了過來，要趕顧大嫂出去。顧大嫂只好說：「月盡夜[1]……自己掙扎。」當月有三十天，當天是二十九，史進聽獄卒說當天是月盡，就用枷鎖打倒獄卒和押牢節級，放了其他犯人，只等外面來人接應。

程萬里得知此事，連忙找董平商議對策。董平說：「城裡肯定有細作，請相公派人包圍大牢，我出城去捉拿宋江。」程太守照做了。

董平帶兵來到城外。兩軍對陣時，宋江看董平儀表不凡，非常喜歡，叫徐寧出戰迎敵。徐寧和董平打了五十多個回合不分勝負。宋江怕徐寧有失，鳴金收兵。徐寧勒馬回陣，董平

---

❶【月盡夜】舊指每月最後一天的黃昏前後。

手舉雙槍追殺過來，宋江揮鞭讓人包圍了董平。董平突出重圍，逃回城裡，宋江連夜調兵包圍了東平城。

董平還沒有娶妻，碰巧程太守有個美貌的女兒，董平多次派人提親，都被程太守婉言拒絕了。這天回城之後，董平又派人去提親。程太守藉口賊兵還未退，催促董平先出城迎敵。董平雖然擔心程太守敷衍自己，可還是出了城。

林沖、花榮與董平打了幾個回合，假裝敗逃。董平不知有詐，策馬追趕，中了圈套，被活捉。宋江親自為他鬆綁，請他當寨主。董平已經成為階下囚，見宋江以禮相待，甘願投降，並說：「程萬里原本是童貫的一個門客，得到如今這個美差，怎麼可能不禍害百姓？如果兄長肯放董平回去，董平一定設法打開城門，幫助哥哥借來錢糧，以報答哥哥的知遇之恩。」宋江很高興，連忙叫人把董平的行裝都還回去，跟著董平來到東平城下。

守城官兵認識董平，打開了城門。董平搶走程太守的女兒，殺了其他人。宋江叫人救出史進，打開倉庫，把錢糧都裝上車。

史進來到李睡蘭家，殺了她全家。

宋江把程太守的家私都分給百姓，帶著人馬回了安山鎮。

宋江等人剛剛回到安山鎮，白勝騎著快馬來報：「盧員外到了東昌府，一連十天按兵不動，前幾天才出戰。兩軍交戰時，郝思文被石子打傷，項充被飛叉打傷。原來，東昌府裡有個猛將叫張清，善於用石子打人，百發百中，人稱『沒羽箭』。他手下有兩名副將，一個是會使飛槍的龔旺，人稱『花項虎』；另一個是會使飛叉的丁得孫，人稱『中箭虎』。這三個人都非常厲害，一連兩次打敗盧員外，軍師特地派我來請哥哥救援。」宋江長歎一聲，說：「盧員外確實與寨主之位無緣！我特意派吳學究和公孫勝去幫他，沒想到他竟然遇到了強敵！既然如此，眾兄弟趕緊跟我一起去救應。」說完，帶領人馬趕往東昌府。

兩軍對陣，徐寧首先出戰，和張清打了幾個回合，被石子打下馬來，幸虧呂方和郭盛把他救走了。燕順拍馬出戰。幾個回合後，被石子打中護心鏡❷。燕順連忙策馬回陣。接著，韓滔、彭玘、宣贊、呼延灼、劉唐、楊志、朱仝、雷橫等頭領輪番上陣，都敗下陣來，劉唐還被捉走了。

董平為了立功顯威，拍馬迎戰張清，躲過兩顆石子，和張清扭打在一起。索超趕來解救董平，被龔旺和丁得孫攔住。花榮、林沖、呂方和郭盛也趕來助陣。張清放下董平就走，董平連忙去追，不小心被石子打傷。所幸林沖等人捉住了龔旺和丁得孫，兩軍各自收兵。

宋江清點人馬，發現張清總共傷了梁山十五名大將，既仰慕張清的勇猛，又愁不能破敵。吳用看出宋江的心思，說：「兄長，可以先讓受傷的頭領回山寨休養，再派智深、武

---

❷【護心鏡】古代鑲嵌在戰衣胸部和背部的銅鏡，主要是用來防箭的。

松、孫立等人護送大批糧草水陸並進，騙張清來劫糧草，到時不愁捉不住他。」

張清非常謹慎，派人打聽到確實有糧草，這才帶兵去劫。

當晚滿天星光，張清一石子打在智深頭上，把智深打倒在地。張清軍馬吶喊著跑了過來。武松連忙趕來，帶著智深逃走了。

張清搶了岸上的糧食，非常高興，又帶兵去劫河裡的米船。張清到了河邊，公孫勝開始做法，不一會兒，空中就烏雲密布，什麼也看不到了。張清頓時慌張起來，正要撤退，只聽四周都是吶喊聲。林冲帶人把張清連人帶馬趕進水裡。李俊、張橫、張順、阮氏三兄弟、童威、童猛合夥捉住了張清。

吳用派人連夜攻城，很快就攻下了東昌府，救了劉唐，並給百姓分了一些糧食。

受傷的兄弟見張清被捉住，都要殺死張清解恨，被宋江制止了。張清見宋江非常仗義，甘願投降，還舉薦了醫術高明的獸醫「紫髯伯」皇甫端。

宋江打了勝仗，借到錢糧，還收服了幾位義士，非常高興，帶著人馬班師回山了。

第四十六回　眾英雄排座次

回到梁山，宋江連忙叫人設宴慶祝。宋江眾望所歸，坐上了第一把交椅。

宋江對兄弟們說：「宋江能有今天，全靠眾位兄弟的扶持！如今，寨裡的大小頭領共有一百零八人，這可是古往今來都罕見的，我非常高興。不過，以前我們被迫荼毒生靈，我心裡非常不安，所以想舉行羅天大醮❶，一則可以保佑眾兄弟身心安樂，二則祈禱朝廷早日招安，三則祝願晁天王早升天界，四則超度那些無辜被害的亡靈。」眾頭領都很贊同。

於是，宋江派人在忠義堂裡紮了三層高臺，擺上三清❷聖像，設了二十八宿和十二辰位，請來四十八位道士，加上公孫勝共四十九位道士，從四月十五日開始連做七天法事。

❶【羅天大醮（ㄐㄧㄠˋ）】一種非常隆重的祭天儀式，目的是祈求協正星位、國泰民安，後來泛指各種消災祈福的善舉。

❷【三清】道教三位尊神的總稱，即玉清元始天尊、上清靈寶天尊、太清道德天尊（即太上老君）。

第七天三更時分，公孫勝坐在高臺的第一層，眾道士坐在第二層，宋江和其他頭領坐在第三層，眾小頭目和將校都站在壇下，一起祈禱上天顯靈。突然，天上傳來一聲巨響，西北方向裂了一條縫。縫裡金光四射，滾出一團火。這團火在地上滾了一圈，鑽入地下。宋江叫人掘開地面尋找它，在地下大約三尺深處發現一個石碣❸。石碣上寫著蝌蚪文，只有一個姓何的道士認識。他說石碣兩側分別刻著「替天行道」和「忠義雙全」，正面刻有三十六天罡星，背面刻有七十二地煞星。宋江很高興，讓他翻譯，讓金大堅手書。

三十六天罡星從上到下依次是：天魁星「呼保義」宋江、天罡星「玉麒麟」盧俊義、天機星「智多星」吳用、天閒星「入雲龍」公孫勝、天勇星「大刀」關勝、天雄星「豹子頭」林沖、天猛星「霹靂火」秦明、天威星「雙鞭」呼延灼、天英星「小李廣」花榮、天貴星「小旋風」柴進、天富星「撲天雕」李應、天滿星「美髯公」朱仝、天孤星「花和尚」魯智深、天傷星「行者」武松、天立星「雙槍將」董平、天捷星「沒羽箭」張清、天暗星「青面獸」楊志、天佑星「金槍手」徐寧、天空星「急先鋒」索超、天速星「神行太保」戴宗、天異星「赤髮鬼」劉唐、天殺星「黑旋風」李逵、天微星「九紋龍」史進、天究星「沒遮攔」穆弘、天退星「插翅虎」雷橫、天壽星「混江龍」李俊、天劍星「立地太歲」阮小二、天平星「船火兒」張橫、天罪星「短命二郎」阮小五、天損星「浪裡白條」張順、天敗星「活閻羅」阮小七、天牢星「病關索」楊雄、天慧星「拼命三郎」石秀、天暴星「兩頭蛇」解珍、天

宋江眾望所歸，坐上了第一把交椅。

哭星「雙尾蠍」解寶、天巧星「浪子」燕青。

七十二地煞星從上到下依次是：地魁星「神機軍師」朱武、地煞星「鎮三山」黃信、地勇星「病尉遲」孫立、地傑星「醜郡馬」宣贊、地雄星「井木犴」郝思文、地威星「百勝將」韓滔、地英星「天目將」彭玘、地奇星「聖水將軍」單廷珪、地猛星「神火將軍」魏定國、地文星「聖手書生」蕭讓、地正星「鐵面孔目」裴宣、地闊星「摩雲金翅」歐鵬、地闔（ㄏㄜ）星「火眼狻猊」鄧飛、地強星「錦毛虎」燕順、地暗星「錦豹子」楊林、地軸星「轟天雷」凌振、地會星「神算子」蔣敬、地佐星「小溫侯」呂方、地佑星「賽仁貴」郭盛、地靈星「神醫」安道全、地獸星

❸【石碣】圓頂的石碑。一般來說，只有在朝爲官者才能立這種碑。

「紫髯伯」皇甫端、地微星「矮腳虎」王英、地慧星「一丈青」扈三娘、地暴星「喪門神」鮑旭、地然星「混世魔王」樊瑞、地猖星「毛頭星」孔明、地狂星「獨火星」孔亮、地飛星「八臂哪吒」項充、地走星「飛天大聖」李袞、地巧星「玉臂匠」金大堅、地明星「鐵笛仙」馬麟、地進星「出洞蛟」童威、地退星「翻江蜃」童猛、地滿星「玉幡竿」孟康、地遂星「通臂猿」侯健、地周星「跳澗虎」陳達、地隱星「白花蛇」楊春、地異星「白麵郎君」鄭天壽、地理星「九尾龜」陶宗旺、地俊星「鐵扇子」宋清、地樂星「鐵叫子」樂和、地捷星「花項虎」龔旺、地速星「中箭虎」丁得孫、地鎮星「小遮攔」穆春、地稽星「操刀鬼」曹正、地魔星「雲裡金剛」宋萬、地妖星「摸著天」杜遷、地幽星「病大蟲」薛永、地伏星「金眼彪」施恩、地僻星「打虎將」李忠、地空星「小霸王」周通、地孤星「金錢豹子」湯隆、地全星「鬼臉兒」杜興、地短星「出林龍」鄒淵、地角星「獨角龍」鄒潤、地囚星「旱地忽律」朱貴、地藏星「笑面虎」朱富、地平星「鐵臂膊」蔡福、地損星「一枝花」蔡慶、地奴星「催命判官」李立、地察星「青眼虎」李雲、地惡星「沒面目」焦挺、地醜星「石將軍」石勇、地數星「小尉遲」孫新、地陰星「母大蟲」顧大嫂、地刑星「菜園子」張青、地壯星「母夜叉」孫二娘、地劣星「活閃婆」王定六、地健星「險道神」郁保四、地耗星「白日鼠」白勝、地賊星「鼓上蚤」時遷、地狗星「金毛犬」段景住。

眾人都十分驚訝。何道士捋著長長的白鬍子，說：「我們道家流傳著這樣一個故事，大約在三十年前，當時的太尉洪信擅自撕破龍虎山伏魔殿的封印，讓鎮壓在那裡的一百零八個妖星逃到了人間。令人驚奇的是，當時逃出去的那些妖星，正是這石碑上所刻的星宿。」宋江聽了，對眾頭領說：「原來我們聚義是前世注定的因緣！還請眾兄弟都順應天意，各守其位，不要再爭執了。」眾頭領回答：「我們不敢違背上天的旨意。」宋江取出五十兩黃金重謝何道士，另外賞了其他道士，然後送他們下山了。

宋江和吳用、朱武等人商議了一番，決定在忠義堂前增設三關，在山頂上立一面寫有「替天行道」的杏黃旗，等等。一應安排準備妥當，宋江親自為眾頭領頒發了兵符印信。

梁山泊總兵都頭領兩人：「呼保義」宋江、「玉麒麟」盧俊義。

掌管機密軍師兩人：「智多星」吳用、「入雲龍」公孫勝。

參贊軍務頭領一人：「神機軍師」朱武。

掌管錢糧頭領兩人：「小旋風」柴進、「撲天雕」李應。

馬軍虎將五人：「大刀」關勝、「豹子頭」林沖、「霹靂火」秦明、「雙鞭」呼延灼、「雙槍將」董平。

馬軍驃（ㄆㄧㄠˋ）騎兼先鋒使八人：「小李廣」花榮、「金槍手」徐寧、「青面獸」楊志、「急先鋒」索超、「沒羽箭」張清、「美髯公」朱仝、「九紋龍」史進、

「沒遮攔」穆弘。

馬軍小彪將兼哨探頭領十六人：「鎮三山」黃信、「病尉遲」孫立、「醜郡馬」宣贊、「井木犴」郝思文、「百勝將」韓滔、「天目將」彭玘、「聖水將軍」單廷珪、「神火將軍」魏定國、「摩雲金翅」歐鵬、「火眼狻猊」鄧飛、「錦毛虎」燕順、「鐵笛仙」馬麟、「跳澗虎」陳達、「白花蛇」楊春、「錦豹子」楊林、「小霸王」周通。

步軍頭領十人：「花和尚」魯智深、「行者」武松、「赤髮鬼」劉唐、「插翅虎」雷橫、「黑旋風」李逵、「浪子」燕青、「病關索」楊雄、「拼命三郎」石秀、「兩頭蛇」解珍、「雙尾蠍」解寶。

步軍將校十七人：「混世魔王」樊瑞、「喪門神」鮑旭、「八臂哪吒」項充、「飛天大聖」李袞、「病大蟲」薛永、「金眼彪」施恩、「小遮攔」穆春、「打虎將」李忠、「白面郎君」鄭天壽、「雲裡金剛」宋萬、「摸著天」杜遷、「出林龍」鄒淵、「獨角龍」鄒潤、「花項虎」龔旺、「中箭虎」丁得孫、「沒面目」焦挺、「石將軍」石勇。

四寨水軍頭領八人：「混江龍」李俊、「船火兒」張橫、「浪裡白條」張順、「立地太歲」阮小二、「短命二郎」阮小五、「活閻羅」阮小七、「出洞蛟」童威、「翻江蜃」童猛。

四店哨探和迎賓頭領八人：東山酒店：「小尉遲」孫新、「母大蟲」顧大嫂；西山酒店：「菜園子」張青、「母夜叉」孫二娘；南山酒店：「旱地忽律」朱貴、「鬼臉兒」杜興；北山酒店：「催命判官」李立、「活閃婆」王定六。

總哨探頭領一人：「神行太保」戴宗。

軍中走報機密步軍頭領四人：「鐵叫子」樂和、「鼓上蚤」時遷、「金毛犬」段景住、「白日鼠」白勝。

守護中軍馬軍驍（ㄒㄧㄠ）將兩人：「小溫侯」呂方、「賽仁貴」郭盛。

守護中軍步軍驍將兩人：「毛頭星」孔明、「獨火星」孔亮。

專管行刑劊子手兩人：「鐵臂膊」蔡福、「一枝花」蔡慶。

專掌三軍內探事馬軍頭領兩人：「矮腳虎」王英、「一丈青」扈三娘。

掌管行文走檄（ㄒㄧˊ）調兵遣將一人：「聖手書生」蕭讓。

掌管定功賞罰軍政司一人：「鐵面孔目」裴宣。

考算錢糧支出納入一人：「神算子」蔣敬。

監造大小戰船一人：「玉幡竿」孟康。

專造兵符印信一人：「玉臂匠」金大堅。

專造旌旗袍襖一人：「通臂猿」侯健。

專治馬匹獸醫一人：「紫髯伯」皇甫端。
專治諸疾內外科醫生一人：「神醫」安道全。
監督打造武器鐵甲一人：「金錢豹子」湯隆。
專造大小號炮一人：「轟天雷」凌振。
建造修緝房屋一人：「青眼虎」李雲。
屠宰牛馬豬羊牲口一人：「操刀鬼」曹正。
擺設宴席一人：「鐵扇子」宋清。
監造供應酒醋一人：「笑面虎」朱富。
監築梁山泊城垣一人：「九尾龜」陶宗旺。
專門把捧帥旗一人：「險道神」郁保四。

宋江帶著眾頭領跪在堂上，焚香盟誓：「我們兄弟必當生死與共，忠心報國。如果有人心存不仁，永世不得為人！」

當晚，盧俊義做了一個夢。在夢裡，皇帝無意招安，下旨將梁山一百零八將全部處死。盧俊義嚇得魂不附體，猛然驚醒。

第四十七回　元夜鬧東京

轉眼之間，重陽節來臨。宋江叫宋清安排宴席，請所有頭領一起觀賞菊花。宋江喝得大醉，乘興作了一首《滿江紅》：「喜遇重陽，更佳釀今朝新熟。見碧水丹山，黃蘆苦竹。頭上盡教添白髮，鬢邊不可無黃菊。願樽前長敘，弟兄情如金玉。統豺虎，御邊幅；號令明，軍威肅。中心願平虜，保民安國。日月常懸忠烈膽，風塵障卻奸邪目。望天王降詔早招安，心方足。」之後讓樂和演唱。

樂和唱到「望天王降詔早招安」這一句時，武松大喊：「今天要招安，明天也要招安，弟兄們的心都涼了。」

李逵瞪大眼睛，說：「招安，招安，招什麼安！」說完，一腳踢翻了面前的桌子。

宋江大聲喝止：「你這黑傢伙，怎敢如此無禮？拉出去斬了！」

眾頭領連忙跪下來，求宋江赦免李逵。

宋江說：「眾位弟兄請起。先把李逵關起來。」

幾個小校奉命去抓李逵。李逵說：「你們怕我掙扎？哥哥就是殺了我，我也不怨他！除了他，我誰都不怕！」說完，跟著小校去了監房。

宋江聽他這麼說，猛然醒了，傷心地說：「我在江州時，因為酒後題反詩而吃了官司，多虧李逵相救，如今我卻差點兒殺了他，幸虧弟兄們勸住了我。武松兄弟，你也是個明白事理的人，我主張招安是要改邪歸正，怎麼會讓兄弟們心涼呢？」

智深說：「如今朝廷奸臣當道，招安根本沒用，還不如散夥。」

宋江說：「兄弟們，當今皇上是聖明的，只是暫時被奸臣蒙蔽了而已，一旦他知道我們有心報國，一定會來招安的，那時我們就可以青史留名了，這樣有什麼不好？」眾頭領沒有再說什麼，可也沒心思再喝酒，就各自回本寨了。

第二天，宋江放了李逵，告誡他不要再胡鬧，否則一定重罰他。李逵連連答應。

年末的一天，小嘍囉們捉了十來個從萊州去往東京的客人，這夥人是按慣例去東京獻花燈的。宋江留下花燈，放走他們，對眾頭領說：「我從沒去過京師，如今聽說皇上要和百姓一起慶賀元宵佳節，想帶幾個兄弟一起去看花燈。」吳用擔心他們被抓，連忙勸止。宋江執意要去，並請安道全幫他去掉了臉上的刺字。

宋江一行人提前來到東京，住進了萬壽門外的一家客店。第二天，柴進和燕青打扮一新，來到東華門外的一個酒樓裡憑欄觀察，發現出入宮門的人頭上都插著一朵翠葉簪（ㄗㄢ）花。柴進和燕青耳語了一番，之後燕青來到街上。迎面走來一位觀察使，燕青對他說：「足下是不是張觀察？小人的主人和觀察是故交，特地派小人來請觀察喝酒。」那位觀察回答：「我姓王。」燕青說：「哦，對，是王觀察。小人一時慌亂，記錯了。請王觀察到樓上說話。」王觀察跟著燕青來到酒樓，見了柴進，怎麼也想不起他是誰，只好說：「請恕在下眼拙，沒認出足下是哪一位故交。」柴進笑著說：「小弟和兄長小時候就是朋友，請兄長再想想。」說完，叫來酒菜殷勤款待王觀察，把他灌得爛醉，然後換上他的官服、插上翠葉簪花，獨自進了皇宮。

柴進在皇宮裡轉了一會兒，走進睿思殿，只見大殿正中有一扇屏風，屏風上畫著山河社稷圖，屏風前有一個書桌，屏風後的牆上貼了一張紙，紙上從右到左並排寫著：山東宋江、淮西王慶、河北田虎、江南方臘。柴進心想：「看來朝廷把我們當成心腹之患了。」想到這裡，拔出解腕尖刀，把「山東宋江」四個字給割了下來，然後走出了皇宮。

柴進回到酒店時，王觀察還沒有醒。柴進脫下官服，摘下翠葉簪花，和燕青一起回了客店。皇宮裡的侍衛發現「山東宋江」四個字不見了，非常驚慌，連忙加強戒備。王觀察聽說了此事，猛然想起自己昨天酒醉一事，嚇得一個字也沒敢洩露。

柴進把「山東宋江」四個字拿給宋江看，宋江什麼也沒說，長長地歎了一口氣。

正月十四日黃昏，宋江、柴進、戴宗和燕青扮成遊客，混在煙火隊裡進了城。客店裡只剩下李逵一個人。

宋江等四人逛了一會兒，走進一個茶館。茶房說，對面妓院裡的李師師是東京的花魁，當今皇上很喜歡她。宋江聽了，對燕青耳語：「我想讓李師師幫我暗中行事，你想辦法讓我見見她。」

燕青來到妓院，對鴇母說：「我家主人是河北的大財主，近日來京城探親兼做買賣，聽說花魁姑娘大名，願意出一千兩銀子見姑娘一面。」鴇母聽說有一千兩銀子，連忙叫李師師出來見客。

李師師果然貌美如花。宋江和她寒暄了一番。李師師親自為宋江等四人倒茶，然後坐下來和他們閒聊。不一會兒，有人來報：「官家來了。」李師師連忙起身，說：「今天就不留各位了。明天皇上會去上清宮，那時我再請各位前來。」宋江連聲稱好，然後走出妓院。

宋江等四人來到一間酒樓，一邊喝酒一邊觀賞花燈，突然聽到隔壁有人在唱歌：「浩氣沖天貫斗牛，英雄事業未曾酬。手提三尺龍泉劍，不斬奸邪誓不休！」宋江連忙走到隔壁，看見了史進和穆弘，連忙對他們說：「你們倆如此口無遮攔，嚇死我了！幸好沒被官差聽見。快去算還酒錢，立刻出城。」史進和穆弘照做了。

宋江等四人回到客店時，李逵剛睡醒，他睡眼惺忪地說：「哥哥不帶俺來也就算了，既然帶俺來了，為什麼叫俺看房？你們玩得倒開心，可把俺憋壞了。」宋江答應明天帶他出去。

正月十五日傍晚，許多百姓都出來觀賞花燈。京城守衛全副武裝地待命，高俅親自帶領五千騎兵在城樓上巡視。

宋江等五人備上厚禮進了城。宋江、柴進、燕青再次面見李師師，李逵和戴宗奉命守在門口。李師師親自招待宋江等三人。幾杯酒下肚，宋江借著酒興做了一首樂府詞，表達了自己忠肝義膽卻無人賞識的愁緒。李師師反覆品味這首詞，卻不明白其中的意思。宋江只等她細問，就把自己的心裡話告訴了她。恰巧這時又有人來報：「官家從地道前來，已經到後門了。」李師師連忙說：「請恕師師不能遠送。」說完，去後門接駕了。

宋江等人隱在暗處正商議藉此機會向皇上討一道招安詔書。楊太尉來找皇上，見了李逵，呵斥他說：「你是何人？怎敢待在這裡？」李逵見宋江他們三人和美女喝酒，卻叫他和戴宗把門，正一肚子氣沒處出呢，如今被楊太尉呵斥，更加氣憤，抓起一把交椅，照著楊太尉就打。楊太尉來不及躲閃，被打倒在地。李逵扯下一幅畫，用蠟燭點著，到處放火，把桌椅打得稀爛。

宋江等三人聽到動靜，連忙走出來，見李逵光著膀子在行兇，連忙把他拉走了。李逵到街上奪了一根哨棒，見人就打。宋江叫燕青看著李逵，他自己跟柴進、戴宗出了城。

徽宗見妓院失火，嚇得趕緊原路返回。高太尉聽到城裡殺聲震天，連忙帶兵追趕李逵等人。燕青和李逵正在應戰，恰好遇上史進和穆弘，便和他們一起打到城邊，被城外的智深、武松、朱仝、劉唐救走。原來，吳用早就料到這次會鬧出大事，所以派人在城外接應他們。

高俅帶兵追來，只聽城外有人大喊：「梁山泊好漢都在這裡，快快獻上城池！」

高俅帶兵追來，只聽城外有人大喊：「梁山泊好漢都在這裡，快快獻上城池！」高俅聽了，嚇出一身冷汗，趕緊退回城裡，叫軍士加強戒備。

眾頭領清點人馬，發現李逵不見了。宋江知道燕青能夠降服李逵，就派燕青等李逵回來，他自己帶領軍馬先回梁山泊了。

李逵從客店裡取了行李，拿著板斧要去攻打東京，被燕青攔腰抱住，摔了個四腳朝天，只好跟著燕青回去了。

城裡有四五百人受傷。李師師自然推說自己什麼也不知道。高太尉和樞密院的童貫一起來到蔡太師府上，商議如何剿捕賊寇一事。

第四十八回　李逵鋤惡

這天傍晚，燕青和李逵走到梁山泊附近的四柳村，投宿在一座大莊院裡。莊主狄太公見李逵相貌醜惡，問燕青：「這位師父是從哪裡來的？」

燕青笑著說：「這位師父是個稀奇人物，你們不認識。」

狄太公聽了，對著李逵就拜，說：「師父，救救弟子！」

李逵說：「怎麼救你？你快說。」

狄太公說：「我家有一百多口人，只有一個女兒是嫡親的，她今年二十多歲，半年前中了邪，吃喝都在房裡，有人去叫她，她就扔出磚頭，把家裡的人都打傷了，我們多次請法師來捉鬼，都無濟於事。」

李逵說：「太公，我是薊州羅真人的徒弟，會騰雲駕霧，捉鬼也很厲害。只要你捨得酒肉，我今晚就幫你捉鬼。」狄太公聽了，連忙叫人準備酒肉和紙符。李逵說：「我做法時不要紙符，只要走進房裡就能把鬼揪出來。」燕青聽了，忍不住偷笑。

酒肉準備好了，李逵坐下來就吃。酒足飯飽之後，李逵一邊剔牙，一邊叫人舀水給他，洗淨手腳之後，又跟狄太公要茶喝，還說：「我已經酒足飯飽了，明天還要趕路，你去睡吧。」

狄太公聽了直叫苦：「你不幫我捉鬼了？」

李逵回答：「你要是真想讓我捉鬼，就帶我去你女兒房裡。」狄太公把李逵帶到女兒的房間門口，他害怕挨打就叫人拿著火把遠遠地照亮。

李逵看見房裡隱隱亮著燈，定睛一看，只見一個後生摟著一個女人在說話。李逵一腳踹開房門，砍倒燭臺。那個後生起身要逃，被李逵一斧頭砍倒在地。那個女人連忙鑽到床底下。李逵一板斧砍下那個後生的頭，敲著床說：「婆娘，快出來，不然我把你和床一起剁碎。」那個女人連忙爬了出來。李逵揪住她的頭髮，把她拖到死屍旁邊，問：「我殺的這傢伙是誰？」那個女人說：「是我姦夫王小二。」李逵又問：「你們的磚頭和食物是從哪兒來的？」那個女人回答：「我給他錢，他摸黑從牆外運來的。」李逵說：「像你這種髒婆娘，留在世上有什麼用！」說完，一板斧砍下她的頭，對著兩具死屍亂剁了一陣，提著兩顆人頭走出來，說：「兩個鬼都被我捉住了。」

莊客見了那兩顆人頭，認出其中一顆是莊主女兒的，另一顆是鄰村王小二的。李逵對狄太公說：「我已經向你女兒問清楚了，她和王小二偷情，兩個人吃的東西都是王小二從外面運來的。」狄太公哭著說：「師父，你怎麼連我女兒也殺了？」李逵說：「你女兒偷漢子，你還要留她？」說完，回房休息了。狄太公夫婦哭了一陣，叫人把女兒和王小二都火化了。

李逵睡到天亮才醒來，對太公說：「我昨晚幫你捉鬼，你怎麼不酬謝我？」狄太公只好安排酒席款待李逵和燕青。

李逵和燕青繼續趕路，天黑時投宿在另一座大莊院裡。當天夜裡，李逵因為沒有酒喝，翻來覆去睡不著，聽見莊主劉太公不停地哭，一夜都沒有睡好。好不容易挨到天亮，李逵走進大廳，問：「你們哭了一夜，攪得老爺沒睡好。」

劉太公回答：「我女兒被人搶走了，我們正為此煩惱呢。」

李逵說：「誰搶的？」

劉太公說：「我要是說了他的名字，你一定會嚇得屁滾尿流！他就是梁山泊的頭領宋江！兩天前，他和一個後生藉故來我家投宿，搶走了我女兒。」

李逵聽了，對燕青說：「小乙哥，沒想到俺哥哥竟然口是心非，不是好人。」

燕青說：「別瞎說，不會的。」

李逵說：「他既然會去拜訪李師師，自然也能做出這種事！太公，我就是梁山泊的『黑旋風』李逵，你先做一些飯給我們吃，我去幫你討回女兒。」劉太公連忙照做。

李逵回到梁山泊，舉起板斧砍倒杏黃旗，把「替天行道」四個字扯得粉碎。

眾人都大吃一驚。宋江呵斥他：「你這黑傢伙，又想幹什麼？」

李逵拿著雙斧衝到忠義堂裡，逕直向宋江走去。五虎將見狀，連忙奪下李逵的板斧，把李逵揪到堂下。

宋江大怒，呵斥李逵：「你這傢伙又來胡鬧！我犯了什麼錯？」

李逵氣得說不出話來，燕青連忙替他說了事情的經過。宋江聽了一頭霧水。

李逵見狀，說：「我一直當你是好漢，沒想到你竟然是畜生。」

宋江呵斥李逵：「我是帶著兩三千軍馬回來的，搶女人自然瞞不住眾人。就算我搶了女人，也肯定在山寨裡，你儘管搜。」

李逵說：「山寨裡有很多人護著你，哪裡藏不住一個女人？更何況你曾經殺死閻婆惜，私會李師師，分明是個酒色之徒。你要是不把劉太公的女兒交出來，我早晚會殺了你。」

宋江說：「別胡鬧了！我這就去跟劉太公對質。如果真是我搶了他女兒，我甘願吃你的板斧；如果不是我，你該當何罪？」

李逵回答：「任由你砍頭。」

宋江讓眾兄弟做見證人，請裴宣寫了軍令狀。

李逵說：「那個後生就是柴進。」

柴進說：「那我也跟你們一起去。」

李逵說：「就怕你不來。如果那個後生確實是你，無論你是柴大官人還是米大官人，都得吃我幾斧！」

柴進說：「好！你先去劉太公家裡等我們，免得你說我們提前做了手腳。」

李逵和燕青來到劉太公莊上，宋江和柴進隨後趕到。

劉太公莊上的人都說搶人的不是宋江和柴進，李逵頓時傻了眼。宋江對李逵說：「我先不跟你計較，等回到山寨再說。」

回去的路上，燕青問李逵：「李大哥，怎麼辦？」

李逵回答：「是我冤枉了哥哥，我把頭割下來給他就是了。」

燕青說：「不必尋死。有個辦法叫『負荊請罪』。你把衣服脫了，讓人把你綁起來，你背著一把荊條跪在忠義堂前，讓哥哥隨便打，哥哥自然就不忍心下手了。」

李逵說：「這個辦法雖然好，但是會讓人笑話，還不如一刀割了頭來得爽快。」

燕青說：「大夥兒都是你兄弟，不會笑話你的。」

李逵沒有更好的辦法，只好聽燕青的了。

宋江見李逵負荊請罪來了，笑著說：「我和你賭砍頭，你卻背著荊條來求饒，難道這樣我就會饒過你嗎？」

李逵說：「哥哥既然不肯饒我，只管割下我的頭就是了。」

眾人都替李逵說好話。

宋江說：「要我饒你也行，不過你得捉到那個假宋江，奪回劉太公的女兒。」

李逵一聽，跳起來就要去捉假宋江。宋江吩咐燕青去幫助李逵。

李逵和燕青找了五六天也沒有找到。這一天，李逵和燕青在凌州境內的一間古廟裡休息，有一個山賊要打劫他們。李逵抓住那個山賊，問他把劉太公的女兒搶到哪裡去了。那個山賊說，他只攔路搶劫，不敢搶人子女，附近的牛頭山上有兩個強人，一個叫王江，一個叫董海，有可能是搶走劉太公女兒的人。李逵和燕青趕到牛頭山，果然找到了劉太公的女兒。李逵砍死王江、董海和山上的小嘍囉，割下王江和董海的腦袋，拿走金銀，與燕青、劉太公的女兒回到劉太公莊上。

劉太公夫婦見了女兒，非常高興，一個勁兒地拜謝李逵和燕青。

李逵把兩個山賊的頭帶回山寨，總算免了一死。不過，沒過多久，李逵又差一點兒惹了殺身之禍。

第二年三月，小嘍囉打劫了一夥過往客商，並把他們押上了山。為首的客商說：「我們幾個是去泰安州太嶽廟燒香的，還想順便見識一下『擎（ㄑㄧㄥˊ）天柱』的相撲本領，請大王發發慈悲，放了我們。」宋江細問之下，得知了「擎天柱」的大致情況。「擎天柱」名叫任原，相撲本領高強，在泰安州太嶽廟擺了兩年擂臺未遇敵手，因此自稱「相撲世間無對手，爭交大下我為魁」。宋江放了這夥客商，把財物還給了他們。

燕青擅長相撲，想跟任原一較高下，於是請示了宋江，然後扮作山東貨郎下山了。李逵偷偷跟來了，燕青攆不走他，只好讓他跟著。

燕青上臺打擂，贏了任原。任原的徒弟看到任原輸了，連忙摧毀擂臺，去搶競賽的獎品。李逵見狀，氣得虎鬚倒豎，隨手折斷身旁的兩根杉木棒，對著他們就打。有個香客認識李逵，叫出了他的名字。廟外的官差聽了，連忙進來抓人。李逵和燕青殺出重圍，官府在後面拼命追趕。幸虧盧俊義帶著人馬趕來，李逵和燕青這才安全脫險。

回梁山的路上，李逵和其他人走散了，不知不覺地來到壽張縣衙。他沒找到知縣，就換了知縣的官服坐在大堂上，叫兩個官差假扮成告狀的，以此尋樂。

壽張縣百姓長年有冤無處訴，如今聽說有人斷案，都來圍觀。李逵哪裡會斷案，只得打了兩個假告狀的官差一頓。之後，李逵又來到一個學堂裡，把學生們嚇得驚恐萬狀。幸虧穆弘奉命來找他，把他帶回了山寨。

李逵私自下山也就罷了，如今又惹是生非，差一點兒闖下大禍，自然免不了被宋江訓斥。

第四十九回　扯詔罵欽差

宋江等人在元宵夜大鬧東京，李逵又大鬧泰安州和壽張縣衙，引起了朝廷的注意。

這天早朝，文武百官都上陳梁山眾人的罪行，請徽宗裁決。徽宗已經有一個月沒有上朝了，聽說梁山賊寇又鬧事了，說：「朕已經多次派遣樞密院進兵，可是至今不見回奏。」

御史大夫❶崔靖上奏：「臣聽說梁山泊上豎有一面『替天行道』大旗，這說明梁山賊寇還是服從朝廷的，所以不宜貿然出兵，最好能降一道聖旨，好言勸慰他們投降。更何況，如今遼兵屢次來犯，正好可以藉他們來抵抗遼兵。請陛下明察。」

徽宗說：「愛卿說得是。」於是派殿前太尉陳宗善前去招安。

蔡京害怕招安成功，安排了心腹張幹辦❷和陳太尉一起去。高俅也不放心，派心腹李虞候也跟著去。陳太尉畏懼蔡京和高俅，沒有拒絕。

陳太尉一行人來到濟州府，太守張叔夜出城迎接，設宴款待他們。席間提起招安一事，張叔夜說：「招安是一件好事，不過太尉到了那裡之後，只能好言撫慰他們，以免衝撞其中

幾個性格火爆的漢子，誤了大事。」張幹辦、李虞候說：「要是對他們和顏悅色，就會壞了朝廷的綱紀。他們若是敢囂張，我們就打壓他們。」張叔夜知道這兩個人可能會壞事，可是礙於蔡太師和高太尉的面子，不敢多說什麼，只好恭敬地送他們去驛館[3]休息。

宋江聽說朝廷派官員來招安，以為多年的磨難即將結束，非常高興，賞了報信的官差。吳用笑著說：「依我看，這次招安肯定不會成功；就算成功了，朝廷也不會重視我們。還不如殺得朝廷兵馬人仰馬翻，讓朝廷一提到我們就害怕，那時再答應招安，就是另一番局面了。」宋江一心想著「忠義」二字，哪裡肯聽，派裴宣、蕭讓、呂方、郭盛帶人去二十里外迎接招安人員，叫水軍頭領準備好大船，吩咐宋清和曹正準備宴席。

張幹辦和李虞候見了裴宣等人，生氣地說：「宋江為什麼不親自來迎接？你們這夥賊寇全都該死，哪裡配朝廷來招安？」蕭讓等人忍氣吞聲地把他們一行人帶到了水邊。水邊已經有三隻戰船在等候了，一隻用來裝馬匹，一隻用來搭載裴宣等人，另一隻用來

---

❶【御史大夫】官名，秦代開始設置，負責監察百官，代表皇帝接受百官奏事、起草詔書，管理國家重要圖冊、典籍等。

❷【幹辦】古代軍事機構中的重要屬官，協助主官處理相關事務。

❸【驛館】舊時供傳遞公文的人中途休息、換馬的地方。

搭載陳太尉一行人。

負責送陳太尉一行人上山的人是阮小七。阮小七坐在船尾，吩咐二十多個水手開船。陳太尉神態自若地坐在船中央。船開了，水手們齊聲唱起歌來。李虞候聽了，大罵：「蠢驢，當著貴人的面竟敢如此放肆！」水手們沒有理他，繼續唱歌。李虞候拿起藤條，去打水手們。水手們一點兒也不害怕，有幾個人還說：「我們唱歌關你什麼事？」李虞候說：「殺不盡的反賊，竟敢頂嘴！」說完，接著打水手，水手們紛紛跳進水裡。

阮小七說：「水手都被打下水了，我們怎麼過河？」這時，上游有兩條快船來接應他們。阮小七偷偷拔掉船銷子❹，大叫：「船漏水了！」水頓時湧進船艙，不一會兒就積了一尺多深。兩隻快船上的人連忙救走陳太尉一行人，把十罈御酒留在了阮小七的船上。

阮小七吹了一聲口哨，水手們都從水下爬進船裡，舀出船艙裡的水。阮小七叫水手打開一罈御酒給他嘗嘗，水手照辦了。阮小七覺得那酒清香撲鼻，口味醇厚，就和水手們一起喝光了御酒，又怕回去不好交差，索性灌了十罈鄉里白酒充數。

張幹辦和李虞候在水上受了氣，如今見了宋江，免不了惡言相向。五虎將見他們如此耀武揚威，根本不像誠心來招安的，恨不得殺了他們。

眾人來到忠義堂，宋江叫人清點眾頭領是否到齊，發現只有李逵缺席。當時是四月，眾頭領都穿著戰襖跪在堂上。陳太尉取出詔書讓蕭讓宣讀。蕭讓大聲讀了起來：「……宋江等

李逵從房梁上跳下來，奪走詔書，撕得粉碎，揪住陳太尉就打。

人佔山為王，擾國害民，朝廷本應派兵征討，又恐勞民傷財，特派太尉陳宗善前來招安。梁山泊賊眾接到聖旨，應立即把所有的錢糧、兵器、馬匹和船隻充公，拆毀巢穴，以抵銷以前犯下的罪行。否則，朝廷一定會派兵把梁山泊夷為平地……」

蕭讓念完詔書，除了宋江之外的所有頭領都被氣得滿臉怒色。李逵從房梁上跳下來，奪走詔書，撕得粉碎，揪住陳太尉就打。宋江和盧俊義看了，連忙攔腰抱住李逵。

李虞候呵斥李逵：「這傢伙是誰？怎麼如此大膽？」

李逵從宋江和盧俊義懷裡掙脫，揪住李虞候就打，一邊打一邊說：「這詔書上的話是誰

④【銷子】形狀像釘子的木料或金屬，橫斷面多呈圓形，插在器物中，用來連接或固定器物。

說的？」

張幹辦回答：「是……皇上說的。」

李逵說：「你那皇帝來招安老爺們，反倒要做大！你的皇帝姓宋，俺哥哥也姓宋，他能當皇帝，為什麼俺哥哥當不得？你要是惹惱你黑爹爹，俺就把那寫詔書的官員全都殺了！」眾頭領連忙上前，把李逵推到了堂下。

宋江請陳太尉放心，然後讓裴宣打開御酒。眾人見御酒原來只是鄉里白酒，都氣憤地走到堂下。智深提著禪杖大罵：「竟然拿水酒來哄俺們，真是太欺負人了！」劉唐、武松、穆弘和史進都拿起兵器要動手。

宋江見情勢不妙，連忙送陳太尉一行人下山，再三向陳太尉賠不是，表示希望朝廷再次招安。

第五十回 兩贏童貫

陳太尉氣急敗壞地回到京師，向蔡京哭訴了自己在梁山泊的遭遇。蔡京大怒，向徽宗奏明了此事。徽宗把主張招安的崔靖交給大理寺❶問罪，聽從蔡京的舉薦，派樞密使童貫率十萬大軍前去剿滅梁山泊賊寇。

吳用料到朝廷必然會興兵討伐梁山泊，早已調集了人馬準備迎戰。

童貫大軍來到梁山泊時，宋江已經擺好了九宮八卦陣。張清、龔旺和丁得孫先率兵出來挑戰，然後假意逃走。童貫正要派人去追，聽說張清用石子打人百發百中，連忙命令大軍原路返回。童貫大軍後退還不足五里，李逵、樊瑞帶著五百步兵擺成一字形，攔住了他們的去路。童貫命令大軍出戰。李逵和樊瑞兵分兩路迎戰，把童貫大軍引到九宮八卦陣中，然後退了出來。童貫大軍被梁山人馬團團圍住，死傷一萬多人。

❶【大理寺】官署名，主管刑獄案件的審理，相當於現代的最高法庭。

童貫大軍每次剛突出重圍，就會遇到一隊伏兵，被追得到處亂撞。

童貫嚇得心驚膽戰，連忙命令大軍退到三十里外安營紮寨。休整了兩天之後，童貫大軍排成長蛇陣再次殺向梁山泊。到了水邊，只見茫茫一片蘆葦蕩，遠處的山頂上有一面杏黃旗迎風飄揚。童貫正奇怪為什麼一點兒動靜都沒有，只見蘆葦蕩裡撐出一條小船，船上有個人在釣魚。童貫手下對著漁夫大喊：「賊在哪兒？」漁夫沒有回應。童貫叫弓箭手放箭，箭射中漁夫的斗笠，之後「噹」的一聲掉進水裡。童貫命令三百個弓箭手一起射箭，漁夫依舊安然無恙。

童貫見射不死漁夫，叫幾個士兵下水捉拿漁夫。漁夫聽見船尾有動靜，不慌不忙地拿起竹篙往水裡戳，戳得士兵不敢露出水面。童貫大怒，命令五百名士兵全都下水捉拿漁夫。漁夫大笑著脫下蓑衣，跳進水裡。

這個漁夫是張順假扮的，他穿的蓑衣是銅做的。張順跳進水裡之後，拔出腰刀，戳死了很多士兵。其他士兵看了，連忙逃向岸邊。

童貫看得目瞪口呆，他身邊一個將領指著山頂說：「山頂上那面杏黃旗在移動。」童貫和眾將看了，都不知如何應對。御前飛龍大將酆美建議：「不妨派三百名騎兵去山後打探一下。」童貫連忙派人去了。這些人剛到山前，只聽蘆葦蕩裡傳來一陣炮聲，連忙回去報說有伏兵。童貫和眾士兵嚇得一片慌亂。酆美和御前飛虎大將畢勝連忙叫大家不要慌，好不容易才穩住軍心。山後鼓聲和殺聲震天，隨後一隊人馬迎面而來。帶隊的人是朱仝和雷橫。童貫命令酆美、畢勝迎敵。酆美和畢勝奉命出戰，大罵：「草賊，快快投降！」雷橫大笑，說：「你死到臨頭還不自知，竟敢和我決戰！」畢勝大怒，拍馬與雷橫打鬥，二人打成平手。酆美拍馬趕來助戰，被朱仝截住。童貫看他們四人打得激烈，連連喝采。

四個人打了一會兒，朱仝和雷橫拍馬就走。童貫不知是計，帶人追了上去，追過山腳時只聽山頂上畫角❷齊鳴，「替天行道」杏黃旗在閃動。童貫帶著軍馬轉到山的另一邊，看見

---

❷【畫角】古代樂器，形如竹筒，用竹木或皮革製成，外加彩繪，故稱「畫角」，發音哀厲高亢，古代軍中常用來報告晨昏、振奮士氣、整肅軍容、報警等。

山頭的一面繡旗上繡著「鄆城縣蓋世英雄宋江」幾個字，頓時火冒三丈，吩咐大軍上山捉拿宋江。

宋江背後有吳用、公孫勝、花榮、徐寧等好漢，他們見童貫氣得要上山，都笑了起來。童貫咬牙切齒地說：「你們這些賊寇，竟敢笑我！我一定要抓住你們！」酆美連忙勸童貫撤軍，以免中計，童貫不聽。就在這時，探子來報：「西邊衝出一隊人馬，把後軍截成了兩段！」童貫大吃一驚，連忙帶著酆美和畢勝去救應，卻被東邊衝出的一隊人馬截住。這隊人馬的頭領是秦明和關勝，他們在馬上大喊：「割下童貫的頭！」童貫大怒，命令酆美和畢勝迎戰。雙方打了一會兒，童貫不敢戀戰，帶兵走了。朱仝、雷橫引軍追趕，和秦明、關勝夾攻童貫大軍。童貫大軍亂成一團，四散而逃。

呼延灼和林沖帶領五千軍馬趕來，睢州都監段鵬舉出陣迎戰呼延灼，洳州都監馬萬里出陣迎戰林沖。打了幾個回合，馬萬里被林沖刺死，段鵬舉無心戀戰，掉轉馬頭就走。呼延灼追殺過來，童貫吩咐大軍迅速撤退。這時，山後又來了一隊步兵，領頭的一僧一行者大叫：「不要放走童貫！」這一僧一行者正是智深和武松，他們把童貫的大軍衝得七零八落。

童貫大軍每次剛突出重圍，就會遇到一隊伏兵，被追得到處亂撞。這就是吳用布下的「十面埋伏」，童貫大軍怎能逃脫？最後，童貫的十萬大軍幾乎全軍覆沒。

宋江向來有歸順之心，怕眾頭領趕盡殺絕，連忙吩咐戴宗去請眾頭領回山寨慶功，童貫這才僥倖逃脫。眾頭領回到忠義堂，宋江吩咐裴宣論功行賞。酆美被活捉，宋江親自為他鬆綁，用心款待，兩天後送他下山，說：「我等在陣上褻瀆了將軍威嚴，還請將軍恕罪！我等原本沒有二心，只是被徇私枉法之人逼得走投無路才落草為寇，如今只希望能夠歸順朝廷，請將軍回去之後為我們美言幾句。如果能夠重見聖恩，我們一定不忘將軍的大恩大德。」

吳用擔心朝廷會再次興兵前來，派戴宗和劉唐去東京打探消息，以便山寨做好迎敵準備。

第五十一回　大勝高俅

童貫帶著殘兵回到東京，蔡京怕受連累，上朝時不敢說出實情，謊稱天氣炎熱，軍馬水土不服，梁山泊又地處水窪，馬步軍都無法前進，所以暫時停戰。徽宗信以為真，說：「這些賊寇是朕的心腹之患，哪位愛卿肯為朕分憂？」高俅主動請纓。徽宗見高俅勇於為國效力，非常高興，賜他金甲兵符，讓他隨便調遣軍馬。

高俅調用了十節度使：河南河北節度使王煥、上黨太原節度使徐京、京北弘農節度使王文德、穎州汝南節度使梅展、中山安平節度使張開、江夏零陵節度使楊溫、雲中雁門節度使韓存保、隴西漢陽節度使李從吉、琅琊彭城節度使項元鎮、清河天水節度使荊忠。這十個人都出身綠林，後來被招安，立過很多戰功。高俅命令這十個人各帶一萬精兵趕往濟州聽候調遣。除此之外，高俅還調用了金陵建康府水軍統制劉夢龍，讓他帶領一萬五千名水軍和五百條戰船趕到濟州聽候調遣；又讓心腹牛邦喜帶人沿江搜羅船隻，也調往濟州備用。高俅帳前還有很多牙將❶，其中當屬黨世英和黨世雄兄弟倆最厲害。黨氏兄弟倆都是統制官，都有萬

夫不當之勇。高俅準備帶上他們倆，又在御營中調了一萬五千名精兵。各路軍馬共計十三萬，準備水陸並進，將梁山好漢全部消滅。

高俅做好一應安排之後，卻遲遲不肯出師。二十多天之後，徽宗降詔催促高俅出師，高俅才不得不動身，臨行前挑選了三十多個歌妓隨軍消遣。等高俅領兵到濟州時，十節度使已經在那裡等候多時了，他們和濟州太守張叔夜一起出城迎接高俅。高俅在濟州府衙設立中軍大寨，命令十節度使先率各自的軍馬在城外紮營，等劉夢龍水軍來到之後再說。那十路軍馬上山砍伐樹木紮營，下山搶劫百姓財物自用，可害苦了百姓。兩天之後，劉夢龍的水軍趕到，高俅召集十節度使來商議進兵之計。王煥說：「太尉先派馬步軍去探路，引賊出戰，再調集水軍襲擊賊巢，令賊寇水陸不能兼顧。」高俅聽取了他的建議，調集三軍一齊向梁山泊進發。

吳用早已得到消息，進行了周密的安排，只等高太尉帶兵前來。

宋江聽說高俅率兵前來，率軍迎戰。高俅陣中王煥先出陣，梁山陣中林沖挺槍迎敵。兩個人鬥了七八十個回合不分勝負，兩軍各自鳴金收兵。之後，荊忠出來叫陣，呼延灼出陣迎戰，兩個人鬥了二十來個回合，呼延灼一鞭打死了荊忠。高俅連忙派項元鎮出陣。董平出陣

❶【牙將】古代的一種軍銜，又叫牙軍或衙兵，主要負責保護牙城——主將居住的城池，因此得名。

迎戰，右臂中了一箭，被呼延灼和林沖救走。高俅指揮大軍混戰，把宋江等人趕到水邊，然後派人接應水軍。

這時，劉夢龍和黨世雄正駕船深入梁山泊。突然，山坡上傳來一聲炮響，許多小船從四面八方湧來，衝散了劉夢龍的水軍。官船前後不能接應，一大半官軍棄船而逃，劉夢龍脫下軍裝逃走了。黨世雄不肯逃走，命令水軍向蘆葦蕩深處前進，走了不足二里，被阮氏三兄弟和張橫合力活捉。

高俅見水軍戰敗，連忙命令三軍撤退。這時，四周傳來一陣炮響，高俅嚇得奪路而逃。這一戰，高俅水軍折損過半，戰船全都沒有回來。

高俅大軍軍威受挫，只好先駐紮在濟州城裡，等牛邦喜回來再做打算。

梁山兵馬到濟州城下叫陣，高俅大怒，率領本部官兵和十節度使出城迎敵。宋江連忙命令軍馬撤退，一直退到十五里之外的曠野上。高俅帶兵追了過去，只見梁山兵馬已經在山坡上擺好了陣勢。高俅看見呼延灼，說：「這就是統領連環馬時背叛朝廷的傢伙。」說完，命令韓存保出陣迎敵。

韓存保善於使用方天畫戟，和呼延灼打了五十多個回合也不分勝負。這時，呼延灼賣了一個破綻，策馬跑下山坡。韓存保想立功，連忙追了過去。呼延灼把韓存保引到小溪邊，和他打了三十多個回合，兩個人都掉進小溪裡，正打得難解難分，張清領兵趕來，活捉了韓存保。梅展和張開趕來接應，看見韓存保被活捉，連忙去奪。幸虧秦明和關勝及時趕來，殺退了官兵。

宋江見了韓存保，親自為他鬆綁，並對他和黨世雄說：「二位將軍，我等並無二心，只因被貪官污吏逼迫才上了梁山，若蒙朝廷招安，我等情願為國效力。」韓存保說：「上次陳太尉來招安，你們為什麼沒有乘機改邪歸正？」宋江說出了實情，韓存保說：「只因為中間沒有好人維持，這才誤了國家大事。」宋江設宴款待韓存保和黨世雄，然後送他們下山了。

韓、黨二人回到濟州，為宋江說了很多好話。高俅聽了，大怒：「這都是賊人的詭計！你們倆還有何面目來見我！來人，把他們推出去斬了。」王煥等將領連忙跪下來為他們求情。高俅不好違反眾人的意思，只好削去韓、黨二人的官職，派人把他們押回東京。韓、黨二人託關係面見了蔡京，說宋江只希望朝廷招安。蔡京說：「宋江等人扯碎詔書、辱罵皇上，十分無禮，不能招安，只可剿滅。」韓、黨二人說：「上次招安不成功，是因為使者沒有用心撫恤梁山眾人。」蔡京聽他們這麼說，這才答應奏請皇上招安。徽宗派足智多謀的文人聞煥章協助高俅招安。

牛邦喜徵用了大小船隻共一千五百多艘，高俅非常高興，賞了牛邦喜，叫人把船都放進港口，訓練水兵，然後開船進攻梁山泊。

吳用吩咐劉唐帶領水軍迎戰，叫水軍頭領各準備好裝有硫磺等引火之物的小船，讓凌振在

高俅還調用了金陵建康府水軍統制劉夢龍，讓他帶領一萬五千名水軍和五百條戰船趕到濟州聽候調遣。

四面的高山上開炮，又設了一些空營壘迷惑對方。

公孫勝作法求來大風，劉唐帶人到處放火，燒了牛邦喜的船隊。劉夢龍脫下頭盔和官服，跳進水裡，企圖再次逃脫，被李俊活捉。牛邦喜被張橫活捉，黨世英被亂箭射死。

李俊和張橫怕宋江放了劉夢龍和牛邦喜，在路邊殺死他們，把他們的頭送回了山寨。

高俅率軍接應水軍，被梁山的馬步軍殺得丟盔卸甲，狼狽地逃回了濟州城。在這場大戰中，高俅大軍折損了一大半。

聞煥章來到濟州，對高俅說朝廷有意再次招安。高俅心裡猶豫不決。濟州有一個歹毒的老吏名叫王瑾，他建議高俅在詔書上做文章：曲解聖旨，以招安為名除掉宋江，驅散其他賊寇。聞煥章不同意這麼做，高俅卻高興地答應了。

宋江聽說朝廷又來招安，非常高興，急忙帶

著眾頭領到濟州城外聽詔。吳用擔心高俅使詐，提前在濟州城外安排了伏兵，這才沒出意外，還殺了許多官兵。高俅等人嚇得魂不附體，連忙奏請朝廷增調糧草和兵馬。徽宗以為宋江等賊寇屢次犯上作亂，非常生氣，調遣了一批精兵前去助陣。

客商葉春善於造船，建議高俅建造容量大、航速快、防衛好、攻擊力強的海鰍船。高俅很高興，調集工匠日夜趕製，同時加緊訓練水軍。

入冬時，海鰍船造好，高俅信心十足，調集兵馬再次進攻梁山泊。

阮氏三兄弟、張橫、張順、童威、童猛等水軍潛入水中，鑿穿了海鰍船的船底。眾官兵見海鰍船漏水，頓時慌成一團，失去了戰鬥力。

梁山大軍水陸並進，大舉進攻官兵，活捉了高俅和其餘幾個節度使。宋江一心想歸順朝廷，所以對高俅禮遇有加，只希望高俅能在皇上面前為他說好話。

高俅被活捉，嚇得不知所措，為了活命，只說自己一定會奏請皇上再來招安。

宋江非常高興，堅持要留高俅多住幾天，以表達他對高俅的尊敬之意。高俅害怕梁山上那些生龍活虎的好漢，堅決要離開，為了表達自己的「誠意」，還留下聞煥章，讓蕭讓和樂和跟他一起面見天子。

宋江信以為真，親自護送高俅下山。

第五十二回　招安梁山泊

高俅下山之後，吳用對宋江說：「高俅是個忘恩負義之人，他這次損兵折將回去，肯定不會向皇上稟明實情，只會軟禁蕭讓和樂和，請哥哥派兩個機靈人去京師打探消息，再伺機向皇上稟明實情。」燕青主動要求去東京，希望通過李師師將實情告訴皇上。戴宗也主動請纓。宋江派他們一起去。

朱武建議宋江請宿太尉也來幫忙，宋江想起九天玄女說的「遇宿重重喜」，又聽說聞煥章和宿太尉是同窗好友，就託聞煥章給宿太尉寫了一封信，請宿太尉向皇上奏明梁山想接受招安的心意。

燕青和戴宗帶著信和許多金銀珠寶，假扮成官差來到東京。第二天，燕青給了鴇母很多銀子，見到李師師，又拿出金銀珠寶，說明了自己的真實身分和來意。

李師師早已聽說梁山眾人都是義士，答應幫忙，同時見燕青一表人才，不由得春心萌動，不時地用言語撩撥他。燕青是個機靈人，當然知道李師師的心思，又怕耽誤正事，只好假裝不解風情。李師師也會意，請燕青吹簫給她聽。燕青不好拒絕，接過李師師遞來的簫吹了起來。李師師聽完，讚歎不已，彈了一支動聽的曲子。

喝了幾杯酒之後，李師師執意要看燕青身上的花繡。燕青只好脫下上衣。李師師看了花繡，忍不住伸手去摸。燕青連忙穿上衣服，問：「姐姐今年多大？」李師師回答：「二十七。」燕青說：「小人今年二十五，希望能和姐姐結為異姓姐弟。」說完，對著李師師拜了八拜，認鴇母做乾娘，斷絕了李師師的念頭。

當天晚上，碰巧徽宗駕臨，李師師乘機把燕青介紹給徽宗，說燕青是她的表弟。徽宗看燕青長得英俊瀟灑，非常喜歡。李師師叫燕青吹簫、唱歌，服侍皇上喝酒。徽宗見燕青多才多藝，更喜歡了，命燕青接著唱。

燕青唱著唱著，突然跪在地上大哭起來。徽宗連忙問他有什麼傷心事。

燕青回答：「臣有彌天大罪不敢上奏。」

徽宗說：「朕不會治你的罪，你只管說。」

燕青說：「小人原本是做生意的，路過梁山泊時被劫到山上，一住就是三年，如今才逃出來，雖然見到了姐姐，可是不敢上街，害怕被官差當成賊寇抓起來。」說完，對李師師使了使眼色。李師師會意，對皇上撒起嬌來，請皇上寫一道赦書給燕青。

皇上親筆寫了一道赦免燕青的詔書，然後問起梁山泊的情況。燕青說：「宋江主張替天行道，不敢侵佔州府，也沒有害過百姓，只殺貪官污吏，並希望朝廷能夠早日招安，為國效力。」

徽宗說：「寡人兩次降旨招安，為什麼他們都沒有歸順呢？」

燕青回答：「第一次招安，詔書上並沒有撫恤之詞，而且用鄉村白酒冒充御酒。第二次招安，故意曲解詔書的意思，要除掉宋江，驅散其他人。童樞密帶兵去剿殺梁山眾人，大敗而歸。高太尉調集大軍前來，叫百姓修造戰船，也吃了敗仗，還被活捉上山，由於他答應促成招安，才被放走。高太尉還帶走了山上的兩個人，並留聞參謀在山上當人質。」

徽宗知道自己被騙，不停地歎氣，然後和李師師一起休息了。

第二天，燕青和戴宗帶著書信和金銀珠寶去見宿太尉。宿太尉看了信，大吃一驚，心裡已經有了打算。

燕青和戴宗離開宿太尉府，假扮成官差來到殿帥府，買通高太尉手下的一個虞候，救出了蕭讓和樂和。高俅聽說蕭讓和樂和不見了，大吃一驚，以生病為由躲在家裡。

徽宗在朝堂上嚴厲地斥責童貫和高俅壞了國家大事，然後派宿太尉前去招安。

宿太尉打著御賜的招安錦旗，命隨從抬著一百零八罈御酒、三十六面金牌、七十二面銀牌、三十六匹紅錦、七十二匹綠錦，浩浩蕩蕩地向梁山泊進發。

宋江得到消息，連忙派人張燈結綵，然後帶著眾頭領來到離寨三十里遠的地方，跪在路邊恭迎宿太尉。

宿太尉見道路兩邊都結彩掛花，路邊還有笙簫鼓樂歡迎他們，滿心歡喜。眾人來到忠義堂，由蕭讓宣讀詔書：「朕自即位以來，一直用仁義治理天下，愛民如子，求賢若渴。聽說梁山眾人都心懷忠義，被逼無奈才落草為寇，很值得同情，又早有歸順朝廷之意，朕特派太尉宿元景前來招安，赦免梁山眾人的所有罪過，希望梁山眾人早早歸降，朝廷必將予以重任。」

蕭讓讀完詔書，宋江等人都高呼萬歲，磕頭謝恩。宿太尉命人把金銀牌和紅綠錦緞按順序分發給梁山眾頭領，打開御酒請眾頭領品嘗。眾人一齊舉杯慶祝招安成功。

梁山眾好漢就這樣歸順了朝廷。

宋江用心招待宿太尉，幾天之後才送他下山。之後，宋江下令，願意歸順朝廷的人記錄在冊，不願意的遣散，當時就有幾千人離開。宋江派人貼告示說明梁山已經接受招安，讓百姓都到山上買東西。只要是來買東西的百姓，山寨都安排飯菜給他們吃。百姓爭相上山。之後，宋江打著「順天」「護國」兩面紅旗，帶著眾頭領和一隊人馬下山了。

忠義堂裡只剩下一百零八個座椅，杏黃旗迎風抖動，梁山泊上一片蕭瑟淒涼的景象。

宋江等人到了東京，駐紮在新曹門外，聽候傳召。徽宗命令宋江先帶三五百人戎裝進城，讓他一睹英雄豪傑的風采，再換上御賜的錦袍到文德殿覲見❶。

宋江奉命從東華門進城。百姓扶老攜幼而來，就像歡迎天神一樣。徽宗在宣德樓上看到宋江一行人如此英武，高興地說：「這才是真英雄。」

徽宗要給宋江等人加官晉爵，童貫說：「皇上，等他們建功立業之後再加官也不遲。如今，數萬大軍逼城下寨，有違君臣之禮，應該把他們分散到各個州郡去。」徽宗准奏。梁山泊眾人接到聖旨，堅決不肯分開，嚷著要回梁山泊。

徽宗嚇得不知所措，急忙召集百官商議對策。童貫說：「梁山賊寇雖然歸順了朝廷，可是賊心難改。不如把他們騙進城來殺死，免除後患。」徽宗聽了，遲遲不肯做決定。宿太尉說：「遼國屢次侵犯我朝邊境，如今又兵分四路劫掠山東、山西、河南、河北，你們這些嫉妒賢能的奸臣不僅隱瞞不報，還在這兒製造內禍，唯恐天下不亂！皇上，宋江等人情同手足，不願意分開也是人之常情。如今遼國正在作亂，不如讓梁山泊眾人前去征討，這麼一來，內憂外患都可以解除了。」徽宗很贊同，封宋江為破遼先鋒，盧俊義為副先鋒，其餘將領在建功之後再論功封賞。

宋江領旨之後，帶著眾頭領回到梁山。眾人把家人送回老家，拆毀山寨，駐紮在東京城外的陳橋驛。

徽宗命令中書省犒勞宋江大軍，給每個士兵發一瓶酒、一斤肉。中書省派兩名廂官❷負責分發酒肉，沒想到這兩個官員都是徇私舞弊之人，竟然克扣了將近一半的獎賞。

一個士兵見酒只有半瓶，肉只有十兩，指著一個廂官大罵：「你們這些貪婪的小人，連朝廷的獎賞都敢克扣。」

那個廂官回答：「大膽！你們這些殺不完的賊，到了這裡還賊性不改。」士兵大怒，把酒和肉都扔在那個廂官臉上。那個廂官連忙命人抓住士兵。士兵從身邊抽出刀來，一刀把那個廂官砍倒在地，又補了幾刀。那個廂官當場死亡。眾士兵見了，都高興地簇擁著那個士兵。

宋江得知了此事，連忙派戴宗和燕青向宿太尉作了彙報，請宿太尉幫忙說情，以免中書省藉機向皇上進讒言。為了平息紛爭，宋江讓那個士兵上吊自殺，割下他的頭示眾。徽宗想讓宋江征討遼國，暫時沒有追究宋江治軍不嚴之罪。

---

❶【覲（ㄐㄧㄣˋ）見】拜見（君主或高官）。

❷【廂官】宋代官職名，分管所轄地區煙火、訴訟、捕盜等事。

第五十三回　遠征遼國

宋江埋了士兵的屍體，大哭一場，然後揮師北上，直逼遼國的緊要隘口檀州，輕易地攻克了檀州所屬的密雲縣。

遼國狼主❶得到消息，派侄子耶律國珍和耶律國寶去檀州助陣。耶律國珍和耶律國寶雖然英勇善戰，可是畢竟年少，戰場經驗不足，結果耶律國珍被董平一槍刺死，耶律國寶被張清的石子打死。遼兵沒了主將，頓時亂成一團。梁山人馬殺散遼兵一萬多人，奪了一千多匹戰馬。

宋江非常高興，犒賞三軍，然後帶兵到檀州城下叫陣。檀州守將洞仙侍郎緊閉城門不出，只等援兵到來。

宋江見檀州久攻不下，和吳用商議了一番，決定派凌振和李逵等人帶一千多士兵在城下和遼軍對峙，另外派四路人馬分頭進攻檀州，命李俊的水軍假扮成運糧船隊引誘檀州守軍出城。

李逵奉命來城下叫陣，洞仙侍郎果然中計，派番將咬兒惟康出城殺敵。咬兒惟康走到吊

橋邊，被李逵、樊瑞、鮑旭、項充、李袞五個好漢攔住，無法出城。

洞仙侍郎見城裡軍馬衝不出去，連忙叫番將楚明玉、曹明濟打開水門去搶運糧船。這時，梁山水軍早已埋伏好，見水門打開，立刻放出戰船。楚明玉和曹明濟寡不敵眾，連忙上岸，向薊州方向逃去。

檀州城下炮聲震天，李逵、樊瑞等人殺進城裡。梁山另外四路人馬也一齊殺來。洞仙侍郎和咬兒惟康棄了城池，也向薊州方向逃去。

宋江帶領大軍進入檀州，出榜安民，犒賞部下，向朝廷報捷，並將檀州城的金銀財寶全都送往東京。

徽宗非常高興，派東京府同知趙安撫統領二萬軍馬前來監戰。趙安撫是宿太尉舉薦的，為人寬仁厚德。宋江請趙安撫鎮守檀州，他自己則帶兵攻打薊州。到了薊州境內，宋江和盧俊義兵分兩路，宋江率兵攻打薊州平峪縣，盧俊義率兵攻打薊州玉田縣。

薊州守將是遼國狼主❶的弟弟耶律得重，他派洞仙侍郎率部去平峪縣把守，他自己帶著他的四個兒子宗雲、宗電、宗雷、宗霖和副總兵天山勇直奔玉田縣。

宋江見平峪縣防守嚴密，不敢輕易進兵，在平峪縣西邊紮下營寨，準備伺機而動。

---

❶【狼主】古時突厥等少數民族對本族君主或首領的稱呼。

盧俊義軍馬不熟悉玉田縣地形，朱武建議隊伍呈長蛇形前進。兩軍對陣，耶律得重擺出五虎靠山陣，朱武擺出化鯤為鵬陣應對。耶律得重的四個兒子高聲大叫：「你們這些草賊，竟敢侵犯我朝邊界！」關勝聽了，舉起青龍偃月刀出戰。呼延灼、徐寧、索超、張清也先後出陣迎敵。耶律得重聽說張清的石子非常厲害，派天山勇去應付張清。天山勇箭術高超，一箭射中張清的喉嚨。張清從馬上摔下來，幸虧董平、史進等人趕來救走了他。

盧俊義見張清中箭，無心戀戰，連忙撤軍。遼軍四小將乘勢追來，衝散了盧俊義的軍馬。盧俊義獨自迎戰四小將，和他們鬥了一個時辰依然面無懼色。隨後，盧俊義賣了一個破綻，耶律宗霖乘勢向他砍來，被他一槍刺死。另外三個小將見了，都嚇得逃走了。盧俊義割下耶律宗霖的頭，拴在馬脖子上，騎馬向南前進，殺散了一千多個遼兵，與呼延灼、關勝、宣贊、郝思文、單廷珪、魏定國會合。

盧俊義一行人趕到玉田縣時，董平、徐寧已經攻佔了縣城。盧俊義派人安撫縣裡軍民。當天黃昏，耶律宗雲帶兵包圍了玉田縣。燕青一箭射中耶律宗雲的鼻子，遼兵連忙後退，在五里之外安營紮寨。

盧俊義說：「遼兵雖然暫時後退了五里，可是明天肯定會再來圍攻，到時如果沒人來救應，我們必定會遭難。」次日天亮時，宋江軍馬趕到，殺退遼兵，解了玉田縣之圍。梁山兩路軍馬會合，決定先攻下薊州。宋江說：「時遷、石秀對薊州很熟悉，我已經派他們假扮成遼兵進城，讓時遷躲在寶嚴寺的大雄寶殿裡，石秀藏在州衙裡，等我們攻到城下時，他們就放火為號，跟我們裡應外合。」

第二天，宋江和盧俊義帶兵直奔薊州。耶律得重率軍出城，在離城三十里的地方和梁山人馬交戰。

兩軍對陣，林沖當先出戰，和番將寶密聖大戰了三十多個回合，一槍刺中寶密聖的脖子，寶密聖當場身亡。徐寧接著出戰，刺死番將天山勇。宋江非常高興，命令大軍混戰。遼兵大敗，逃回薊州。

宋江犒賞了三軍，繼續攻打薊州。耶律得重派洞仙侍郎迎敵。洞仙侍郎不敢不聽，帶領咬兒惟康、楚明玉和曹明濟等一千多人出城，在城下擺開陣勢。索超當先出陣，和咬兒惟康打了二十多個回合，一斧頭把咬兒惟康劈成兩半。洞仙侍郎見了，命楚明玉和曹明濟去接應。楚曹二人早已嚇破了膽，但也只能挺槍出戰。史進拍馬迎戰，麻利地砍死了楚明玉和曹明濟，策馬殺進遼軍陣裡。

宋江見了，揮鞭指揮大軍前進，一直殺到吊橋邊。耶律得重連忙下令關閉城門，將戰況上報狼主，派人向霸州、幽州求救。

宋江命令大軍連夜攻打薊州城。耶律得重見宋兵步步緊逼，強迫百姓守城。時遷見梁山人馬已經攻到城下，在寶嚴寺的寶塔和大雄寶殿兩處放起火來。城裡百姓見寶塔起火，非常驚慌，都扶老攜幼地逃命去了。石秀爬到薊州衙門的屋頂上，在風口處放起火來。守城的百姓見薊州城裡三處起火，猜出是宋兵的細作幹的，棄城而逃。沒過多久，時遷又在寶嚴寺入口放了一把火。耶律得重見城裡接連起火，也猜出城裡有宋軍的細作，連忙帶著家人從北門逃走了。宋江乘勢進攻，攻下了南門。洞仙侍郎寡不敵眾，從北門逃走。

宋江攻克薊州，派人撲滅大火，出榜安撫百姓，把梁山人馬都安頓在薊州城裡，犒賞三軍，奏請趙安撫來駐守薊州。趙安撫叫宋江暫駐薊州。宋江考慮到當時天氣酷熱，派盧俊義帶兵駐紮在玉田縣，其餘軍馬駐守薊州，等過了酷暑再做安排。

耶律得重逃到燕京❷，見了遼國狼主放聲大哭：「狼主，宋軍兵強馬壯，殺死臣的兩個兒子和檀州四名大將，攻克了薊州，臣特來殿前請死！」狼主安撫了耶律得重和洞仙侍郎一番，然後和群臣商議對策。歐陽侍郎說：「宋江這夥人雖然是水滸草寇出身，可是從不殺害良民，只殺貪官污吏，非常英勇，不能小看。如今大宋有蔡京、童貫、高俅、楊戩弄權，這四個人都是嫉賢妒能的奸臣，必定不會容忍宋江這夥人。請狼主批准臣去勸宋江這夥人歸順，一旦他們歸順了我大遼，狼主要奪得中原就易如反掌了。」狼主很贊同，派歐陽侍郎帶著重金去勸降。

---

❷【燕京】在古籍中多指北京，此處指南京。遼兵攻佔南京後，於一〇一二年改南京爲燕京，作爲遼國的陪都。當時，遼國的首都在上京（今內蒙古巴林左旗南部）。一一五三年，遼國正式遷都到燕京。

第五十四回　兵不厭詐

宋江聽說遼國使者來了，占了一卦，卦象顯示出吉兆。

遼國使者到來之後，宋江問：「侍郎來這裡有什麼事？」

歐陽侍郎說：「有一件小事要和將軍密談。」

宋江聽了，把歐陽侍郎請進後堂深處。歐陽侍郎欠身對宋江說：「俺大遼國早就聽過將軍的大名，只因路途遙遠才沒能見到將軍。如今宋朝奸臣當道，以致江南、兩浙、山東、河北等地盜賊並起，生靈塗炭。將軍率領十萬精兵忠心歸順，只得了先鋒這個虛職，其他人則都沒有受封。如今將軍跋山涉水為國立功，照樣沒有得到朝廷的賞賜，這都是因為有奸臣從中作梗。將軍如果將沿途擄掠的金銀財寶送給蔡京、童貫、高俅、楊戩四個奸臣，或許能夠保住官爵，否則，將軍即便精忠報國，回到朝廷也會被問罪。我奉大遼國主之命前來，封將軍為遼邦鎮國大將軍、兵馬大元帥，贈給將軍一提❶金、一秤銀、一百零八匹彩緞、一百零八匹好馬，請將軍率領部眾齊心輔佐本國。」

宋江回答：「多謝狼主厚愛，無奈宋江出身微賤，不敢接受，更何況我有幾個兄弟性情剛烈，我怕他們不會輕易歸順，萬一有誰不小心走漏消息，可就壞事了！請侍郎先回去，等天涼了再說。」歐陽侍郎只好帶著財帛回去了。

宋江找吳用商議對策，吳用長長地歎了一口氣，說：「小弟覺得歐陽侍郎的一席話很有道理。依小弟的意思，還不如棄宋歸遼。不過，這樣就辜負了兄長的忠義之心。」宋江回答：「即便宋朝辜負了我，我也照樣會忠於宋朝，只圖留下一個好名聲。」吳用見宋江態度如此堅決，沒有再說什麼，說出一條攻取霸州的計策。

第二天，宋江準備了許多財帛，帶著幾個頭領和五千步兵，在公孫勝的帶領下來到二仙山，請羅真人指點迷津。羅真人說：「將軍命薄，一輩子歷經磨難，很少有快樂的時候。一旦春風得意，將軍就應該隱退，千萬不要留戀富貴。」

七月下旬，朝廷催兵出戰，宋江整頓軍馬，準備選個黃道吉日出師。就在這時，歐陽侍郎再次前來勸降。宋江說：「侍郎，自你上次來訪之後，眾軍都知道了我的心意，可是有一半人不肯歸順，如果宋江跟隨侍郎去見狼主，副先鋒盧俊義必定會帶兵追趕，到時自然難免傷及兄弟義氣。為避免這種情況出現，請侍郎暫時借我一座城池躲避一下，等盧俊義發現我已歸順大遼時，我再與他正面為敵。」歐陽侍郎非常高興，許諾將霸州借給宋江避難，之後立刻回去做準備。

宋江和眾將確定了攻取霸州的方案，坐等歐陽侍郎上鉤。

兩天之後，歐陽侍郎帶著幾十個騎兵前來，把宋江、花榮等人帶進了霸州城。霸州守將是國舅康里安定，既有權勢又膽識過人，派了金福侍郎和葉清侍郎具體負責守備一事。國舅見宋江儀表不凡，設宴款待，挑了一座大宅供宋江、花榮等人居住。宋江對歐陽侍郎說：「我昨晚走得太匆忙，忘記帶上軍師吳用了。吳用足智多謀，軍中少不了他，如果他來了，請侍郎放他進來。」歐陽侍郎聽了，立即派人通知益津關和文安縣的把關士兵，一旦吳用來了，立刻放他入關。

吳用帶著幾十個百姓模樣的人來到益津關，把關士兵奉命放行。吳用等人入關之後，麻利地殺死了守關士兵，原來那些百姓模樣的人是解珍、解寶、李立等人假扮的。之後，盧俊義帶兵趕到，眾人一起奪了益津關。

吳用來到霸州，對宋江說：「小可正要出城，誰知被盧俊義發現。盧俊義窮追不捨，已經追到這裡了。」隨後，探馬來報：「宋兵奪了文安縣，正向霸州殺來。」宋江對國舅說：「先不要派兵抵抗，等盧俊義來到城下，我勸他也歸順大遼，如果他不聽，再和他廝殺不遲。」國舅照做了。

❶【一提】用來提的物體，其重量沒有確數。後文「一秤」的意思與此類似。

盧俊義來到城下，對著城上大叫：「反賊宋江出來！」

宋江指著盧俊義說：「兄弟，宋朝奸臣當道，賞罰不明，我已經歸順了大遼狼主，請你看在我們以往共聚大義的情分上，和我一起輔佐狼主。」

盧俊義大罵：「俺在北京住得好好的，你卻騙俺上山，讓俺被迫落草為寇。後來朝廷三次降詔招安，也沒有虧待你，你怎敢背叛朝廷？你這個目光短淺的無能之輩，快出來和我一較高下！」

宋江大怒，派林沖、花榮、朱仝、穆弘四位將領出城活捉盧俊義。四位將領和盧俊義打了二十多個回合，盧俊義絲毫沒有害怕。四位將領見了，掉轉馬頭就走。盧俊義帶著人馬追擊。林沖、花榮到了吊橋邊，又回頭抵抗盧俊義，然後假裝失敗，把盧俊義引進城裡。城裡的宋兵一齊兵變，接應盧俊義等人。國舅不知所措，和眾侍郎一起被活捉。

宋江佔據霸州城，趕走城裡的番將，釋放國舅、眾侍郎及其家人，派人給趙安撫傳捷報。趙安撫非常高興，向朝廷稟明了戰況。

遼國狼主聽說霸州丟失，責罵了歐陽侍郎一頓，還要把歐陽侍郎推出去斬了，被都統軍兀顏光勸止。

宋江奪下霸州之後，馬不停蹄地進軍幽州。幽州守將是副統軍賀重寶，他能力敵萬人，又會妖法，善於行軍作戰。他聽說宋兵進軍幽州，派大弟賀拆攻打薊州，小弟賀雲攻打霸州，並吩咐他們假裝失敗，目的是把宋兵引進幽州四面環山的青石峪，圍殲宋兵。

吳用和朱武識破賀重寶的計策，吩咐宋江不要派兵追趕。宋江一心想攻下幽州，不聽勸告，和盧俊義一起進逼幽州，被賀重寶攔住去路。關勝出馬迎戰，與賀重寶打了三十多個回合之後，賀重寶掉轉馬頭就走。宋兵追了上去，追了四五十里被遼兵衝成兩段。賀重寶施展妖法，空中頓時飛沙走石，黑雲遮天。前軍中，公孫勝拿劍念咒，破解了妖法。後軍中，盧俊義不熟悉地形，帶兵衝殺過去，被困在青石峪裡。等到黑雲散去時，已經是二更時分，盧俊義的軍馬拼殺了一天，都非常累，不顧四周都是高山，席地休息。

宋江不放心，派解珍和解寶假扮成獵戶去打探盧俊義的下落。解珍和解寶走進深山，從獵戶那裡瞭解到青石峪的大致情況，猜出盧俊義可能就困在青石峪裡，連忙回營向宋江稟告。就在這時，白勝冒死從青石峪逃到營寨向宋江求救。宋江連忙帶兵衝殺到青石峪峪口。

賀重寶派他的兩個兄弟出陣迎戰。林沖拍馬和賀拆交戰，只兩個回合就刺死了賀拆。李逵、樊瑞、鮑旭、項充等步軍頭領見馬軍搶了頭功，都爭先恐後地上前和遼兵廝殺，賀雲被李逵砍死。

賀重寶見他的兩個弟弟戰死，連忙作起妖法。公孫勝及時趕來，破解了妖法。賀重寶拍馬殺向宋兵，兩軍混戰。梁山馬軍殺得遼兵東逃西竄，盧俊義被梁山步軍救出。

宋江帶兵回營，吩咐盧俊義回薊州休息，他自己則帶兵攻打幽州。

賀重寶逃回幽州，正在為失去兩個兄弟而難過，遼國駙馬太真胥慶和黃門侍郎李金吾各帶領五千人馬趕來。賀重寶讓他們埋伏在山後，他獨自帶兵出城挑戰。

宋江聽從吳用的計策，兵分三路迎敵，分別擊破了幽州三路大軍。賀重寶被殺，太真胥慶和李金吾逃脫。

宋江帶兵進駐幽州，出榜安撫百姓，派人往檀州報捷。

趙安撫見宋江前後奪得了檀州、薊州、霸州和幽州四個大郡，非常高興，一面向朝廷報捷，一面命令梁山兵馬繼續出征。

第五十五回　遼國求和

遼國狼主聽說宋江接連攻克四個大郡，震驚不已，連忙召集群臣商議退敵之計。都統兀顏光主動請纓。狼主把兵符交給兀顏光，讓他全權處理破敵事宜。

兀顏光領了聖旨，立即調兵遣將。兀顏光的長子兀顏延壽急於立功，帶著兩萬五千人出征，與太真胥慶、李金吾會合，直奔幽州。

宋江得到消息，擺下九宮八卦陣迎敵。兀顏延壽自幼熟讀兵書，精通陣法，認出了九宮八卦陣，還擺出太乙三才陣炫耀自己的本事。吳用和朱武認出了他的陣法。兀顏延壽連忙變換陣法，先後擺出了河洛四象陣、循環八卦陣和諸葛亮所創的「八陣圖」都被識破。兀顏延壽鬥法失敗，於是帶兵去破九宮八卦陣。

公孫勝施展法術，變出各種幻象，逼得兀顏延壽軍馬無路可走。兀顏延壽命令眾軍只管殺出去。呼延灼上前迎戰，活捉了兀顏延壽。

李金吾被秦明一棍打死，太真胥慶逃脫，遼軍大敗。

兀顏光聽說大兒子被擒，即刻調集了二十萬大軍，並請遼國狼主親自出征。

兩軍對陣，遼國狼主在中軍督戰，遼國將領擺出太乙混天象陣。太乙混天象陣變化多端，朱武和吳用都不敢輕視它。宋江急於求成，命令宋兵去攻打，結果有一半人被殺，杜遷、宋萬身受重傷，李逵被活捉。兩軍暫時停戰，兀顏光用李逵換回了兀顏延壽。

宋江破不了太乙混天象陣，寢食難安。這一天，宋江坐在營寨裡取暖，快要睡著時，突然吹起一陣寒風，隨後出現一個女道童，她把宋江帶到了九天玄女娘娘面前。九天玄女娘娘對宋江說：「如果要破太乙混天象陣，必須利用相生相剋之理。」隨後說出破陣的具體方法。宋江拜別娘娘，跟著女道童來到石橋邊，像上次一樣被女道童推到石橋下。宋江大叫一聲，從夢中醒來。

宋江立刻請來吳用，說：「太乙混天象陣是按五行布下的，不能強攻，只能利用五行相生相剋❶之理破解。我們需要造二十四部雷車，派五路軍馬在夜間一齊出擊，這樣就能破解這個陣了。」說完，派人著手準備。

第二天天黑時，宋軍一切都已準備妥當。呼延灼、關勝、林沖、秦明、董平分別率兵攻打敵軍的金木水火土五陣。李逵等人掩護二十四部雷車殺進敵陣，點燃雷車，炮聲頓時響徹雲霄。

兀顏光聽到殺喊聲和炮聲，慌忙走出營帳。關勝上前迎戰。張清用石子擊打兀顏光身邊的牙將，打得眾牙將四散而逃。李應、柴進、宣贊、郝思文策馬而來，趕殺遼軍將領。兀顏光見自己落了單，連忙向北逃去，關勝緊追不放。花榮也追了過去，一箭射在兀顏光的護心鏡上。關勝追上兀顏光，和兀顏光打鬥。花榮趕到，舉箭射向兀顏光。兀顏光躲開了花榮的箭，卻中了張清的石子，趴在馬上不能動彈，被關勝一刀砍死。

遼國許多大將被活捉，兵馬死傷不計其數。遼國狼主聽說遼兵戰敗，連忙逃回燕京，命令將士堅守城池。

宋江緊追不捨，包圍了燕京城。

遼國狼主非常害怕，與群臣商議了一番之後，在城樓上豎起白旗，派使臣到宋營求和：「遼國年年向大宋進貢牛馬和珠寶，再也不敢侵犯大宋。」趙安撫不敢擅自作主，讓遼國派使臣求見大宋天子。

遼國狼主聽了，立刻召集文武百官商議此事。丞相褚堅說：「如今本國兵微將寡，無力抵抗，臣願意親自去賄賂宋先鋒，求他停戰。請狼主派人帶重金去東京賄賂蔡京、童貫、高俅、楊戩這四個奸臣，讓他們為我們求情。」狼主准奏。

❶【五行相生相剋】古代人認為世間萬物都是由金、木、水、火、土這五大元素組成的，它們之間又存在著相互幫助或克制的關係。

第二天，褚堅帶著重金面見宋江，說明了來意。宋江說：「我宋江攻城是職責所在，停戰是因為你們在城上豎起降旗，如今你用重金賄賂我，把我當成什麼人了？你若想求和，就親自去東京朝見天子，我暫時不會出兵攻打你們。」褚堅將宋江的話如實稟報了狼主，狼主派褚堅去東京求和。褚堅來到東京，重金賄賂省院大小官員。蔡京、童貫、高俅、楊戩等奸臣得到好處，都建議接受議和。徽宗派宿元景帶著詔書出使遼國，命令宋江班師回朝，把宋江攻克的城池都還給了遼國。

宋江原以為自己立了大功，沒想到結果竟是這樣，讓他覺得自己出征只是白費力氣。趙安撫安慰了宋江一番，宋江心裡才好過一點兒。兩國講和之後，宋江把軍馬分成五路，準備回京。

智深來找宋江，說他想去五台山看望他師父智真長老。宋江想問一問自己的前程，於是帶著一千多人隨智深去了五台山。

智真長老是一位活佛，能預測未來。宋江見了智真長老，取出許多金銀給他，他不肯接受，宋江只好把那些金銀捐給寺裡。第二天，智真長老帶領眾僧講法參禪，宋江和智深等頭領站在旁邊聽著。智真長老講完之後，眾頭領向前燒香，發誓：「願我們兄弟同生共死，世世相隨迴圈」

宋江和智深吃完齋飯之後，來到智真長老的住處。宋江問起自己的前程，智真長老寫了四句偈語給他：「當風雁影翩，東闕不團圓。隻眼功勞足，雙林福壽全。❷」宋江看不懂，請智真長老解釋一下。智真長老說：「天機不可洩露，將軍要自己領悟才行。它概括了將軍的一生，將來肯定會應驗，請將軍收好它。」說完，把智深叫到面前，對他說：「這是我們最後一次見面，我也送你四句偈語：『逢夏而擒，遇臘而執。聽潮而圓，見信而寂。』你要牢記在心，這樣才能修正成果。」第二天，宋江和智深等人告別智真長老，下山去了。

宋江回到營寨，把智真長老寫的偈語對盧俊義等頭領說了，可是大家都不明白它的意思。宋江率領軍馬向東京進發，所到之處秋毫無犯，百姓對他們交口稱讚。

宋江大軍來到雙林鎮時，居民們都過來觀看。燕青的好朋友許貫忠夾在人群中，燕青認出了他，把他介紹給了宋江。許貫忠是大名府的一等高人，熟悉兵法、武藝、謀略，精通琴棋書畫，懂得契丹、女真、党項、吐蕃、蒙古等國語言，可謂文武全才，最難得的是他曾經遊遍名山大川，對各地地形都很熟悉。宋江請許貫忠跟他去東京，許貫忠婉言拒絕了，邀請

---

❷【當風……】前兩句說的是凶兆，大致意思是在大雁飛翔的秋季，向東去朝見皇帝，就不會再有（兄弟）團圓之日了；後兩句說的是轉機，大致意思是如果滿足於眼前的功勞，就會福壽雙全了。至於「雙林」二字，說的應該是下文中的「雙林鎮」，燕青的老朋友許貫忠在那裡過著悠閒自在的生活。按照偈語的指點，宋江如果能夠隱居在像雙林鎮這樣的地方，可能會福壽雙全。只可惜宋江一心只想著立功，並沒有記住這四句偈語。

燕青去他家作客，燕青答應了。

許貫忠讓家人擺下一桌酒菜，與燕青邊吃邊聊。燕青喝了幾杯酒之後，推開窗外，只見窗外美景如畫，非常羨慕。許貫忠聽了，忍不住歎了一口氣，說：「如今奸臣當道，忠臣都被陷害，所以小弟對做官已經不抱希望了，過著鄉村生活也能自得其樂。兄長將來如果功成名就，也應該及時隱退。」燕青聽了，不禁點點頭，然後也長長地歎了一口氣。

第二天，許貫忠帶燕青到處遊玩。燕青登高望遠，只見眼前的景色像世外桃源一樣美，流連忘返。第三天，燕青不得不離開了。許貫忠把燕青送出門，送了幾幅畫給燕青，讓燕青回到京師再慢慢看。燕青依依不捨地告別許貫忠，回到東京。這時，宋江大軍剛好在陳橋驛駐紮妥當，只等徽宗宣召。

宿太尉向徽宗奏明宋江等人已經班師回朝，趙安撫說宋江等人在征討遼兵時非常英勇，徽宗聽了非常高興，立刻傳召宋江等人。

宋江等人到了文德殿，徽宗見他們都很英武，十分高興，命令省院為他們封官。蔡京、高俅等人說他們需要商議一下，徽宗准奏，賞了宋江一件錦袍、一副金甲和一匹好馬，其他頭領都只賞了金帛。

宋江等人跪下謝恩，然後回營。

蔡京等奸臣根本沒打算為宋江等人封官，一再藉故拖延此事。

第五十六回　北上平內亂

這一天，宋江正在和吳用談論古今興亡得失，戴宗和石秀走了進來。戴宗說：「我整天待著沒事幹，就和石秀兄弟出去逛了逛，在一家酒店裡聽一個官差說河北田虎造反，這個田虎搶奪州郡，官兵無力抵擋，嚇得百姓四處逃竄。」宋江和吳用商議：「我們在這裡閒著也不合適，不如請皇上准許我們去平定叛亂。」吳用說：「這件事需要請宿太尉保奏才行。」宋江跟眾將提起這件事，眾將都非常高興。第二天，宋江穿上官服去拜訪宿太尉，請宿太尉幫忙保奏此事。宿太尉見宋江如此忠義，非常高興，答應幫忙。

第二天早朝，省院官向徽宗報告了河北田虎造反一事。田虎攻佔了威勝、汾陽、昭德、晉寧、蓋州這五州及其下轄的五十六縣，自立為「晉王」。徽宗大吃一驚，問百官：「誰替朕剿滅這個賊寇？」宿太尉應聲出列，舉薦了宋江。徽宗非常高興，封宋江為平北正先鋒，封盧俊義為副先鋒，賜給他們二人御酒、金帶、錦袍、金甲、彩緞，賜給其他將領彩緞和銀

子，承諾平定田虎之後再對他們論功行賞。

宋江領旨謝恩，然後帶著眾兄弟北上征討田虎。

田虎原本是威勝州沁源縣的獵戶，力氣很大且精通武藝，後來由於水旱災害不斷，生活困苦，便乘機糾集了一夥亡命之徒，剛開始時只搶劫錢財，後來見官兵不管他們，才搶奪州郡，並在威勝州建起宮殿，自立為王。原來，當時各州縣雖然有官兵，但是都沒有戰鬥力。有時官府為了讓士兵多拿軍餉❶，虛報官兵數量，操練時再雇人敷衍。一到作戰時，這些官兵都爭先恐後地跑了。百姓對官府失去信心，都反過來跟著田虎造反，田虎才奪得了五州五十六縣，獨霸一方。

宋江兵馬一路上秋毫無犯，渡過黃河之後駐紮在衛州。此時，田虎命令部下攻打衛州的輝縣和懷州的武涉縣。吳用建議先攻打蓋州要地陵川，把田虎的兵馬引過去，以解輝縣和武涉縣之圍。宋江很贊同，派盧俊義攻打陵川，然後和眾頭領商議進兵之計。吳用說：「三晉地勢險峻，必須先派人熟悉地形才行。」燕青聽了，拿出許貫忠送給他的一幅畫。宋江和吳用仔細一看，原來是三晉山川城池關隘圖，這張圖把適合駐紮、埋伏和交戰的地方都標得清清楚楚。宋江和吳用看完圖之後，讚歎不已。

盧俊義兵馬分三路進攻陵川，殺死陵川守將董澄、副將沈驥，活捉副將耿恭，輕易地攻佔了陵川。盧俊義親自為耿恭鬆綁，勸他歸順朝廷。耿恭見盧俊義不僅不殺他，反而以禮相待，很是感激，情願歸順。盧俊義問蓋州城裡有多少兵馬，耿恭回答：「蓋州由鈕樞密重兵鎮守，蓋州以西是陽城、沈水，蓋州城外六十里是高平縣。高平縣有韓王山這道天然屏障，守將是張禮和趙能，駐軍兩萬。」盧俊義聽了，定下一個破敵之計。

當晚，耿恭等一百多人假扮成陵川敗兵來到高平城南門外，騙守門士兵打開城門，之後和城外的梁山好漢裡應外合，攻佔了高平縣。

盧俊義為什麼這麼容易就攻克了兩座城池？原來，田虎的部下長期沒有遇到敵手，誤以為宋江等人也是無能之輩，並沒有做什麼防備。

包圍輝縣和武涉縣的賊兵聽說陵川失守，連忙撤離。

宋江高興地對吳用說：「軍師的神機妙算真是世間罕見。」隨後，他打算與盧俊義合力西進。吳用說：「衛州左邊是孟門縣，右邊有太行山，南邊有大河，西邊是上黨縣，地理位置非常險要。如果賊人知道我們全體西進，可能會率兵南下，讓我們東西不能相顧。」宋江說：「軍師說得對。」於是命令關勝、呼延灼、公孫勝帶領五千兵馬鎮守衛州，命令李俊、二張、三阮、二童帶領水軍守住衛河，他自己則帶兵與盧俊義會合。

宋江一隊兵馬到了高平，和盧俊義商量下一步的行動。吳用說：「蓋州已經勢單力薄，

---

❶【軍餉（ㄒㄧㄤˇ）】軍人的工資。

應該先攻下蓋州，再夾擊威勝。」宋江說：「先生的話正合我意。」於是派柴進和李應駐守陵川，命史進和穆弘駐守高平，然後兵分五路直奔蓋州。

蓋州守將鈕文忠得到消息，連忙調集方瓊、安士榮、褚亨、于玉麟這四名猛將，又調集了楊端、郭信、蘇吉、張翔、方順、沈安、盧元、王吉、盛本等十六名偏將，命他們率兵迎敵。

方瓊首先領軍出城，孫立出陣迎敵。兩個人鬥了三十多個回合，方瓊漸漸處於劣勢。張翔見了，向孫立放了一箭。孫立發現了暗箭，連忙提起馬頭，然後跳到地上。那支箭正好射中馬眼，馬忍痛跑了十幾步，倒地而死。張翔拍馬趕來，被秦明攔住。孫立準備回陣，被方瓊攔住。花榮見張翔放暗箭，也拉起弓來，一箭射在方瓊臉上。方瓊翻身落馬，被孫立一槍刺死。郭信見張翔不敵秦明，趕來助戰。花榮又取出一支箭射向張翔。那支箭穿胸而過，張翔從馬上摔了下來。郭信見了，掉轉馬頭就走。秦明緊追不捨，孫立、花榮、索超也拍馬殺了過來，蓋州兵馬大亂。楊端、郭信、蘇吉抵擋不住，連忙後退。

就在這時，安士榮和于玉麟趕來助陣，包圍了花榮四人。董平、黃信各帶一路人馬趕來，救了花榮四人，殺死一大半敵兵。安士榮、于玉麟等人連忙後退，緊閉城門。

宋江大軍在離城五里的地方安營紮寨，突然一陣怪風颳來，把旗幟吹得直搖晃。吳用說：「這陣風不同尋常，表示今夜賊兵會來劫寨，應該趕緊做準備。」宋江當即安排人馬埋伏好，只等敵兵前來。

鈕文忠清點人馬，發現損失了兩千多人，非常鬱悶。這時，安士榮主動請求去劫寨。鈕文忠派于、褚二將守城，他親自領兵接應安士榮。

二更時分，安士榮帶著偏將沈安、盧元、王吉、石敬和五千人馬來到宋江寨前，見寨裡燈火通明自知中計，連忙後退卻被宋江兵馬包圍。蓋州兵馬大敗，四散而逃，沈安被武松一刀砍死，王吉被王英殺死。幸虧鈕文忠帶兵趕來救援，安士榮、盧元、石敬才僥倖逃脫。

鈕文忠帶領殘兵回到蓋州，正愁如何破敵，田虎派人傳來聖旨：「司天監夜觀天象，發現近來有罡星侵犯晉地，請晉地守將務必堅守城池，不得有誤。」鈕文忠連忙向使臣說了戰況。使臣半路上才聽說宋江入侵一事，如今確信天象果然沒錯。鈕文忠一面設宴款待使臣，一面派人準備各種武器。

宋江派兵攻打蓋州，無奈蓋州城擂木、炮石、弓弩、火器等武器非常充足，宋江大軍攻了六七天都攻不下來。吳用向耿恭打聽蓋州城的地理情況，耿恭說他只知道城北的幾座寺廟是草料場。吳用聽了，想出一條妙計，吩咐時遷、石秀、淩振、智深等頭領分頭行事。

鈕文忠堅守了幾天，只希望援兵能夠早點兒到來。這天黃昏，蓋州北門外突然喊聲震天，鼓角齊鳴。鈕文忠連忙趕到北門，站在城樓上眺望，可是北門外的響聲卻平息了。鈕文忠正在疑惑，城南又傳來喊聲。鈕文忠又趕到南門，南門的喊聲也平息了。鈕文忠久久地眺望著四周，沒有發現異常，回到帥府。就在這時，東門外傳來連珠炮響，城西傳來吶喊聲和擂鼓聲。鈕文忠再次趕過去視察，就這樣一直鬧到天亮。

第二天，宋兵又來攻城，天黑時才撤退。當天晚上，城外又傳來鼓角聲和吶喊聲，鈕文忠以為是疑兵，沒有理會。不一會兒，士兵報說東門外有人攻城，鈕文忠連忙帶兵迎敵。宋兵的炮火連續三天三夜攻打蓋州城，蓋州官兵時刻不敢闔眼，百姓嚇得不知所措。

田虎的弟弟田彪趕來救援，被埋伏在城外十里處的史進、朱仝、穆弘等猛將攔住，軍馬死傷過半。

蓋州兵長期被困，如今又沒了指望，都嚇得不敢出戰。

石秀、時遷假扮成蓋州兵混進城，殺了守軍，燒了草料場，又燒了幾所民宅。鈕文忠見草料場起火，連忙派兵去救火。

宋江兵馬裡應外合，攻克了蓋州城。鈕文忠等將領被殺，只有于玉麟、盛本僥倖逃脫。宋江帶兵進駐蓋州，安撫百姓，犒賞三軍，向朝廷報捷，把得來的金銀珠寶全都押解到了京師。

第五十七回　夢鬧天池嶺

轉眼間到了年末，天降大雪，到處銀裝素裹，梁山眾兄弟都出來欣賞雪景。

宋江見兄弟們很高興，擺了酒席和眾兄弟同樂，席間說起他在江州被救的經歷，不由得潸然淚下。戴宗、花榮等人聽了，也不由自主地落下淚來。

李逵多喝了幾杯酒，和大家說著說著就睡著了，做了一個夢。

李逵迷迷糊糊地走到一座山前，遇到一位道士。這位道士說這座山叫天池嶺，還說山的另一邊是個好地方，請李逵去玩玩。

李逵轉過天池嶺，來到一座莊院前，聽見裡面有吵鬧聲，走了進去，只見十幾個人正在強搶民女，就走上前打跑了他們。主人很感激李逵，要把女兒許配給他。李逵跳起來說：「如此一來，就會有人懷疑我是為了你女兒才殺他們的，不行。」說完，一腳踢翻桌子，跑了出去。一個彪形大漢攔住他，要給那十幾個人報仇。兩個人打了二十多個回合，那個大漢敗下陣來，飛快地逃走了。

李逵緊追不捨，來到一座樹林裡，只見眼前有很多宮殿。那個大漢跑到一座宮殿跟前，一下子消失了。李逵猛然發現這座宮殿竟是文德殿，殿上坐的正是徽宗，連忙端正地對著徽宗拜了三拜。徽宗問：「你剛才為什麼殺那麼多人？」李逵連忙說出實情。皇上說他忠勇可嘉，封他為值殿將軍。李逵見皇上如此英明，對著皇上一連磕了十幾個頭。

蔡京、童貫、高俅、楊戩四個奸臣跪在徽宗面前說：「宋江帶兵出征之後，天天喝酒，請皇上治罪於他。」李逵聽了大怒，一斧一個，把四個奸臣全砍死了，大聲對皇上說：「皇上，我哥哥接連奪回了三座城池，接下來還要出兵，並不像他們說的那樣。」文武百官見李逵殺了四個大臣，都要捉拿李逵。李逵舉起兩把板斧，大叫：「誰敢捉我，誰就會像那四個奸臣一樣！」眾人這才沒敢輕舉妄動。

李逵大笑著走出宮殿，遇見了那個道士。那個道士笑著對他說：「我偶然經過這裡，知道將軍等人都很忠義，想送將軍十個字：『要夷田虎族，須諧瓊矢鏃（ㄗㄨˊ）』，請將軍牢記在心，轉告宋先鋒。」李逵答應照辦。

那個道士指著樹林說：「有個老婆婆坐在樹林裡。」說完就消失了。李逵走進樹林一看，只見他娘正眯著眼坐在一塊青石上。李逵連忙走上前，抱住娘說：「娘！你去哪兒了？鐵牛還以為你被虎吃了，沒想到會在這裡。」他娘說：「兒子，我沒有被虎吃掉。」李逵哭著說自己當了官，要背娘去城裡享福。就在這時，樹林裡跳出一隻猛虎。李逵連忙舉起板斧

李逵舉起兩把板斧，大叫：「誰敢捉我，誰就會像那四個奸臣一樣！」

去砍，誰知劈了個空，撲倒在酒桌上，見眾兄弟都在笑他。

夢醒了。

李逵說：「原來是個夢！不過俺在夢裡倒也快活！」

眾兄弟見狀，都讓李逵說說這個夢。李逵從頭到尾把夢說了一遍。

安道全聽到「瓊矢鏃」三個字，正要說話，張清向他使了使眼色，於是他笑了笑，沒有再說什麼。

第二天，雪停了，宋江和盧俊義兵馬兩路，宋江一隊向東走，準備經壺關、昭德、潞城、榆社等地抵達臨縣；盧俊義一隊向西走，準備經晉寧、霍山、汾陽、平遙、祁縣等地抵達威勝西北，然後和東路軍會合，兩軍合力奪取威勝。

宋江帶領四十七名將領向東走，走了三十多里，來到一座山嶺前。李逵突然大叫：「哥哥，這座山跟我夢裡的那座山一模一樣。」宋江想起許貫忠的地圖，猜出它叫天池嶺，於是向耿恭證實，沒想到它果然是天池嶺，正好應了李逵的夢。

第二天，宋江大軍來到壺關。壺關距昭德城八十里，是昭德的險要關隘。鎮守昭德的是山士奇、陸輝、史定、吳成、仲良、雲宗武、伍肅、竺敬這八名猛將，另外還有三萬精兵。

山士奇猜出宋江攻破蓋州以後會攻打昭德，和陸輝等七名猛將帶領一萬精兵去把守壺關。兩軍首次交戰，竺敬被張清的石子打傷。第二天辰時，林沖和張清率兵去關下挑戰，山士奇、伍肅、史定、吳成、仲良直到午後才率領兩萬人衝殺下來。就在這時，索超、徐寧領兵趕來助戰。兩軍對陣，伍肅被林沖刺死，吳成被索超砍成兩段。山士奇見了，連忙率軍撤退。這一仗，壺關損失了兩名猛將和兩千多名士兵，山士奇一面派人向晉王求助，一面派抱犢山守將唐斌、文仲容、崔野率軍襲擊宋兵。

唐斌原本是薄東的軍官，為人英勇正直，後來被人陷害，一怒之下殺死仇人，打算投奔梁山，經過抱犢山時被文仲容和崔野截住，打敗了他們二人，被推舉為抱犢山大頭領。後來，田虎攻克了壺關，唐斌勉強歸順田虎，如今聽說宋江來了，偷偷地歸順宋江，與宋江裡應外合。宋江攻克壺關，俘虜了兩萬多名降兵和一千多匹戰馬。

宋江攻克壺關之後，請文仲容、崔野率本部軍馬駐守抱犢山，令孫立、朱仝、燕順、樊瑞、馬磷鎮守壺關，派唐斌、耿恭帶領一萬人攻打昭德東門，命索超、張清帶領一萬人攻打昭德南門，他自己和吳用帶領其餘將領在昭德城南十里紮營。

田虎聽說壺關失守，連忙與眾人商議對策。國師喬道清懂得幻術，會呼風喚雨、騰雲駕霧，主動要求領軍去壺關退敵。殿帥孫安也主動請求出戰，去支援形勢也很危急的晉寧。田虎非常高興，封喬道清、孫安為征南大元帥，派他們各帶領兩萬兵馬出征。

喬道清率兩萬軍馬來到昭德城北十里外，得知宋江兵分三路攻打昭德，立刻領兵直奔昭德城，遇上唐斌、耿恭。兩軍正要開戰，李逵帶著五百名游擊兵趕到，準備與喬道清打鬥。耿恭說：「這個人會妖術，是晉王手下最厲害的人，將軍不可輕敵。」李逵不聽，揮起板斧衝了上去。喬道清不慌不忙地舉起手中的寶劍，念起咒語，空中頓時黑霧漫漫，飛沙走石。李逵等五百人被一團黑氣罩住，如何掙扎也逃不出去，全部被活捉。

耿恭見勢頭不好，掉轉馬頭就跑。唐斌見耿恭逃走，捨命衝向敵陣，被活捉。唐斌手下一萬人馬損傷了一大半。

林沖和徐寧聽到喊殺聲，連忙過去救援，路上遇到耿恭，得知李逵被活捉，連忙向宋江報告了此事。

宋江急著要救李逵，不聽吳用勸阻，親自帶兵去攻打喬道清。喬道清再次施展法術，空中頓時一片昏暗，無數官兵向宋軍殺來。林沖等人衝殺過去，並沒有發現敵軍。宋軍見形勢不妙，頓時亂成一團。林沖等人急忙回陣，掩護宋江向北撤退，走了不到半里路，被一片汪洋大海攔住去路。智深、武松、劉唐不甘心束手就擒，回去拼殺，被二十多個金甲神人活捉。宋江不想苟活，正要舉劍自殺，被一個相貌獨特的人勸住。這個人從地上抓起一把土撒進大海，大海轉眼間變成了平地。這個人對宋江等人說：「你們命裡該受幾天劫難，如今妖水已破，你們趕緊回營，派人到衛州求救。」說完，像風一樣消失了。

宋江等人回到營寨，向吳用說起獲救的經歷，吳用說：「那個人一定是土神，他感念兄長的忠義，填平了大海。」宋江聽了，連忙對著空中叩拜，然後派人去衛州請公孫勝來破敵。

喬道清見宋江等人逃脫，大吃一驚：「我這三昧神水法非比尋常，誰知竟然被破解了，敵軍中一定有高人。」於是派人把李逵、武松等人收監，暫時按兵不動，派人時刻注意宋兵的動向。

雙方連續五六天都閉門不出。喬道清見宋兵好像沒什麼陰謀，摸黑殺進宋江大寨，只聽寨裡一聲炮響，隨後殺出一隊人馬，領頭的樊瑞挺劍直取喬道清。喬道清舉劍迎戰。雙方打了一會兒，開始鬥法，只見空中兩股黑氣你來我往地翻滾，兩邊的官兵都看傻了眼。這時，喬道清故意露出破綻，騙樊瑞來砍他，乘機回到陣裡，哈哈大笑。樊瑞被騙，又羞又怒，再次念起咒語，帶領人馬殺向敵陣。喬道清笑著說：「你這樣的小法術根本奈何不了我！」說完，也舉劍作法，只聽一聲巨響，空中出現無數天兵天將，他們一起向宋軍殺來。宋軍頓時亂成一團，許多官兵嚇得抱頭鼠竄。

就在這時，宋軍陣裡升起一道金光。這道金光衝散了風沙，把空中那些天兵天將吹得紛紛墜落在地。眾人低頭一看，才發現那些天兵天將原來只是彩紙剪的小人。破解喬道清法術的人，正是公孫勝。喬道清見自己的神兵法被破，又使出三昧神水法，變出千萬道黑氣，這些黑氣直撲宋軍。公孫勝也施展法術，衝散了那些黑氣。喬道清自知不敵宋兵，羞得滿臉通紅，帶兵逃走了。

與此同時，晉寧被盧俊義攻下，孫安投降。

喬道清逃到百谷嶺時，中了公孫勝的埋伏，經孫安勸說，歸順了宋江。

第五十八回　瓊英雪恨

鎮守晉寧的田彪狼狽地逃到威勝，見到田虎就放聲大哭：「宋軍實在是太厲害了，他們攻佔了晉寧城，還殺死了我兒子田實。我沒有守住晉寧，請哥哥治罪。」說完繼續大哭。

田虎見晉寧和昭德都失守了，非常驚慌，連忙召文武官員商量對策。

國舅鄔梨出列，說：「臣一直蒙晉王厚愛，如今自願帶兵去昭德，勢必捉住宋江，奪回丟失的城池。臣有個小女兒名叫瓊英，最近夢見神仙傳授她武藝，會用石子當武器，而且百發百中，臣想舉薦她為先鋒，有她出戰，我們一定能戰勝宋江，請晉王恩准。」田虎聽了很高興，立刻封瓊英為郡主，命她和鄔梨一起出征。

兩軍對陣，瓊英用石子打傷了王英、扈三娘、林沖、李逵等人。混戰中，鄔梨中了孫安手下軍卒的毒箭。瓊英見了，急忙鳴金收兵，派老僕人葉清藉尋訪名醫之名去見宋江，希望能做宋江的內應，以報田虎殺害她親生父母的大仇。

原來，瓊英並非鄔梨的親生女兒，她原本姓仇，父母在她十歲時被當時還是強盜的田虎

所殺，她被鄔梨收為義女。葉清原本是瓊英家的僕人，當初原本想逃走的，因為可憐瓊英年幼，和瓊英一起留在了鄔梨家，後來因為征戰有功被封為總管，找機會對瓊英說了她父母的死因。瓊英知道了自己的身世之後，天天偷偷哭泣，發誓一定要替父母報仇。

有一天，瓊英夢見一個神仙和一個年少的將軍，神仙對她說：「我特意帶這位將軍來教你擲石子，以便你為父母報仇，將來再與他結為夫妻。」之後，那個將軍開始教她擲石子。第二天一早，瓊英醒來，仍然記得如何擲石子，隨手撿起一塊鵝卵石去打房頂上的一隻鳥，正好打中，這才證實自己確實學會了擲石子。鄔梨見瓊英擲石子能夠百發百中，大吃一驚，心想：「上天賜了一個奇人給我，是我的福氣。」從此以後，每天教瓊英練武。瓊英果然很厲害，武藝轟動整個威勝城，大家都叫她「瓊矢鏃」。鄔梨要為她選丈夫，她說：「除了會擲石子的人，我誰也不嫁。」鄔梨見瓊英態度如此堅決，只好暫時放下她的婚事。

如今戰事頻繁，鄔梨想立功封侯，這才舉薦瓊英當先鋒。宋江聽了瓊英的故事，雖然很可憐她，但又擔心這是田虎設的圈套，因此沒有迅速做出決定。

安道全得知了此事，對宋江說：「這真是天作之合呀！去年冬天，張清將軍也夢見一個神仙，這個神仙請他去教一個女子擲石子，並說那個女子將來會成為他的妻子，張將軍醒來之後，總想著這件事，並因此而病倒。小弟給張將軍看病時，看出他為情所困，於是仔細追問，他這才說出病根。如今葉清所說的話正好和張將軍的話吻合，這難道不是天作之合嗎？」宋江聽了，讓安道全假扮成醫生全靈，叫張清假扮成醫生全羽，派他們和葉清一起混進城去。葉清把他們引薦給了鄔梨。

瓊英見了張清，發現他正是自己的夢中人，又驚又喜。安道全治好了鄔梨的箭傷，張清則假裝殺退宋軍。鄔梨非常高興。葉清伺機對鄔梨說：「主人，我們現在有了全將軍和瓊英郡主，不愁捉不住宋江。既然全將軍如此英勇，又會擲石子，正好符合郡主的要求，主人何不成全他們？」鄔梨非常贊同，擇日為全羽和瓊英辦了婚事。

新婚之夜，全羽對瓊英說自己是宋軍的正將「沒羽箭」張清，全靈則是「神醫」安道全。瓊英心領神會，說出她所受的冤屈和苦楚，小倆口卿卿我我地聊了一夜。兩天之後，他們夫婦裡應外合，毒死鄔梨，殺死主將徐威。其餘將領得知真相之後，都歸順了張清。宋軍順利收復昭德。

盧俊義領兵進攻太原，恰巧趕上連日暴雨。盧俊義命令李俊、三阮、二張等水軍頭領帶兵挖開智伯渠和晉水。李俊等人奉命行事，大水頓時洶湧而出，直奔太原城，沖倒了城裡的房屋，嚇得城裡軍民鬼哭狼嚎。盧俊義命令官兵乘木筏衝殺過去，收復了太原。

田虎親自率領十萬大軍前往銅山，準備和宋軍決一死戰，忽聽太原失守，嚇得大驚失色，連忙向威勝撤退。宋江見田虎要逃，連忙下令圍攻田虎，把田虎的軍馬截成了三段。

田虎帶領五千名殘兵落荒而逃，迎面遇上一隊人馬，見他們打著「中興平南先鋒郡馬全羽」大旗，連忙呼救。全羽來到田虎面前，跪在地上說：「大王，臣身上穿著戰袍，不能趴在地上給大王請安，請大王恕罪。如今事態緊急，請大王先到襄垣城避一避，等臣和郡主殺退宋兵之後，再請大王回威勝重振基業。」田虎非常高興，連忙傳令向襄垣進發。

田虎剛到襄垣城下，背後就傳來喊殺聲。襄垣城守將打開城門，城外的殘兵生怕被追上，全都搶著進城，哪還顧得上田虎？田虎等人剛剛搶進城裡，四周就傳來梆子聲，許多官兵一齊衝向他們，把他們殺死了。城裡到處都在喊：「活捉田虎。」田虎這才發現自己中計，連忙掉轉馬頭向北逃竄。

田虎的馬跑得飛快，張清、葉清都追不上。就在這時，田虎面前突然颳起一陣陰風，隨後出現一個女子，她對著田虎大叫：「奸賊，我仇家夫婦都被你殺害，今天看你能逃到哪裡！」又一陣陰風直奔田虎而來，隨後那女子就消失了。田虎的馬突然驚叫一聲，把田虎摔落在地。張清、葉清迅速趕到，活捉了田虎。

田虎被活捉，他手下的諸多大將和士兵頓時亂了陣腳，有的被殺，有的逃跑，有的投降。

瓊英等人找了一個相貌酷似田虎的士兵，讓他假扮田虎，然後帶著他連夜趕到威勝城下，對著城樓大喊：「我是郡主，保護大王回城了，快叫官員們都出城接駕。」田彪見城下果然是「田虎」，叫人打開了城門。瓊英等人殺進城裡，活捉了田彪，攻佔了威勝城。追隨田虎的人不是戰死就是投降。宋江出榜安民，釋放了投降的人，把田彪、田虎押往東京。

徽宗聽說宋江平定了田虎之亂，非常高興，正準備讓他們班師回朝，碰巧趕上淮西的王慶也在作亂，據說王慶已經攻破了東京附近的宛州城，於是奸臣蔡京向徽宗進言：「請陛下重賞宋江等人，命令他們直接帶兵去討伐王慶。」徽宗十分贊同，命令宋江等人直接趕往淮西平定王慶之亂。

第五十九回　王慶吃官司

王慶是大戶人家出身，從小嬌生慣養，吃喝嫖賭無所不能，把家產都揮霍光了，憑著一身本領在東京開封府謀得副排軍❶一職，高興時請人大吃大喝，不高興了就對人拳打腳踢，所以大家對他又愛又恨。

一天，王慶到衙門報到之後就走到城外，閒逛了一會兒，然後靠在一棵柳樹上等朋友。不一會兒，十來個人簇擁著一頂轎子走了過來。轎子裡有一個美麗的少女，為了欣賞春天的美景，少女掀起了竹簾。王慶是個好色之人，看見這麼漂亮的女子，早丟了魂兒。他認識那十來個人，知道他們都在童貫府裡當差，於是遠遠地跟著轎子，來到艮岳❷。

艮岳位於京城東北角，是徽宗下令建造的，裡面收羅了各種奇峰怪石、古木珍禽、亭榭池館，景色非常優美，平時有禁軍看守，一般人根本進不去。那個美麗的少女走出轎子，看

❶【排軍】原指一手持盾、另一手執矛的士兵，後來泛指擔任輔助之職的軍官。

門的禁軍都讓開一條路，放她進了艮岳。原來，那個少女名叫嬌秀，原本是童貫的侄女，被童貫收養並許配給了蔡京的孫子。這兩天徽宗去找李師師了，不會來艮岳，嬌秀就請求童貫准許她來艮岳遊玩。

王慶在艮岳前等著，一直等到嬌秀出來。嬌秀出了艮岳，又看了看艮岳外面的景致。王慶忍不住走上前去，看見她簡直美若天仙，渾身不由得酥軟起來。嬌秀在人叢裡看見英俊瀟灑的王慶，也不由得春心萌動。隨後，嬌秀來到酸棗門外的岳廟裡燒香。王慶又跟了過去，假裝和廟祝很熟，一邊幫助廟祝點香燭，一邊瞄著嬌秀。嬌秀也頻頻偷看王慶。原來，蔡京的孫子生來是個傻子，嬌秀得知真相之後整天叫屈，如今見了英俊瀟灑的王慶，怎能不動心？

童府裡有個姓董的虞候認識王慶，當眾給了王慶一個耳光，呵斥王慶：「你不過是開封府的一個士兵，竟敢到這裡湊熱鬧！俺要是對相公說了，你哪裡還能活命！」王慶不敢出聲，抱著頭跑到廟外，吐了一口唾沫，說：「呸！癩蛤蟆想吃天鵝肉，真是瘋了！」說完，慚愧地回了家。

嬌秀回到府裡之後，對王慶念念不忘，買通侍女向董虞候打聽了王慶的事，然後命侍女悄悄地帶王慶從後門進來。王慶就這樣和嬌秀勾搭在了一起，而且過了三個月都沒有被童貫發現。

一天，王慶吃醉了，在正排軍張斌面前說漏了嘴，沒過多久，這件事就傳到了童貫的耳朵裡。童貫非常生氣，準備找個藉口懲罰王慶。王慶發覺自己說漏了嘴，再也沒敢進童府。

五月下旬的一天，天氣炎熱，王慶拿了一條板凳到天井裡乘涼，沒想到那條板凳竟然自己動了起來，王慶覺得奇怪，抬起右腳去踢它，沒想到用力過猛，閃壞了腰，只好到藥鋪去買藥療傷。

在回來的路上，王慶看見一個算卦先生。那個算卦先生撐著一把遮陽傘，傘下掛著一個紙招牌，招牌上寫著「先天神數」四個大字，旁邊還有十幾個小字：「荊南李助，十文一卦，保準……」王慶一直為嬌秀的事擔心，昨天又遇到怪事，於是叫住李助，請他給自己算一卦。

李助上下打量了王慶一番，說：「你的災難才剛剛開始，快去遠方避難吧！」王慶聽了，付了卦錢就回到家裡，把藥全都喝了。第二天，早飯還沒做好，王慶覺得肚子餓，就喝了幾杯酒。不一會兒，兩個官差慌慌張張地來到王慶家，說：「太爺早上點名，看你沒到，大發雷霆。我們都說你閃了腰，可是太爺不信，命令我們帶你去回話。」王慶只好跟著他們

---

❷【艮（ㄍㄣˋ）嶽】宋代著名的宮苑，是宋徽宗政和七年（一一一七年）開始興建的，宣和四年（一一二二年）竣工，最初叫萬歲山，後來改名爲艮岳、壽岳、壽山艮岳，又叫華陽宮，一一二七年金人攻陷汴京後被拆毀。

走了。

府尹根本不聽王慶解釋，看見王慶喝酒喝紅了臉，叫人打了王慶一頓。王慶被打得皮開肉綻，被迫承認自己偽造妖術騙人。原來，由於嬌秀的事傳得沸沸揚揚，讓童貫丟盡了臉面，所以童貫早已秘密派人傳話給府尹，讓府尹找機會收拾王慶。於是，府尹藉此機會打了王慶一頓，把王慶發配到陝州。

王慶戴著枷鎖和兩位防送公人上了路，走了十五六天，來到北邙山腳下。經過邙東鎮時，王慶看見一個大漢在耍棒，不由得笑著說：「那漢子使的是花棒。」那個大漢見一個配軍竟敢對他的棒法評頭論足，非常生氣，舉起拳頭去打王慶。就在這時，有兩個少年從人群裡走出來，對那個大漢說：「不要動手！」然後對王慶說：「你一定是高手。」王慶說：「小人隨口說了一句，不小心惹惱了那位大爺。不過，小人對槍棒確實有些研究。」那個大漢聽了，向王慶挑戰，只幾個回合就被王慶打倒在地。

那兩個少年是一對兄弟，哥哥叫龔瑞，弟弟叫龔正，正愁沒本領教訓鄰村的無賴黃達呢，見王慶武藝如此高強，連忙把王慶請到家裡，求王慶教他們槍棒。王慶答應了。黃達聽說龔瑞兄弟倆拜了一個配軍當師父，氣勢洶洶地趕來挑釁，被王慶打得趴在地上直喘氣。

王慶打跑了黃達，開始教龔氏兄弟槍棒功夫。過了十多天，龔氏兄弟學會了槍棒，兩位公人又催王慶上路，再加上黃達把王慶告了，王慶只好繼續上路。龔瑞給了王慶五十兩銀子，派龔正親自護送王慶到陝州。

到了陝州，龔正買通陝州牢城的管營張世開。張世開免了王慶的一百殺威棒，還撥了一間單身牢房給王慶。

不知不覺間，兩個月過去了，天氣漸漸轉涼。這一天，張世開突然召來王慶，說：「你來這裡也有一段時間了，我一直沒派你做過什麼事。如今我要買一張陳州角弓，想讓你幫我去買，因為陳州歸東京管，而你是東京人，一定知道什麼樣的角弓好。」說完，遞給王慶二兩銀子。王慶花一兩七錢買了一張好的陳州角弓，白得了三錢銀子，非常高興。

從此以後，張世開天天打發王慶去買東西，卻再也沒給王慶現錢，只叫王慶先記在帳上。那些店鋪哪裡肯賒帳？所以王慶只好自掏腰包。沒想到張世開依然挑三揀四的，動不動就對王慶非打即罵，前後總共打了王慶三百多棒，龔瑞送給王慶的五十兩銀子也幾乎花光了。

一天，王慶又挨打了，於是到牢城營西邊的張醫士那裡買膏藥。張醫士一邊給王慶貼膏藥，一邊說：「前一陣子，張管營的小舅子龐元也來我這裡買膏藥，還說他的手腕是在邙東鎮跌傷的，不過依我看，他的傷像是被人打的。」王慶細問之下，才知道那個耍花棒的大漢竟然正是張世開的小舅子龐元。怪不得張世開對王慶的態度會驟然大變呢！王慶為了以防萬一，買了一把解腕尖刀藏在身上。像這樣過了十幾天，張世開都沒有再召王慶過去，王慶身上的傷也好多了。

這一天，張世開又叫來王慶，讓他去買兩匹緞子回來。王慶連忙去買，回來時天已經黑了。王慶不敢怠慢，趕緊來到張世開家，走到門口時，只聽屋裡傳來張世開的聲音：「舅子，只要那個狗東西膽敢明天才來回話，他的小命就不保了。」龐元說：「我估計那傢伙的銀子也快花完了，姐夫現在可以幫我出氣了。」張世開說：「明天一定如你所願。」王慶在屋外聽了這些話，恨不得立刻衝進去殺死他們。就在這時，張世開出來解手，王慶悄悄地跟上去，一刀殺了他。龐元聽到動靜，急忙跑出來，也被王慶一刀殺死。

王慶殺死他們倆之後，連夜逃出陝州城，在一家客店裡遇見他表哥范全。范全是房州兩院的押牢節級，聽說了王慶的遭遇之後，連忙帶著王慶來到房州，把王慶藏在自己在城外定山堡買的幾間草屋裡，去掉王慶臉上的金印，讓王慶改名為李德。

像這樣過了三個多月。春天來臨，官府放鬆了對王慶的搜捕，再加上王慶臉上的金印幾乎看不出來，所以王慶也敢出來活動了。這一天，王慶聽莊客說定山堡的段家莊來了一個色藝俱佳的戲子，就跑過去湊熱鬧。到了定山堡，戲還沒有開始，有些人忍不住在臺下賭起錢來。王慶看了一會兒，不由得加入其中。王慶是賭場老手，一上賭場就贏了，可輸錢的人不肯給錢，王慶和他打了起來，幾下子就把那個人打倒在地。其他賭徒見了，都笑了起來，去搶桌子上的錢。王慶大怒，連忙去制止那些搶錢的人。

就在這時，人群裡走出一個滿臉殺氣的女人喝止王慶：「有我在這裡，誰敢無禮！」說完，脫下外套，提起拳頭來打王慶。王慶看她是個女人，有意讓著她，可是她卻得寸進尺，一拳打向王慶的胸口。王慶連忙躲閃。她來不及收手，差點兒撲倒在地，幸虧王慶及時出手抱住了她。她因此看上王慶，第二天就叫李助來提親。

范全認識那個女人，知道她就是刁蠻的段三娘，原本不想答應，可是如果不答應她，又怕李助回去說出王慶的真實身分，只好答應了，並取出五兩銀子給李助，請李助不要說出王慶的秘密。李助得了銀子，自然高興地答應了，然後回段家莊報喜。

王慶成親當晚，黃達帶著官府趕來捉拿王慶。李助連忙帶著王慶和段三娘去房山投奔他的朋友廖立。李助等人到了房山，寨主廖立得知王慶非常厲害，不肯收留王慶，被王慶和段三娘殺死。小嘍囉們見廖立死了，不敢抗拒，只好推選王慶當了寨主。

王慶下令打造兵器、訓練兵丁，然後輕易地攻克房州，佔據房州為巢穴，開始攻城掠地。由於官兵長年缺少糧餉，平時又很少操練，所以一有強人進攻，官兵全都不堪一擊，有的甚至臨陣倒戈。王慶因此越來越有勢力，佔領了南豐、荊南、山南、雲安、安德、東川、宛州、西京八個州，並在南豐城建了宮殿，自稱楚王。

第六十回 活捉王慶

宋江還沒來得及休息，就率領二十萬大軍南下征討王慶了。當時正值一年中最熱的時候，宋江大軍冒著酷暑一路走到宛州城附近，讓大軍駐紮在方城山下的樹林裡。

宛州城守將劉敏是一個有勇有謀的人，人稱「劉智伯」。他見宋江在樹林深處屯兵，就讓手下準備了大量火箭、乾草、硫磺等引火用的東西，然後帶著五千精兵來到山谷中，準備用火攻擊宋江大軍。就在劉敏命令士兵放箭時，風向突然改變。原來，宋江讓大軍駐紮在樹林深處，正是為了引誘劉敏用火攻，劉敏果然中計。

喬道清早已準備好了，等劉敏一到，就施展回風返火法，讓火箭、火炮等火器全都飛到劉敏陣裡。那些火器就像千萬條火龍一樣，猛地撲向劉敏的五千精兵，把他們燒得焦頭爛額。劉敏手下的四個副將被殺，劉敏帶著三四百名殘兵僥倖逃回宛州，緊閉城門，只等援兵到來。

王慶得知劉敏被困，從汝州調集了兩萬人馬去救援。林沖得到消息，帶兵打退了這兩萬

人馬。與此同時，宛州城南邊的安昌、義陽也派兵來救援。關勝攔住了他們，打得他們潰不成軍。這時，李雲等人已經造好攻城用的器具，於是宋江下令攻城。宋江大軍殺死劉敏手下的二十多個牙將和五千多名士兵，攻克宛州。宋江將劉敏斬首示眾，出榜安撫百姓，然後派人向安撫使陳瓘（ㄍㄨㄢˋ）報捷，並請陳瓘駐守宛州。

八月上旬，暑氣漸漸退去，宋江問吳用下一步應該攻打哪座城池，吳用說山南州是交通要道，攻下它可以大大地削弱賊兵的勢力。於是，宋江命花榮、林沖、蕭讓等人帶領五萬兵馬輔助陳安撫鎮守宛州，他自己則帶著十五萬軍馬直奔山南州。

山南州的守將是王后段三娘的哥哥段二，他是個鄉野村夫，根本不懂兵法。參軍左謀建議從均州、鞏州、山南州調集軍馬偷襲宛州，迫使宋江大軍回去救援，再乘機追殺宋江大軍。段二聽從他的建議，調集了近十萬兵馬，分三路夾擊宛州城。宛州城裡只有五萬人，根本不足以抵擋他們。蕭讓見情勢危急，想出了一個計策。陳安撫贊同這個計策，著手去做準備。

沒過多久，從鞏州來的季三思和倪慴就帶著三萬軍馬氣勢洶洶地來到宛州城下，只見城門大開，城樓上有三個官員和一個秀才在喝酒，城上連一面軍旗都沒有。倪慴覺得奇怪，對季三思說：「城裡肯定有伏兵，我們還是趕緊退兵為好。」季三思聽了，連忙率部撤退。就在這時，只聽城樓上一聲炮響，喊殺聲震天，城上樹起許多軍旗。鞏州軍馬剛才聽了主將的話已經很害怕了，現在看見城裡的景象，早就沒了抗敵之心，只顧逃命。

段二見宛州城外的襄水上有幾百隻宋軍糧船，派手下諸能帶兵去劫。李俊、二張、三阮、二童這八位水軍頭領早已帶人埋伏在那裡，殺死了諸能手下的一大半軍馬，諸能也未能倖免。段二急忙帶著軍馬去救，被武松、劉唐、王定六等人攔住，最後被王定六活捉。

智深、李逵等十幾個頭領攻克了山南州。宋江率大軍進駐山南州，出榜安撫百姓，派史進、穆弘等人帶領兩萬兵馬鎮守山南州，吩咐盧俊義帶兵攻打西京，他自己帶兵攻打荊南。

經過一番激戰，宋江和盧俊義帶領的兩路兵馬先後攻克了西京和荊南，在南豐會師，準備合力攻打王慶。

王慶得到消息，連忙調集兵馬親自出城迎敵。兩軍對陣，宋軍擺出九宮八卦陣，把王慶的兵馬死死地困在陣裡。王慶的兵馬束手無策，被殺得四分五裂。宋兵搶下東門，攻克了南豐城。

王后段三娘聽說宋江兵馬已經進城，帶著一百多人衝了出去。就在這時，瓊英帶兵殺了過來，一石子打在段三娘臉上，活捉了段三娘。

王慶帶著一百多人突出重圍，向雲安逃去，到了雲安城下，才看清城上插著「御西宋先鋒手下水軍正將『混江……』」大旗，嚇得渾身麻木，好久才反應過來，迅速脫下皇袍向東川逃去。

百姓聽說宋兵壓境，都閉門不出，所以王慶等一百多人一路上滴水未進。有六七十個隨從受不了這苦，偷偷地逃走了。王慶帶領三十多人繼續前進，傍晚時到達雲安境內的開州，被清江攔住去路。江邊的幾十條漁船都在忙活，只有江心的幾條漁船閒著，那幾條船上的人正在喝酒。王慶的一個隨從對著江心大叫：「漁夫！撐幾條船送俺們過江，俺們多給你一些銀子。」有兩個漁夫把船撐到岸邊，上下打量了王慶一番，說：「快活！又有錢喝酒了！上船！」隨從扶王慶上了船。漁夫見王慶上船了，舉起竹篙往岸上一點，船就離了岸。那些隨從見漁夫只讓王慶一個人上船，慌忙大叫：「快撐回來！俺們還沒上船呢！」漁夫瞪大眼睛說：「來了！急什麼！」說完，放下竹篙，把王慶摁在船板上。在江邊曬網的漁夫見王慶被捉，連忙一擁而上，活捉了王慶的三十多個隨從。

原來，那個撐船的是李俊，搖櫓的是童威，岸上那些漁夫大部分都是水軍。當初，李俊奉宋江之命帶領水軍和王慶的水軍作戰，大敗王慶的水軍，攻克雲安城，預料到王慶落敗之後必定會返回巢穴，於是叫張橫、張順鎮守雲安城，派三阮假扮漁夫守住岷江、魚復浦等路口，他自己則和童威、童猛帶領水軍守在清江邊。捉到王慶之後，李俊喚回三阮，叫他們和二張一起鎮守雲安城，他親自押解王慶去見宋江。宋江見李俊活捉了王慶，非常高興。

宋江聽從降將胡俊的計策，輕易地攻克了東川和安德，把王慶佔據的八個州都收了回來。

徽宗聽說宋江大軍活捉王慶、收復八州，非常高興，立即下詔命令宋江兵分五路回京。

宋江在南豐將段三娘、李助等從賊斬首示眾，命公孫勝、喬道清設壇超度陣亡將士和淮西的冤魂。

公孫勝和喬道清一連做了七天法事。法事剛剛做完，孫安就暴病而死。喬道清和孫安是同鄉，而且與孫安感情深厚，見孫安死了，非常傷心，決定歸隱，於是向宋江告別。宋江挽留不住，只好設宴為喬道清餞行。

宋江大軍奉命回京，一路上秋毫無犯。這一天，宋江大軍走到宛州內鄉縣的秋林渡。秋林渡風景優美，宋江不禁遠遠地欣賞著美景。空中有很多大雁高高低低地飛著，好像受了很大的驚嚇似的。宋江覺得很奇怪，就在這時，只聽軍隊裡傳來一陣陣喝采聲，一問才知道是因為燕青射下了十幾隻大雁。

宋江叫人把燕青請來，對燕青說：「剛才是你在射雁？」燕青回答：「小弟剛剛學會射箭，剛好天上飛過一群大雁，小弟想試試自己的技藝，沒想到箭箭命中。」宋江聽了，說：「大雁是一種仁義的鳥，為了躲避嚴寒才往南飛，而且是按照尊卑次序成群地飛，不會捨棄自己的同伴，就像我們兄弟一樣。如今你射死了十幾隻大雁，如同讓群雁失去十幾個兄弟，群雁心裡該有多悲傷？以後別再射雁了。」燕青聽了這番話，非常後悔。

第六十一回　南下平內亂

宋江大軍回到東京，駐紮在陳橋驛。這時，陳安撫早已回到東京，把宋江等人的功勞向徽宗做了彙報。徽宗聽了之後，不斷地稱讚他們，打算按功勞大小給他們封官。蔡京、高俅等人連忙上奏說：「如今天下還沒有徹底平定，不適合給他們封官，不如暫時加封宋江為保義郎、盧俊義為宣武郎，至於其餘的將領，只需要重賞就可以了。」徽宗准奏。宋江等人拜謝了徽宗，回陳橋驛待命。

一天，公孫勝來找宋江，說：「我師父羅真人曾經讓我送哥哥回京以後就回山裡。如今哥哥已經功成名就，我也該回去了。」宋江挽留不住，只好設宴為公孫勝餞行。宴席上，兄弟們都不停地歎息，還有人偷偷落淚。在梁山泊聚義時的開懷暢飲，如今已經成了過眼雲煙。

自從公孫勝走後，宋江很多天都悶悶不樂。轉眼春節將至，朝廷大小官員都要進宮向徽宗賀新年，宋江等人也不例外。蔡太師擔心徽宗見了宋江等人會再次提起封官一事，奏請徽宗只讓宋江和盧俊義進宮，徽宗准奏。

到了春節這一天，文武百官都來朝賀。宋江和盧俊義遠遠地仰視著徽宗，根本不能靠近，所以沒能引起徽宗的注意。散朝之後，宋江和盧俊義脫了朝服，回到陳橋驛。

吳用等人來向宋江賀新年，見宋江愁眉不展，問：「哥哥朝賀回來，為何如此憂愁？」

宋江長長地歎了一口氣，說：「宋江真是沒用！兄弟們跟著我南征北戰，受了那麼多苦，我卻沒能力為兄弟們爭取到一點兒功勞。」

李逵聽了這話，大叫起來：「哥哥，真不知道你是怎麼想的！想當初，我們兄弟在梁山泊多快活，誰敢給俺們氣受？可哥哥卻天天想著招安，好不容易被招安了，俺們反倒不快活了！不如俺們再回梁山去。」

宋江聽了，呵斥李逵：「你又無禮了！如今我們都是國家臣子了，你還反心未泯。」

李逵說：「哥哥不聽我的話，將來少不了會受氣。」

其他人聽了都大笑起來，舉杯敬宋江。這一天，大家歡聚到二更才散去。

第二天，宋江帶著十幾個人進城拜訪宿太尉和趙安撫。蔡京得知了此事，奏請徽宗不許出征官員擅自進城。徽宗准奏，並派人到陳橋驛門外張貼榜文。眾頭領見了榜文，都有心造反，只有宋江一個人一心想著報效朝廷。眾頭領不願違抗宋江，只好作罷。

轉眼間，元宵節又到了。燕青和李逵待著無聊，打扮成客商進城看花燈，從一個老人嘴裡聽說江南方臘造反，連忙回營向宋江報告了此事。宋江說：「我們整天待在這裡無所事事，還不如請宿太尉保奏我們去平定方臘。」眾頭領都表示同意。

第二天，宋江和燕青穿著平民服裝來到宿太尉府上，向宿太尉說明了來意。宿太尉聽了很高興，向徽宗推薦了宋江等人。這時，徽宗已經決定派張總兵和劉都督去平亂了，聽說宋江等人主動請纓，封宋江和盧俊義為征討方臘的先鋒。

宋江接到聖旨之後，召集眾將商量征討方臘一事，最終決定把已經懷孕的瓊英留在東京，其他人都隨軍出征。第二天，宋江大軍正要出征，徽宗派人傳旨，命金大堅、皇甫端留在皇宮做事。蔡太師派人來請蕭讓，要蕭讓為他代筆。王都尉派人索要樂和，因為樂和能歌善舞。宋江一一答應，然後悶悶不樂地上路了。

方臘造反已經很久了，沒想到如今竟然成了勢。方臘原本是歙州的一個樵夫，有一天，他到溪邊洗手，在水裡看到自己身穿龍袍，於是相信自己有天子的命。後來，朱勔在吳中征取花石綱，惹得民怨沸騰。方臘乘機造反，至今共佔據八州二十五縣，自立為王。

宋軍水陸並進，渡過長江，準備在揚州會合。

宋江帶領步兵來到淮安縣，當地官員說：「方臘兵多將廣，又有揚子江作為天然屏障，千萬不可輕敵。」宋江聽了，讓柴進、張順、阮小七、石秀分成兩隊去潤州打探消息。

潤州在揚子江對岸，由方臘手下的大將呂師囊把守。呂師囊飽讀兵書，武藝出眾，手下還有十二名英勇善戰的統制官，確實不能小看。

柴進等四人假扮成客商來到江邊，只見江邊連一根木頭都沒有，對岸的潤州卻停著很多船，還插滿了旌旗。沒有船，根本到不了對岸，自然也無法打聽消息。張順說：「我們先找地方休息一下，然後我游到江心的金山腳下，上山打探消息。」柴進聽了，和張順一起向江邊的幾間草屋走去，只見那幾間草屋都關著門。張順鑽進一間屋裡，發現一個老婆婆，從她口中得知村裡人去避難了，村裡的船都被呂師囊搶到潤州去了。

當晚風平浪靜，張順從瓜洲邊下水，快游到金山腳下時，看見兩個人駕著一隻小船慢慢向他靠近。張順擔心是敵軍，悄悄地游到那隻小船旁邊，猛然從水底鑽出來，砍死其中一個人，把另一個人嚇得躲進船艙。

張順問那個躲進船艙的人：「你是什麼人？從哪兒來的？快從實招來，否則要你小命！」

那個人顫聲說：「好漢饒命！小人是揚州城外定浦村陳將士的下人，奉主人之命去潤州呂樞密那裡獻糧。呂樞密恩准了，還派一個虞候跟小人回去，要我們押送五萬石大米、三百隻船到潤州。」

張順說：「那個虞候叫什麼？現在在哪兒？」

那個人說：「虞候叫葉貴，剛才被好漢砍死了。」

張順說：「你叫什麼名字？什麼時候去投奔呂師囊的？船上有什麼東西？」

那個人說：「小人名叫吳成，今年正月初七渡江的，呂樞密叫小人去蘇州見御弟三大王方貌。三大王封陳將士為揚州府尹，叫我帶三百面旌旗、一千件軍服、一封給呂樞密的密函回來。」

張順又問：「你的主人叫什麼？有多少人馬？」

吳成回答：「我家主人叫陳觀，手下有幾千人、一百多匹馬，還有兩個厲害的兒子，長子叫陳益，次子叫陳泰。」張順把該問的都問清楚之後，一刀殺死吳成，划船回去了。

柴進和張順把船上的東西分成兩份，讓人挑回揚州。宋江聽說陳觀父子勾結方臘，吩咐燕青、解珍、解寶假扮成呂師囊手下的人去定浦村見陳觀。

燕青見到陳觀，自稱葉貴，掏出冊封文書，請陳觀帶著大米和船隻到潤州。陳觀非常高興，設宴款待燕青，並叫他的兩個兒子出來陪客。席間，燕青等人用蒙汗藥蒙倒陳觀父子及其心腹，然後把他們殺了。

宋江和吳用得到消息，親自趕到陳觀家。吳用派人挑了三百隻快船，把方貌給的三百面旌旗插在船上，在船裡共埋伏了兩萬多士兵，讓一千名士兵穿上方貌給的軍服，吩咐穆弘假扮成陳益，叫李俊假扮成陳泰。一切安排妥當之後，穆弘和李俊帶著三百隻船浩浩蕩蕩地駛向潤州北固山。

北固山上的哨兵見船上插著己方的旗號，果然中計，讓穆弘和李俊上岸了。穆弘等人上岸之後，殺死山上的守軍，脫下方貌發的軍服，殺向潤州城。呂師囊大敗，他手下的四個統制官被殺，兩個統制官被活捉，牙將、士兵多數被殺。呂師囊帶著倖存的六名統制官和一些殘兵向常州逃去。

宋江奪下潤州，出榜安民，清點人馬，發現宋萬、焦挺、陶宗旺都中了亂箭而死，非常苦悶，叫人把他們葬在潤州東門外，派盧俊義帶兵攻打宣州、湖州，他自己帶兵攻打常州、蘇州。

常州守將是錢振鵬，他手下有金節和許定這兩名副將。呂師囊剛逃到常州，宋江大軍就追了過來。呂師囊連忙召集應明、張近仁、趙毅、沈抃、高可立、范疇這六名統制官，與錢振鵬等人一起出城迎戰。

錢振鵬當先出馬，和關勝打了三十多個回合，漸漸處於劣勢。金節和許定出陣助戰，彭玘、韓滔攔住了他們。金節有心歸順宋兵，只打了幾個回合就退回了本陣。韓滔緊追不捨，中了高可立的暗箭。秦明急忙趕來救韓滔，張近仁搶先來到韓滔身邊，對著韓滔的咽喉刺了一槍，將韓滔刺死。彭玘見韓滔被殺，撇下許定來戰高可立，也被張近仁刺死。關勝見韓、彭二將被殺，憤怒不已，揮刀砍死錢振鵬，正要去搶錢振鵬騎的那匹赤兔馬，卻被自己騎的赤兔馬摔在地上。徐寧連忙帶著宣贊、郝思文趕來，救走了關勝。呂師囊派兵追殺過來，關勝等人戰場失利，只好率兵撤退。

宋江聽說韓滔、彭玘也戰死了，哭著說：「自從渡江以來，屢次損兵折將，已經戰死了五個兄弟，難道是上天不允許宋江收服方臘？」

吳用勸慰宋江：「勝敗乃兵家常事，不足為怪。」

李逵說：「誰認識殺俺兄弟的人？快帶俺去找他們，俺要替俺兄弟報仇！」

第二天，宋江大軍水陸並進，直奔常州城。李逵、鮑旭、項充、李袞四位頭領帶著五百精兵先到城下打探敵情。

呂師囊見錢振鵬戰死，非常擔心，連發三道公文去蘇州，請駐守蘇州的方貌派兵救援，並寫表向方臘奏明瞭戰況。聽說李逵帶領五百步兵來到城下，呂師囊連忙派高可立和張近仁迎敵。高可立和張近仁帶領一千兵馬出城，李逵聽說他倆就是殺死韓、彭二將的人，立刻舉起兩把板斧衝向敵陣。宋兵見狀，一擁而上。混戰中，李逵一板斧砍下高可立的腦袋，鮑旭一刀割下張近仁的腦袋，為韓、彭二人報了大仇。

常州兵馬退回城裡，緊閉城門不出戰。宋江一連幾天都攻不下常州，非常著急。就在這時，金節來投誠，宋江非常高興，和金節裡應外合，攻破了常州。呂師囊再次逃脫。

與此同時，盧俊義大軍攻克宣州，只可惜鄭天壽、曹正、王定六戰死。宋江聽說又有兄弟死去，大哭一聲昏倒在地，過了好久才甦醒，對吳用等人說：「自渡江以來，我們已經有八個兄弟戰死了，可見我們必定無法收服方臘。」

吳用勸慰宋江：「主帥千萬別這麼說，以免動搖軍心。當初破遼時，大小頭領全都安然無恙，這是天數。如今有幾個兄弟戰死，只能說明他們陽壽已盡。自渡江以來，我們已經攻克了潤州、常州和宣州三個大郡，足見主帥虎威，所以主帥千萬不能灰心喪氣。」宋江聽了，心裡稍微好過一些。

第六十二回 太湖結義

呂師襄帶領殘兵逃到蘇州，對方貌訴說了戰況，並說宋兵勢不可當。方貌非常生氣，當場要把呂師襄推出去斬了，經部下勸阻才作罷，然後派呂師襄帶五千兵馬去打探敵情，命苟正、甄誠、昌盛等八名猛將帶領五萬人馬迎敵，他親自督戰。

呂師襄帶兵前往無錫縣，在城外遇上宋兵。呂師襄親自出陣，要和宋江交戰。徐寧出來迎戰，和呂師襄打了二十多個回合，一槍刺死呂師襄。兩軍一齊吶喊，開始混戰。李逵等人殺向敵陣，把呂師襄部眾殺得四散而逃。

方貌率兵趕到，聽說呂師襄被殺，非常生氣，命八名猛將一齊殺出去。宋江派關勝、花榮、徐寧、秦明、朱仝、黃信、孫立、郝思文出陣迎敵。這十六個人都非常英勇，打了三十多個回合，朱仝一槍刺死苟正。方貌連忙帶兵退回蘇州城，緊閉城門，並準備了硬弓、擂木、炮石等守城用的器具。

宋江見蘇州城牢不可破，和吳用商議了一番，最終決定走水路攻城，於是派李俊、二童

等水軍頭領先去太湖打探敵情。

李俊等頭領快靠近吳江時，只見十幾條漁船迎面而來，連忙假扮成漁民，來到一個農莊上，沒想到被莊上的七八個大漢綁到了四個頭領面前。

那四個頭領是「赤鬚龍」費保、「捲毛鼠」倪雲、「太湖蛟」卜青、「瘦臉熊」狄成，他們盤踞在四面環水的榆柳莊，靠打劫往來客商為生，當下就要殺了李俊等人。李俊心想：「我在潯陽江上做了多年劫財害命的勾當，沒想到今天也落得這個下場，罷了，罷了。」想到這裡，忍不住歎了一口氣，看著二童說：「是我連累了兩位兄弟。」二童說：「哥哥別這麼說，我們就算死也值了，只是死在這裡埋沒了兄長大名。」三個人說完，都挺起胸膛等死。那四個好漢聽他們這麼說，猜出李俊不是尋常人，連忙問李俊等人叫什麼。得知他們是梁山好漢，連忙割斷繩子，扶他們進屋坐下，說了自己的情況。李俊等人見這四個人都非常講義氣，和他們結成了異姓兄弟。

李俊在榆柳莊住了兩三天之後，有人在太湖上發現十幾條插著方臘旗號的運輸船。當天晚上，費保和李俊等人划著六七十條小船趕上，劫了那十幾條大船。經過審問，得知那個船隊的兩個頭目是方臘長子方天定手下的庫官，他們二人奉方天定之命從杭州押送三千副鎧甲來蘇州給方貌。李俊問了這兩個庫官的名字，跟他們要了方天定寫給方貌的書信，然後殺了他們。

宋江得到消息，吩咐李逵、鮑旭、費保、倪雲帶人假扮方天定派來的人，讓戴宗和凌振帶著信號炮助陣。

第二天快亮時，李逵一行人來到蘇州城下，自稱是方天定派來的人。守門官員見方天定寫給方貌的信是真的，放李逵等人進了城。李逵等人進城之後，又是殺人又是放火。城外的凌振見城裡起火，接連放了十幾個信號炮，通知宋江帶兵來攻城。

方貌聽到炮聲和喊殺聲，猜不出有多少宋兵潛入城裡，頓時驚慌失措。城外的宋兵殺進城裡，殺死無數敵軍。李俊、戴宗、費保、倪雲四人掩護凌振開炮。蘇州城一片混亂。方貌見城裡亂成一團，急忙帶著幾百人逃往南門，正好撞上李逵一夥人。方貌手下被殺得四處逃竄，方貌掉轉馬頭往一個小胡同裡跑去，迎面遇上智深和武松，被武松一刀砍死。

宋江率軍進駐蘇州，派人把城裡的火撲滅，出榜安撫百姓。

費保四人幫忙奪了蘇州之後，向宋江告別。宋江挽留不住，只好讓李俊親自送他們回榆柳莊。

費保四人回到榆柳莊，設宴招待李俊。席間，費保對李俊說：「小弟雖然愚鈍，也聽人說過『為人有興必有衰』這句話。自從哥哥上梁山泊至今，已經十幾年了，哥哥從未吃過敗仗，可是如今收復方臘，卻屢次受挫，可見哥哥氣數將盡。小弟為什麼不願意做官？因為世態人情不好。即便天下太平，也有人會要你性命。有句老話說得好：『太平本是將軍定，不許將軍見太平❶。』如今哥哥氣數將盡，哥哥何不留下來和我們一起平安終老？這樣也不枉我們兄弟結拜一場。」

李俊聽了這番話，非常感動，跪在地上說：「多謝兄長指點迷津，只是如今方臘未滅，我還沒有報答宋公明的恩義，所以暫時不能留下，否則就背信棄義了。等平定方臘之後，李俊一定帶著童威和童猛兩兄弟來投奔兄長。」

費保四人說：「我們等著哥哥回來，哥哥千萬不要違背諾言。」

第二天，宋江大軍水陸並進，殺向秀州。秀州守將段愷聽說蘇州已經被攻下，自知無力抵擋宋軍，主動打開城門迎接宋江。宋江佔領秀州之後，決定攻打杭州。

杭州守將方天定手下有七萬多兵馬，還有四個元帥和二十四名戰將，實力非常強大。

宋江召集眾將商議破敵之計，柴進主動請求深入方臘賊巢打探消息。宋江高興地答應了，並決定調燕青回來陪柴進一起去。

就在這時，燕青回來報說盧俊義大軍已經攻克湖州，盧俊義派他回來再調一些軍馬去攻打獨松關和德清縣。宋江非常高興，命令盧俊義、朱武、林沖、董平、張清等二十三位頭領攻打獨松關，命令呼延灼、索超、穆弘、楊雄、劉唐等十九位頭領攻打德清縣。

柴進打扮成秀才，燕青打扮成僕人，二人一起上路了。

吳用說：「杭州南邊有錢塘江，如果派幾個人到南門外江邊放信號炮，城裡一定慌亂。」於是派張橫、阮小七、侯健、段景住帶著三十多個水手和十幾個信號炮前去。

宋江回到秀州，正在和眾將商量如何攻取杭州，東京使者到了。東京使者說皇上病了，請神醫安道全回京。宋江不敢違抗聖旨，讓安道全跟使者回了東京。

與此同時，方天定也調集兵馬迎戰。

這一天，宋軍兵分三路夾攻杭州。中路軍由徐寧和郝思文帶隊。兩個人剛到杭州北門，方天定的軍馬就殺出城來，接著西邊衝出一百多名騎兵。徐寧拼殺出來，郝思文被活捉。徐寧回頭去救郝思文，被敵軍的毒箭射中脖子。關勝及時趕到，救走了徐寧。

安道全去了東京，軍醫又治不了徐寧的傷，宋江只好派人送徐寧到秀州養傷，又命人去打聽郝思文的消息。不久，士兵回來說：「杭州北門上掛著郝思文的頭。」不久，秀州派人報說徐寧因箭毒攻心而死。宋江損失了兩名大將，心裡難過，暫時沒再進兵。

---

❶【「太平」一句】將軍出生入死創造了太平局面，自己卻看不到太平。這句話的言外之意是，一旦世事太平，掌權者就開始擔心將軍功高蓋主，於是想方設法制約甚至殺害將軍，讓將軍過不上太平日子。

第六十三回　魂捉方天定

張順聽說郝思文被斬首、徐寧中箭而死，杭州城久久無法攻克，準備了一把尖刀，準備從湧金門❶進城，與宋兵裡應外合。

這天晚上，月亮照在西湖上，張順悄悄地游到湧金門，往水裡一摸，發現門底部都用鐵網堵住，門上還拴著一串銅鈴。張順不小心碰到繩子，銅鈴響了起來。守門軍聽見鈴聲，大喊大叫。張順連忙鑽到水裡。守門軍看了一會兒，沒有發現異常就回去了。張順又等了一會兒，料想守門軍都睡熟了才上岸，正要爬進城，又擔心城上有埋伏，於是抓了一些土塊扔到城上。一個守門軍沒有睡，看見土塊大叫起來。守門軍們都被吵醒，連忙去看水門，沒有發現異常，互相說：「一定是鬼！我們都去睡吧，不要理他。」說完，都埋伏在城牆邊。天快亮時，張順抓著城門向上爬，剛爬了一半，只聽一聲梆子響，守門軍一起站了起來。張順還沒來得及跳下水，城上的硬弓、竹箭、鵝卵石一齊向他射來，可憐張順就這樣被射死了。

與此同時，宋江夢見張順渾身是血來向他道別，張順旁邊還有三四個人也渾身是血。宋

江大哭一聲，從夢裡醒來，找吳用解夢。吳用說：「張順肯定已經無辜而死，這才託夢給兄長。」宋江說：「如果是這樣，那另外三四個人又是誰？」吳用也不得而知，只好陪著宋江坐到天亮。晌午過後，李俊派人報說張順在翻越湧金門時被亂箭射死。宋江哭昏過去，吳用等頭領也非常傷心。

第二天晚上，宋江親自來到西湖上的西陸橋，祭奠張順，並設了兩路伏兵。方天定聽說宋江親自祭奠張順，連忙派出兩路兵馬出城捉拿宋江，卻中了宋江之計，大敗而歸。

宋江一直沒有獨松關和德清縣的消息，於是派戴宗去看看是什麼情況。幾天之後，戴宗回來報說盧俊義已經過了獨松關，很快就會趕到杭州，可是董平、張清和周通卻戰死了。宋江大哭一場，派呼延灼帶人接應盧俊義。

呼延灼帶兵出發，在德清縣南門遇到敵軍。雙方交戰時，雷橫和龔旺戰死，所幸其他頭領都安然無恙。宋江得知雷橫和龔旺也戰死了，想起自己前幾天做的夢，頓時淚如泉湧。

宋江和盧俊義會師之後，眾將領合力攻打杭州。宋江率兵攻打北關門時，敵將石寶一錘

❶【湧金門】宋朝時的杭州有十大城門：東邊有菜市門、薦橋門，南邊有候潮門、嘉會門，西邊有錢湖門、清波門、湧金門、錢塘門，北邊有北關門、艮山門。其中，只有湧金門外面沒有城牆，只依附西湖作爲天然屏障。因此，張順才選擇湧金門作爲自己潛入敵軍後方的通道。

打中索超的臉，索超從馬上掉落。鄧飛急忙去救索超，被石寶一刀砍成兩段。宋兵大敗，幸虧花榮、秦明及時趕到，救走了宋江。

盧俊義帶著林沖等人來打候潮門，只見城門大開。劉唐要奪頭功，單槍匹馬向城裡衝去。守門軍一斧砍斷繩子，城門落了下來，把劉唐活活砸死。

宋江見強攻不成，反而有三個兄弟戰死，連忙撤兵。李逵主動請纓，和鮑旭、項充、李衮一起帶兵到北關門下叫陣。石寶出城迎戰，見李逵毫無顧忌地衝殺過來，連忙退回城裡。鮑旭追了上去，剛進城就被埋伏在城門邊的石寶砍成兩段。李逵等人見鮑旭戰死，哭著跑回寨裡。

就在眾人為攻不下杭州而發愁時，解珍、解寶在城南劫下方臘的幾十條運糧船，還抓住了富陽縣的袁評事。吳用得知這個消息，非常高興，想出一個破城之計，吩咐解珍、解寶依計行事。解珍、解寶假扮成方臘部下，跟著袁評事來到杭州城下，把宋兵帶進杭州城。與此同時，城外的宋兵包圍了杭州城。當天夜裡，混進城裡的凌振放出信號炮，示意城外的宋兵攻城。

方天定聽到炮聲和喊殺聲，連忙披掛上陣，只見宋軍已經殺進城裡，自知杭州難以保住，落荒而逃。方天定逃到五雲山下，只見江裡有個人向他走來。方天定見那個人來勢洶洶，連忙揮動馬鞭讓馬快跑，可是那馬卻像被人拽住似的在原地不動。那個人來到馬旁邊，把方天定從馬上扯下來，一刀割下方天定的腦袋，騎著方天定的馬回到杭州城，逕直來到宋江面前，把方天定的腦袋和他自己的刀都扔在地上，拜了宋江兩下。宋江慌忙抱住他，說：「張橫兄弟，你從哪裡來？阮小七他們呢？」

張橫說：「小弟不是張橫，小弟是張順，當初在湧金門外被亂箭射死，心有不甘，魂魄在水裡飄蕩，感動了西湖震澤龍君，被收為金華太保。今天哥哥破了城池，兄弟的魂魄纏住方天定，跟著方天定出了城，見哥哥張橫在江裡，就附在哥哥身上，上岸殺了方天定。」說完，昏倒在地。

宋江親自把他扶了起來。張橫睜開雙眼，說：「我不會是在陰間見到哥哥了吧？」

宋江哭著說：「是你弟弟張順附在你身上殺死了方天定，你還活著。」

張橫說：「這麼說，我弟弟已經死了？」

宋江只好如實相告。

那個人來到馬旁邊，把方天定從馬上扯下來，一刀割下方天定的腦袋。

張橫聽了，大哭一聲：「兄弟！」然後又昏倒了，過了好久才再次甦醒。

宋江攻下杭州以後，出榜安撫百姓，犒賞三軍。這時，阮小七回來了，報說風浪把他們的船打翻了，侯健、段景住不識水性，被水淹死。宋江見許多兄弟都戰死了，非常難過，請淨慈寺的和尚做了七天法事，超度陣亡的兄弟。之後，宋江和盧俊義分兩路進兵，宋江攻打睦州，盧俊義進軍歙州。這時，碰巧杭州城裡瘟疫盛行，張橫、穆弘、孔明、朱貴、楊林、白勝不幸染病，不能隨大軍征戰，宋江派穆春、朱富留在杭州照顧他們六個，命其餘將領按計劃出征。

柴進和燕青告別宋江之後，經海鹽縣、越州、諸暨縣來到睦州，分別改名為柯引、雲璧，去投奔方臘。守關人見柴進談吐不凡，連忙向右丞相祖士遠、元帥譚高做了彙報。祖士遠等人見柴進果然儀表非凡，帶柴進去見左丞相婁敏中。婁敏中也非常欣賞柴進的才華，把柴進引薦給了方臘。

柴進來到方臘的行宮清溪洞，大大地吹捧了方臘一番，說整個天下早晚都是方臘的。方臘非常高興，把金芝公主許配給了他。柴進自從做了駙馬之後，可以自由出入宮殿，所以對內外大小事物無所不知。方臘一遇到重要事情，就宣柴進進宮商議，非常信任柴進。

第六十四回　慘勝

宋江大軍奪了富陽縣，來到烏龍嶺。烏龍嶺背靠長江，山勢險峻，易守難攻，是睦州的險要關口。李逵、項充、李袞帶領五百人去探路，剛到烏雲嶺下，嶺上就有滾木、礌石打下來，根本無法前進，只好撤退。宋江又派阮小二、孟康、童威、童猛帶人從水路察看敵情。阮小二等人駕船漸近烏龍嶺，中了對方水軍的埋伏。敵軍從嶺上扔下長槍、撓鉤和火排等，宋兵根本沒有還手的機會。阮小二被敵軍的撓鉤鉤住，擔心被抓之後受辱，拔出腰刀自殺了。孟康被火排打中頭部，當場死亡。李俊、阮小五、阮小七都在後面，見前面的船失利了，連忙掉轉船頭，僥倖逃脫。

解珍、解寶假扮成獵戶向嶺上爬去，打算爬上去之後放火燒山，以嚇跑守關的士兵。沒想到敵軍已經做好防備，等解珍兄弟二人即將爬上山頂時，敵軍用撓鉤鉤住解珍的頭髮，準備把他拖上山。解珍心裡一陣慌亂，拔出腰刀砍斷撓鉤，從百十丈高的懸崖上摔了下來，當場死亡。解寶見哥哥摔下懸崖，連忙後退。嶺上弓箭、石塊齊發，可憐解寶哪裡還能活命？

宋江見解家兄弟倆慘死，幾次哭昏過去，隨後帶著關勝、花榮等人攻打烏龍嶺，要為四個兄弟報仇，誰知又中了埋伏，損失許多將士，只好撤兵。

鎮守烏龍嶺的是國師鄧元覺和從杭州逃脫的石寶。石寶擔心宋江會繞過烏龍嶺直奔睦州，建議鄧元覺奏請方臘增調兵馬。鄧元覺覺得有理，於是請方臘增調兵馬。方臘說：「最近歙州昱嶺也來告急，朕已經把僅剩的幾萬兵馬調去昱嶺了，如今除了守衛宮殿的御林軍，已經沒有兵馬可調了。」婁丞相和眾官商議了一番，從睦州撥了五千精兵給鄧元覺，首將夏侯成。

宋江駐紮在桐廬縣，一連二十多天都沒有派兵出戰。一天，探馬報說朝廷派童樞密來賞賜眾將士。宋江聽了，連忙帶著眾將到二十里外迎接。童貫賞了眾將，說他是奉天子之命來助陣的。

第二天，宋江大軍在當地一個老人的帶領下從小路繞過烏龍嶺，到了東管，準備先攻下烏龍嶺再攻打睦州。

鄧元覺得到消息，帶領五千人馬前往睦州助陣，被宋江大軍攔住。鄧元覺當先出陣，和秦明打了五六個回合，見秦明掉轉馬頭就走，也不去追趕，直奔宋江而來，中了花榮一箭，被宋兵殺死，夏侯成逃往睦州。宋江軍馬殺向烏龍嶺，被擂木、炮石打退，只好先打睦州。

方臘聽說鄧國師戰死，急忙派太尉鄭彪帶領一萬五千名御林軍去睦州助戰。鄭彪舉薦天師包道乙和他一起去，方臘准奏。包道乙從小就出家學習法術，被稱為靈應天師。鄭彪也酷愛道法，從包道乙那裡學了許多法術，人稱鄭魔君。

宋江聽說方臘派援兵來了，派王英、扈三娘夫婦迎敵。王英夫婦帶著三千人出戰，和鄭彪打了幾十個回合不分勝負。這時，鄭彪施展法術，隨後他的頭盔上就冒出一股黑氣。王英見狀，嚇得手忙腳亂，被鄭彪一槍刺死。扈三娘見丈夫戰死，揮刀為丈夫報仇，被鄭彪擲出的一塊金磚打死，三千宋兵死了一大半。

宋江聽說王英夫婦也戰死了，憤怒不已，連忙帶領五千人馬迎敵。鄭彪再次施展法術，空中頓時烏雲密布，下起傾盆大雨，讓人分不清東西南北。隨後，許多金甲大漢包圍了宋兵。宋江仰頭長歎：「難道宋江注定要死在這裡？」說完，趴在地上等死。

可是，過了好久都沒人來殺他，風雨也停了，一個秀才把宋江扶了起來。宋江大吃一驚，連忙問秀才是誰。那個秀才說：「小生名叫邵俊，曾經多次幫助過義士，如今特地來告訴義士，方臘氣數將盡，義士的救兵已經到了。」然後推了宋江一下。宋江忽然驚醒，發現雲霧已經散去，那些金甲大漢都變成了松樹。原來剛才的一切只是夢而已。

宋江帶著士兵殺出來，只見智深和武松正在與鄭彪廝殺。包道乙拿出混元劍拋向武松，砍掉了武松的左臂。智深連忙救走武松。混元劍插在武松的斷臂上，包道乙無法再施展法術，只好逃走了。敵將夏侯成也落荒而逃，智深緊追不捨，一直追到深山裡。鄭彪自知打不過宋兵，也逃走了。李逵、項充、李袞追了過去，中了埋伏，李袞和項充戰死，李逵被花榮、秦明救走。

幾天之後，兩軍在睦州城下交戰。鄭彪打不過關勝，再次施展法術。樊瑞也施展法術，破了鄭彪的法術，一刀砍死了鄭彪。包道乙坐在城上觀戰，見鄭彪被殺，剛要站起來，被凌振的轟天炮擊中。宋兵殺進城去，佔領了睦州城，出榜安撫百姓。這時，探子報說馬麟、燕順攻打烏龍嶺時都被石寶殺死。宋江連忙帶兵攻打烏龍嶺，在混戰中，郭盛、呂方戰死。所幸宋兵最終強行攻下了烏龍嶺。敵將石寶見烏龍嶺失守，舉刀自殺。

與此同時，盧俊義大軍攻克歙州，只可惜史進、石秀、陳達、楊春、李忠、薛永、歐鵬、張青、單廷珪、魏定國、李雲、石勇這十二人在戰爭中犧牲，丁得孫在行軍途中被毒蛇咬死。

宋江聽說又有十幾個兄弟戰死，痛哭流涕。吳用勸宋江不要傷心，然後寫信約盧俊義攻打清溪縣。

方臘聽說宋軍兩路人馬要合力攻打清溪縣，又驚又怕，連忙命令侄子方傑、驃騎將軍杜微帶領一萬三千名御林軍和宋江作戰，派御林軍教師賀從龍帶領一萬名御林軍和盧俊義作戰，他自己親自督戰。

宋江派關勝、花榮、秦明、朱仝帶兵打頭陣。關勝等人剛出發，就遇上了方傑的軍隊。方傑雖然年輕，可是非常英勇，又能熟練地使用方天畫戟，和秦明打了三十多個回合，也沒有分出勝負。杜微見方傑久久不能戰勝秦明，就對準秦明扔了一把飛刀。秦明躲過飛刀，卻沒有提防方傑，被方傑一戟刺死。

方臘命令方傑捉拿宋江，就在這時，方臘手下報說賀從龍被盧俊義活捉，宋兵已經殺到山後了。方臘非常害怕，連忙命令方傑和杜微護駕。

方臘退回清溪縣，只聽城裡喊殺聲震天、四處起火，連忙率領御林軍進城混戰。宋江兵馬緊追不捨，見城裡失火，知道是李俊、阮小五、阮小七、童威、童猛幹的，連忙衝進城裡。盧俊義大軍也已經趕到，和宋江大軍一起包圍了清溪城。眾將從四面八方殺進城裡，攻克了清溪城。方臘在方傑的掩護下躲進幫源洞。宋兵燒了方臘的行宮，把錢糧洗劫一空。

在這一戰中，郁保四、孫二娘死於杜微的飛刀之下，鄒淵、杜遷中亂箭之後被馬踩死，李立、湯隆、蔡福重傷而死，阮小五被婁敏中殺死。

宋江祭奠了陣亡的將士，和盧俊義包圍了幫源洞。方臘堅守在洞裡，就是不出來。就在雙方僵持不下時，柯引主動要求出去捉拿宋江。方臘聽了非常高興，讓他帶領一萬御林軍出戰，派方傑助戰。

兩軍交戰，柯引當先出戰。宋江認出柯引就是柴進，派花榮出陣迎戰。柴進和花榮打鬥了一會兒，讓花榮裝敗。花榮會意，又和柴進打了三個回合，然後回到陣裡，對宋江、盧俊義說了這件事。柴進來叫陣，吳用派關勝迎戰。關勝和柴進鬥了幾個回合，也退回陣裡。

宋江帶領眾兄弟來到烏龍廟，設壇祭奠陣亡的兄弟，之後奉命班師回朝。

柴進也不去追趕，只是像剛才一樣叫陣：「哪個宋兵敢來和我對敵？」宋江叫朱仝出戰。朱仝和柴進假裝打鬥，打了幾個回合也退回陣裡。柴進率大軍衝殺過來，宋江連忙率大軍撤退。柴進追了一陣，帶兵撤回。

方臘聽說柯引殺退了宋兵，非常高興，設宴為柯引慶功。

第二天，柴進再次帶兵出戰，方臘帶著內侍來到洞頂觀戰。方傑主動請求打頭陣，宋江派關勝、花榮、李應、朱仝迎戰。方傑自知打不過他們四個，掉轉馬頭就往回跑。柯引攔住方傑，揮手讓關勝四人趕來，然後一槍刺死了方傑。方臘手下大吃一驚，全都四散而逃。宋江兵分五路殺進洞裡。方臘見柯引殺了方傑，早已看出情勢不妙，連忙逃進了後山深處。燕青派幾個心腹搶走金銀珠寶，放火燒了宮殿。金芝公主上吊自殺。

阮小七搜出方臘偽造的龍袍，穿上它跑到外面取樂，引得宋兵都來圍觀。童貫手下的王稟、趙譚見了，對著阮小七大罵：「你這個亂臣賊子，難道想學方臘？」阮小七大怒，指著他們說：「你們是什麼東西？如果不是俺哥哥宋公明，你們的腦袋早就被方臘砍了。如今我們兄弟立了大功，你們卻來欺負我！朝廷不知道真相，還以為是你們幫助俺們打了勝仗呢！」王稟、趙譚大怒，要殺阮小七。阮小七哪裡受得了這種氣，從一個士兵手裡奪過一支槍，正要去戳王稟，被呼延灼阻止。宋江聞訊趕到，喝令阮小七脫下龍袍，勸解了這次糾紛。

王稟、趙譚二人從此懷恨在心，準備伺機報復梁山眾將。

方臘逃進深山，看見一間草屋，正要過去找東西吃，智深突然從松樹背後走出來，一禪杖把他打倒在地，用繩子綁住他，押著他往山外走去，正好遇見搜山的宋兵。原來，智深追進深山之後，在萬松林裡擒殺了夏侯成，正要出山請賞，遇上了方臘。

宋江囚禁了方臘，把方臘手下的將領斬首示眾，讓賊兵恢復鄉民的身分，出榜安民，犒賞三軍。

大戰得勝之後，宋江想起陣亡的兄弟，不由得潸然淚下。這時，留在杭州的八個兄弟有六個都患病死了，只有楊林和穆春倖免於難。宋江帶領眾兄弟來到烏龍廟，設壇祭奠陣亡的兄弟，之後奉命班師回朝。

第六十五回　宋江衣錦還鄉

宋江大軍到了杭州，駐紮在城外的六和寺裡。智深睡到半夜，忽然聽見錢塘江的潮信聲，以為是戰鼓響了，連忙從禪床上跳起來，拿起禪杖就往外走。寺裡的僧人們都覺得奇怪，問明了緣由之後，告訴他是潮信聲。

智深問：「什麼是潮信？」

一個僧人推開窗戶，指著潮水對他說：「這潮水每天定時一漲一落，從來不失信，所以稱為『潮信』。今天是八月十五，應該三更時漲潮。」

智深看了，頓時恍然大悟，拍手大笑：「俺師父智真長老曾經送了俺四句偈語，第一句『逢夏而擒』應該指的是俺在萬松林裡活捉了夏侯成，第二句『遇臘而執』應該指的是俺生擒方臘，今天聽到潮信聲，正好應了『聽潮而圓，見信而寂』這兩句，看來俺應該圓寂了，只是不知道『圓寂』是什麼意思。」

僧人們回答：「你是出家人，怎麼不知道佛門中的『圓寂』就是『死』？」

智深聽了，請僧人們幫他沐浴更衣，然後閉著眼睛坐在禪椅上。宋江來看望智深時，智深已經不動了。寺裡的大惠禪師命人將智深火化，把智深的骨灰葬在了塔裡。

武松不想回京，在六和寺出家為僧，活到八十歲。

宋江大軍正準備起程回京，林沖突然中風癱瘓，楊雄因為背上生瘡而死，時遷得絞腸痧去世。與此同時，有人報說楊志死在了丹徒縣。宋江非常傷心，把林沖留在寺裡，託武松照看林沖，率兵起程。林沖在半年之後病死。

在回京的路上，燕青私自對盧俊義說：「小乙從小侍奉主人，如今已經大功告成，想找個安靜的地方隱居。」

盧俊義說：「自從接受招安以來，許多兄弟都戰死了，幸好我倆還活著，如今好不容易要衣錦還鄉了，你怎麼反而要隱退？」

燕青說：「韓信立下大功，卻落得一個被斬首的下場，這一點主人難道不知道嗎？」

盧俊義說：「燕青，我對朝廷並沒有二心，也不像韓信那樣功高蓋主，朝廷怎麼會負我？」

燕青見盧俊義不聽勸告，只好給宋江留了一封告別信，悄悄地離開了。

宋江大軍到了蘇州城外，李俊假裝中風，求宋江把童威和童猛留下來照顧自己。宋江信以為真，答應了。等宋江大軍走了以後，李俊和二童如約來到榆柳莊，和費保等四人駕船去了暹羅[1]，過上了逍遙自在的日子。

宋江大軍回到東京，徽宗命令將領們穿著軍裝入朝覲見。宋江給徽宗寫了一份奏疏，並附上了所有將領的名單。

陣亡的將領有五十九人：秦明、徐寧、董平、張清、劉唐、史進、索超、張順、阮小二、阮小五、雷橫、石秀、解珍、解寶、宋萬、焦挺、陶宗旺、韓滔、彭玘、鄭天壽、曹正、王定六、宣贊、孔亮、施恩、郝思文、鄧飛、周通、龔旺、鮑旭、段景住、侯健、孟康、王英、扈三娘、項充、李袞、燕順、馬麟、單廷珪、魏定國、呂方、郭盛、歐鵬、陳達、楊春、郁保四、李忠、薛永、李雲、石勇、杜遷、丁得孫、鄒淵、李立、湯隆、蔡福、張青、孫二娘。

在路上病故的將領有十人：林沖、楊志、張橫、穆弘、楊雄、孔明、朱貴、朱富、白勝、時遷。

在杭州六和寺坐化的將領有一人：魯智深。

在六和寺出家的將領有一人：武松。

回薊州出家的將領有一人：公孫勝。

在回京途中離開的將領有四人：燕青、李俊、童威、童猛。

留在東京的有五人：安道全、皇甫端、金大堅、蕭讓、樂和。

得勝回京的將領有二十七人：宋江、盧俊義、吳用、關勝、呼延灼、花榮、柴進、李應、朱仝、戴宗、李逵、阮小七、朱武、黃信、孫立、樊瑞、凌振、裴宣、蔣敬、杜興、宋清、鄒潤、蔡慶、楊林、穆春、孫新、顧大嫂。

徽宗考慮到一百零八將征討方臘功勞不小，又傷亡慘重，終於態度堅決地給他們全都封官或追封了，還重賞了他們，讓他們實現了封妻蔭子的願望。

宋江被封為楚州安撫使兼兵馬總管，他剛剛受封，就請徽宗允許他回鄉探親。徽宗賞了他十萬貫錢，供他回鄉時使用。

宋江終於衣錦還鄉了，一路上好不威風！

可惜的是，宋江回到鄆城縣時，宋太公剛剛過世。宋江大哭一場，厚葬了宋太公，本州官員、親朋好友、鄰居都來送葬。幾個月之後，宋江起程回京。

宋江回到東京之後，戴宗來探望他，說：「小弟已經辭去了袞州府都統制一職，準備去泰安州岳廟出家，特來向哥哥辭行。」宋江見他態度堅決，只好由著他了。

盧俊義被封為廬州安撫使兼兵馬副總管，已經上任了。

阮小七被封為蓋天軍都統制。阮小七上任後不久，童樞密向徽宗奏明了阮小七穿方臘

---

❶【暹（ㄒㄧㄢ）羅】泰國的古稱。

宋江被封為楚州安撫使兼兵馬總管，他剛剛受封，就請徽宗允許他回鄉探親。

龍袍一事，徽宗把阮小七貶為平民。阮小七正好不願意受人約束，帶著母親回了石碣村，依舊靠打魚為生，活了六十歲。

柴進被封為橫海郡滄州都統制，他見阮小七被貶為平民，想起自己曾經在方臘那裡做過駙馬，擔心奸臣藉此大做文章，以生病為由辭官回鄉了。

李應被封為中山府鄆州都統制，他聽說柴進辭官了，也以生病為由辭官回鄉了。杜興見主人李應辭官回鄉，跟著李應一起回去了。後來，他們倆都成了大富豪。

關勝在北京大名府總管兵馬，很得軍心，後來因喝醉酒從馬上摔下來，不久之後就死了。

呼延灼被封為御營兵馬指揮使，後來在抗擊金兵時陣亡。

朱仝在保定府總管兵馬，治軍有方，後來跟隨劉光世破了大金，被封為太平軍節度使。

花榮被封為應天府兵馬都統制，已經帶著家人上任了。

吳用被封為武勝軍承宣使，也已經上任。

宋清回鄉務農。黃信仍回青州擔任原職。孫立帶著孫新、顧大嫂和妻兒老小依舊回登州任職。鄒潤不願為官，回登雲山去了。蔡慶回鄉為民。裴宣和楊林回飲馬川了。蔣敬回鄉為民。朱武、樊瑞去投奔公孫勝，三個人一起平安終老。穆春回鄉為民。淩振被火藥局御營任用。安道全當了太醫院的金紫醫官。皇甫端成為御馬監大使。金大堅在內府御寶監當官。蕭讓在蔡太師府中當門館先生。樂和在駙馬王都尉府裡快活地生活了一輩子。

第六十六回　徽宗夢遊梁山泊

蔡京、童貫、高俅、楊戩四個賊臣惟恐天下不亂，整天不幹正事，只知道壞國、壞家、壞民。見徽宗重賞了宋江等將領，高俅、楊戩非常不高興，坐在一起商議如何對付宋江等人。高俅說：「宋江、盧俊義是我們的仇人，如今他們得了勢，肯定不會讓我們好過。俗話說：『恨小非君子，無毒不丈夫！』」

楊戩說：「我們可以買通幾個廬州士兵，讓他們告盧俊義謀反，請天子召他回京問罪，在他的飯菜裡下一些水銀，這樣他自然就活不成了。再派使者賜御酒給宋江，並在酒裡下一些慢性毒藥，保管半個月之內就讓宋江小命不保。除掉了他們倆，其他人就不足為患了。」

高俅說：「真是好計。」

兩個賊臣商量好之後，著手準備此事。

盧俊義奉旨回京，向徽宗澄清了造反一事，騎馬趕回廬州。在回廬州的路上，盧俊義突然覺得身上又酸又疼，不能騎馬，只好改坐官船。經過淮河時，水銀滲進他的骨髓，他站都

站不穩，掉進河裡淹死了。

宋江自上任以來惜軍愛民，深得人心。閒暇之餘，他經常去楚州南門外遊玩，因為那裡有個地方很像山東的梁山泊。這一天，朝廷忽然派人來賜御酒，宋江沒有懷疑，喝了御酒，並請使者也喝。使者說自己不會喝酒，告辭回京。

宋江喝了御酒之後，肚子突然疼痛起來，連忙派人去驛館打聽使者會不會喝酒，聽說使者在驛館喝了酒，他猜出是奸臣在御酒裡下了毒藥，不禁長長地歎了一口氣，說：「我對朝廷一向忠心耿耿，沒想到天子竟然輕信奸臣，賜我毒酒！我死得冤啊！可是，即便朝廷負我，我也絕對不負朝廷。」說完，派人連夜去請李逵。

李逵被封為潤州都統制，到任之後天天喝酒解悶，聽說宋江派人來請他，連忙來到楚州。宋江設宴款待李逵，和李逵說了朝廷賜毒酒一事。

李逵聽了，說：「哥哥，反了吧！」

宋江說：「兄弟，軍馬都沒了，兄弟們也散了，反不成了。」

李逵說：「我倆手下都有兵馬，咱們再招一些百姓，回梁山泊繼續過快活日子，不受那些奸臣的氣了。」李逵哪裡知道，宋江給他喝的也是毒酒。

第二天，宋江送李逵回潤州。李逵說：「哥哥，什麼時候造反？到時我一定起兵接應你。」

宋江聽了，流著淚對李逵說：「兄弟，你不要怪我狠心！我死了不要緊，只怕你會因此再次造反，毀了我們梁山泊的忠義之名，所以我才請你喝毒酒。你回到潤州之後，必死無疑。我死以後，屍首會葬在楚州南門外，那裡有個地方很像梁山泊，到時你可以去那裡找我。」

李逵聽完也哭了，說：「也罷！我李逵是生是死都追隨哥哥！」說完，回潤州去了。

李逵回到潤州不久，果然毒發身亡。李逵臨死時，吩咐手下把他和宋江葬在一起。

吳用夢見宋江和李逵被御酒毒死，醒來後連忙派人去打探情況，證實了宋江和李逵確實是被毒死的。吳用來到宋江墳前，痛哭流涕，正要在宋江墳前上吊自殺，只聽花榮在背後叫他，原來花榮也聽到了宋江的死訊。吳用和花榮又大哭一場，然後一齊吊死在宋江墳前。楚州百姓把他倆葬在宋江墓旁邊，經常來祭拜他們。

徽宗自從賜御酒給宋江之後，久久得不到回信，很掛念宋江。一天，徽宗猛然想起李師師，就從地道到了李師師那裡。李師師盛妝出迎，設宴和天子取樂。徽宗喝了幾杯酒之後，覺得有些睏，迷迷糊糊地睡著了。

這時，房裡突然颳起一陣冷風，隨後戴宗出現了，請徽宗和他一起出去遊玩，然後駕馬車把徽宗帶到了梁山泊。徽宗走進忠義堂，只見忠義堂裡煙霧瀰漫，宋江、盧俊義、吳用、林沖等好漢按座次整齊地坐在椅子上。徽宗問他們為什麼都在這裡，宋江對徽宗說出了自己被害的經過。徽宗大吃一驚，說：「我並沒有賜毒酒給你們……你們既然已經死了，就應該投胎轉世，為什麼會聚集在這裡？」

宋江說：「我們一生忠義，可是最終卻含冤而死，心有不甘，於是派戴宗請聖上過來聽我們訴說冤屈。」

徽宗說：「你們為什麼不直接去皇宮找寡人？」

宋江說：「臣等都是幽魂，根本進不了皇宮，只好請陛下屈尊到此了。」

徽宗說：「寡人能四處遊玩一下嗎？」

宋江等人連忙答應，再三謝恩。

徽宗走出忠義堂，回過頭來看見堂內的好漢都已不見了蹤影，只剩下寫有好漢名號的大旗隨風擺動。就在這時，他突然見到李逵拿著板斧對著自己大叫：「傻皇帝！你怎能聽信四個奸臣的挑撥害死我們？我今天正好替兄弟們報仇！」

徽宗大吃一驚，從夢中醒來，把剛才的夢告訴了李師師。

李師師說：「難道宋江已經死了，這才託夢給陛下？」

徽宗說：「寡人明天一定問清楚這件事。如果宋江真死了，我一定為他建一座廟，封他為烈侯。」

李師師說：「這樣才顯得陛下沒有辜負功臣。」

第二天，徽宗問宿元景：「愛卿有沒有楚州安撫使宋江的消息？」

宿太尉說：「臣不知道，不過臣昨晚做了一個怪夢，夢見宋江親自來到臣的家裡，跟臣說他被御賜的毒酒毒死了。」

徽宗聽了，點點頭說：「朕也夢見他了。御賜毒酒一事確實很奇怪。請愛卿派心腹去楚州查證此事，然後向朕回報。」

宿太尉奉命去楚州調查，證實了宋江是被御賜的毒酒毒死的。徽宗非常傷心，第二天早朝時痛罵高俅、楊戩是禍害國家的奸臣。高俅、楊戩慌忙叩頭謝罪。蔡京、童貫為他們求情：「人的生死都是上天注定的。臣昨天才接到公文，正準備向皇上奏明這件事呢。」

四個奸臣互相包庇，徽宗又一次相信了他們，沒有治他們的罪，只說要追究使者的責任。使者還沒有回到東京，就被人害死了。於是，高俅、楊戩謀害宋江一案就這樣不了了之。

徽宗遵守諾言，封宋江為忠烈義濟靈應侯，又在梁山泊上蓋了「靖忠之廟」祭奠梁山泊一百零八將。由於宋江多次顯靈，使得梁山泊年年風調雨順，所以百姓經常去廟裡祭拜。

楚州的「蓼兒窪」也有神靈保佑。楚州百姓懷念宋江，也修建了一座廟，塑了一百零八座雕像，祭奠梁山泊一百零八位好漢。

巧讀水滸傳 /（明）施耐庵原著；高欣改寫. -- 一版.-- 臺北市：大地, 2019.03
面：　公分. --（巧讀經典：5）

ISBN 978-986-402-303-5（平裝）

1. 水滸傳　2. 通俗作品

857.46　　108002339

巧讀水滸傳

巧讀經典 005

作　　者	（明）施耐庵原著、高欣改寫
發 行 人	吳錫清
主　　編	陳玟玟
出 版 者	大地出版社
社　　址	114台北市內湖區瑞光路358巷38弄36號4樓之2
劃撥帳號	50031946（戶名：大地出版社有限公司）
電　　話	02-26277749
傳　　眞	02-26270895
E - mail	support@vastplain.com.tw
網　　址	www.vastplain.com.tw
美術設計	成樺廣告印刷有限公司
印 刷 者	博客斯彩藝有限公司
一版一刷	2019年03月

大地

定　　價：280元